당신은 보석입니다

당신은 보석입니다

박종면 칼럼집

xbooks

책을 엮으며

싯다르타는 35살에 보리수나무 아래에서 선정에 들어 깨달음을 얻고 붓다가 되어 45년간 수많은 사람들에게 가르침을 베풀었습니다. 그러나 정작 열반에 들 때에는 "나는 한마디도 하지 않았다. 오직 너 자신을 의지할 뿐, 타인을 의지하지 말라."고 했습니다. 선불교의 정수를 담은 『벽암록(碧巖錄)』의 마지막 장에서 원오스님은 "지금까지 한마디도 하지 않았다."고 하며, 이 많은 언어 문자에 집착하면 마치 뱀이 쌀 한 톨 먹으려다 항아리 속에 빠져 버리는 것과 같다고 경고합니다. 법정스님도 입적에 이르러 그동안 풀어놓은 말빚을 다음 생으로 가져가지 않겠다며 당신 이름으로 낸 책들을 더 이상 출간하지 말라고 유언을 남겼습니다.

기자라는 업(業) 때문에 30년 넘게 글을 써 왔지만 마음속에는 늘 부끄러움과 '말빚'이라는 단어가 떠나지 않았습니다. 누군가 제 기사나 칼럼에 대해 이야기하면 부끄럽기만 했습니다. 책을 낸다는 것은 언감생심 생각도 하지 않았습니다.

생각이 바뀐 건 아들 때문이었습니다. 하나뿐인 혈육이 고맙게도 이른 나이에 결혼을 하고 가정을 이루자, 아버지는 그동안 무슨 생각을 하고 무슨 고민을 하며 살아왔는지 알려주고 싶었습니다. 더욱이 운 좋게 손자나 손녀가 태어난다면 할아버지의 삶을 일부라도 들려주고 싶다는 생각을 하게 되었습니다. 또 제가 좋아하는 청춘의 조카에게도 삶의 일부나마 보여주고 싶었습니다.

이 책은 2002년 9월부터 2022년 12월까지 21년간 제 생각의 기록이고 제 삶의 기록입니다. 〈머니투데이〉와 계열사인 더벨에서 금융부장, 편집국장, 발행인을 맡으면서 신문과 인터넷을 통해 '박종면칼럼' '광화문' 등의 형식으로 발표된 450여 편의 칼럼 중에서 추린 것들입니다. 여기에다 아들이 유학 가고 군대에 가 있던 10년간 보낸 60여 편의 편지글 중에서도 몇 편을 골라 넣었습니다. 그 결과물이 총 113편의 칼럼과 편지글로 구성된 이 책입니다.

신문 연재 칼럼의 특성상 글의 내용은 정치, 경제, 사회 등 주요 현안에 대한 비판이 많습니다. 저출산과 인구문제를 비롯하여 양극화, 부동산, 자영업 등의 이슈가 자주 등장합니다. 노무현, 이명박, 박근혜, 문재인 전 대통령부터 현직인 윤석열 대통령에 이르기까지 주요 정치인 관련 칼럼도 많습니다.

그럼에도 가장 큰 비중을 차지하는 것은 경제지인 〈머니투데이〉의 특성상 재계 관련 칼럼입니다. 고 이건희, 이재용, 정몽구, 최태원, 구광모, 신동빈, 조석래 등 전현직 재계 총수들 얘기가 자주 등장합니다. 현역 시절 금융 기자를 오래한 탓에 늘 가깝게 지냈던 KB금융, 신한금융, 하나금융, 우리금융, 기업은행 등과 관련된 글도 당연히 많습니다. 특히 윤종규, 조용병, 진옥동, 김정태, 함영주, 이순우, 윤용로, 조준희 등 전현직 회장과 은행장들 관련 내용이 그렇습니다.

신문칼럼이라는 숙명으로 사회 현안을 피해갈 수 없었지만 개인적으로 쓰고 싶었던 글은 유·불·선(儒佛仙)의 동양고전과 클래식 및 재즈, 미술, 문학 그리고 사랑과 죽음 이런 것들이었습니다. 칼럼에 유독 『논어』, 『맹자』, 『주역』, 『노자』, 『장자』, 『금강경』, 『벽암록』 등의 내용이 많이 나오는 것은 이 때문입니다.

개인적으로 50대 이후 읽은 책 중에는 동양고전이 압도적으로 많은데, 『논어』, 『주역』, 『노자』, 『금강경』 등은 그야말로 '바이블'이었습니다. 읽고 또 읽었습니다. 알랭 드 보통과 니코스 카잔차키스, 무라카미 하루키는 가장 좋아한 작가들이고, 이들의 생각과 글에 큰 영향을 받았음을 고백합니다.

『논어』에 술이부작(述而不作)이라는 말이 나옵니다. 공자는 자기가 쓴 엄청난 내용의 글들이 실은 자신이 창의적으로 지은 게 아니고 옛 성현들의 말씀을 옮겨 서술한 것에 불과하다고 토로합니다. 하물며 저 같은 사람이야 말해 무엇하겠습니까.

말러와 브람스, 베토벤, 슈만 등 클래식 음악가들과 빌리 홀리데이, 쳇 베이커, 마일즈 데이비스 등 재즈 뮤지션들, 클림트, 샤갈, 마네, 워홀 등의 미술가들은 제가 사랑하는 예술가들입니다. 이들의 작품과 알랭 드 보통, 니코스 카잔차키스, 무라카미 하루키 등의 글을 빌려 저는 사랑과 죽음 같은 우리의 영원한 과제들에 대해 말하고 싶었습니다.

아들이 초등학교 다닐 때 강아지를 키우자고 졸라서 연을 맺게 된 삼성화재안내견학교와의 인연은 20년 넘게 지금도 계속되고 있습니다. 특히 이 과정에서 만난 안내견과 안내견 후보 아이들은 제 인생에서 가장 큰 기쁨입니다. 테라, 자연, 풍경, 반지, 듀오 등 저희와 연을 맺은 아이들의 이름만 들어도 가슴이 금세 따뜻해집니다. 제 글에서 안내견 이야기가 나오는 것은 이런 배경에서입니다.

50대 후반 뒤늦게 인연을 맺어 사랑하게 된 와인은 인생 후반부의 중요한 동반자입니다. 와인 공부도 하고 전문가들을 자주 만나 이야기도 들어보지만 갈 길이 멉니다. 관련 글도 몇 번 써봤지만 많이 부족합니다. 하지만 오래오래 만나보려 합니다.

대학원을 마치고 언론사와 연을 맺은 이래 30년 넘게 일하면서 늘 다짐했던 것은 어떤 자리에 있든 신문사에 적을 두는 한 글을 쓰자는 것이었습니다. 편집국장과 대표이사 겸 발행인을 맡으면서도 2주에 한 번꼴로 칼럼을 썼습니다. 글을 쓰기 위해서는 늘 게으름 피우지 않고 많이 읽고 많이 생각하고 여러 사람들을 만나야 했습니다.

그러나 지금 시점에서 돌이켜보면 우리의 인생도 우리의 글도 결론은 무유호이(無有乎爾), 아무것도 남긴 게 없다는 맹자의 고백에 공감이 갑니다. 옛 성현들의 말씀처럼 인생은 늘 유토피아를 꿈꾸며 시작하지만 마지막은 무유호이, 획린절필(獲麟絶筆), 물거품·그림자·이슬로 끝을 맺는 듯합니다.

요즘들어 기자라고 하면 '기레기'라며 욕을 먹지만 기자직이 좋은 것은 권력자든 기업 총수든 유명 연예인이든 가리지 않고 손쉽게 만날 수 있다는 것입니다. 그러나 제가 만나본 정치 권력자들이나 큰돈을 번 사업가, 사회 유명 인사들은 겉보기와는 달리 속내는 그리 매혹적이지 않았습니다. 그들의 인생사 역시 근심과 노고는 필연적 동반자였습니다.

알랭 드 보통의 지적처럼 행복은 조건이 아니라 선택입니다. 행복과 풍요로움은 돈이나 권력에서 오는 게 아니라 우리의 마음과 감수성에서 옵니다. 여러분들의 삶이 더욱 행복하시길 빕니다.

2023년 5월

차례

——정책

——정치

1부

살며 사랑하며

가족1

꿈속에 그리는 고향

2008년 2월 5일

중학교 음악 교과서에 나오는 〈꿈속의 고향〉이라는 노래를 아시는지?

꿈속에 그려라 그리운 고향
옛 터전 그대로 향기도 높아
지금은 사라진 친구들 모여
옥 같은 시냇물 개천을 넘어
반딧불 좇아서 즐거웠건만
꿈속에 그려라 그리운 고향

까마득히 오래전 선생님 풍금 반주에 맞춰 불렀던 이 노래. 원래 이 노래는 체코(보헤미아) 출신의 작곡가 드보르작(Antonín Dvořák, 1841~1904)의 교향곡 제9번 〈신세계로부터〉 2악장에 나오는 주제를 드보르작의 제자가 가사를 붙여 만든 성악곡이다.

드보르작의 교향곡 제9번 2악장을 실제로 들어 보면, 잉글리시 호른으로 연주되는 애절한 멜로디가 가사 못지않게 가슴을 파고든다. 고전음악 작곡가 가운데 한국인의 정서에 가장 근접하는 사람을 고른다면 당연 드보르작을 추천한다. 클래식에 관심이 없는 사람이라도 드보르작의 작품은 정감을 느끼게 하기 때문이다.

가슴을 파고드는 건 〈신세계로부터〉만이 아니다. 드보르작의 〈첼로협주곡〉를 들어 보면, 1악장 중간 부분에 우리 가곡 중 '두둥실 두리둥실 배 떠나간다'로 시작하는 홍난파 작곡의 〈사공의 노래〉와 아주 비슷한 대목이 나오는데, 처음 들어도 낯설지 않고 친근한 리듬으로 다가온다. 시대순으로 보면 홍난파보다 드보르작이 먼저니까 드보르작의 〈첼로협주곡〉에서 홍난파가 리듬을 일부 차용했을 수도 있겠구나 하는 생각이 들 정도다. 고향이 남쪽 바닷가라면 특히 가슴에 와닿을 것이다.

〈신세계로부터(꿈속에 그리는 고향)〉, 〈첼로협주곡(사공의 노래)〉으로도 그리움이 가시지 않는다면 드보르작의 현악 4중주곡 제12번 〈아메리카〉를 들어 보길 바란다. 제목이 '아메리카'라고 지레 거부감을 가질 필요는 없다. 전혀 아메리카적이지 않을뿐더러 마치 우리나라 민요를 듣는 것과 같은 착각을 불러일으킨다. 짙은 향토색, 애수, 비가(悲歌) 등 대충 이런 단어들이 떠오를 것이다. 연인이든 어머니이든 고향이든 그리움에 관한 한,

향수에 관한 한, 드보르작만큼 절실하고 애절하게 표현한 작곡가는 아마 없을 것이다.

드보르작은 분명 그리움의 작곡가, 향수의 작곡가이다. 드보르작의 고향은 보헤미아, 지금의 체코이다. 드보르작은 수도 프라하에서 좀 떨어진 블타바(몰다우, 도나우) 강기슭 자연 속에서 집시들이 즐겨 다루던 바이올린을 취미 삼으며 어린 시절을 보냈다. 집시 보헤미안의 서정과 풍부한 자연이야말로 드보르작의 향토색과 애수의 원천이다. 보헤미아, 푸른 도나우, 프라하, 프라하에 있는 세계에서 가장 아름답다는 스메타나 홀, 이런 곳들은 여행과 음악을 좋아하는 사람이면 누구나 꼭 한 번 가 보고 싶은 곳이다.

드보르작은 63살의 나이로 죽기까지 평생을 보헤미아의 자연과 함께 살았지만 뉴욕의 음악원 원장직을 맡아 2년 동안 고향을 떠나 신천지 미국 뉴욕에서 지냈다. 드보르작은 뉴욕 생활 초기에는 대륙횡단 철도와 거대한 빌딩 등 신대륙의 에너지에 감동했지만 곧 심한 향수병과 신경쇠약에 시달리게 된다. 그런 지독한 향수병을 달래기 위해 찾아간 곳이 미시시피 강 건너 아이오와주의 스필빌이라는 시골 마을이다.

스필빌은 바로 보헤미아 이민자들의 동네였다. 보헤미아 말이 통하고, 고향 음식을 마음대로 먹을 수 있고, 풍광마저 고향 마을과 비슷했다. 드보르작은 미국 속의 보헤미아 고향 마을 스필빌에서 교향곡 제9번 〈신세계로부터〉를 완성한다. 이어 현악

4중주곡 〈아메리카〉와 〈첼로협주곡〉까지 만든다. 고향 보헤미아에 대한 그리움과 향수에 흑인 영가와 미국 인디언의 서정성까지 더해진 결과물이기도 하다.

5일간의 설 연휴가 시작됐다. 찾아갈 고향이 있고 찾아뵐 부모님이 계시는 것만으로도 축복받은 일이다. 혹시 갈 곳이 없고 찾아뵐 사람이 없더라도 너무 외로워하진 마시라. 우리는 모두 인생이라는 긴 여정의 나그네이므로.

설 연휴 잘 보내십시오.

가족2

슬픈 실향민

2009년 10월 1일

3남 2녀 중 막내였던 내가 어린 시절에 늘 다짐한 일이 하나 있다. 나중에 어른이 돼 고향을 떠나 살더라도 추석이나 설에는 꼭 부모님을 찾아뵙겠다는 것이다. 형과 누나들이 모두 서울로 떠난 뒤에도 몇 년을 더 부모님 곁에서 보내면서 명절 때가 되면 매번 어머니 아버지가 얼마나 자식을 기다리는지 봐 왔기 때문이다.

특히 어머니는 지금 생각해 봐도 중증이었다. 일이 생겨서 고향에 오지 못할 것이라는 전화를 받고도 명절날이 다가오면 연신 동네 입구만 쳐다봤다. 고향집은 높은 언덕배기에 있어서 마루에 서서도 동네가 훤히 내려다보여 누가 오고 가는지 알 수 있었는데도 어머니는 행여 동네 어귀에 택시라도 한 대 들어오면 조바심이 나서 참지를 못하고 누가 왔는지 얼른 뛰어나가 보라며 나를 재촉하곤 하였다.

아버지도 말씀은 안 해도 형과 누나들이 모두 내려오는 때와 그렇지 않은 때의 표정이 확연히 달랐다. 식구들이 모두 모여 왁자지껄하면 연신 약주를 드시며 싱글벙글하셨다. 아버지가 돌아가시기 몇 해 전 추석 전날 밤, 우리 3형제를 당신 곁에 나란히 눕게 하고는 "이제 더 이상 바랄 게 없다."라며 좋아하시던 모습이 지금도 눈에 선하다.

어떤 일이 있더라도 명절에는 꼭 고향에 가겠다던 다짐은 대학 시절과 직장생활 초기, 부모님이 살아계실 때는 지켜졌지만 그 후엔 고향 가는 일이 점점 뜸해졌다. 한식과 추석을 전후해 1년에 두 번 성묘를 다녀오던 게 1년에 한 번 정도로 줄었고, 근년에는 1년 내내 성묘 한 번 가지 않는 때도 있었다. 올해만 해도 지난 6월 고교 동창 모임에 참석하는 길에 잠시 산소에 들른 것을 빼고는 가지 못했다.

형에게 대신 성묘를 부탁하는 일도 잦아졌다. 고향집 앞으로 고속도로가 뚫려 3시간 정도면 갈 수 있게 되었는데도 주말조차 무슨 일이 그렇게 많은지 이젠 고향집도 부모님 산소도 까마득한 일이 되고 말았다. TV 뉴스로 금강산에서 진행하는 남북 이산가족 상봉을 보면서 그들만이 실향민은 아니라는 생각이 들었다. 나도 이제 실향민이 되어 버린 것이다.

그렇다고 걱정은 하지 않는다. 다시 고향집과 어머니 아버지 산소를 자주 찾게 될 날이 올 것임을 믿기 때문이다. 형도 그랬고, 주변 사람들도 다 그랬다. 대개 50세를 분기점으로 나이가 드는 데 비례해 고향을 찾는 횟수가 점점 느는 걸 익히 봐 왔다.

나이가 들면 고향말고는 반겨주는 곳이 없기 때문일 것이다.

그런데 문제는 내 마음의 실향이다. 『장자(莊子)』에 '약상(弱喪)'이라는 말이 나온다. '슬픈 실향민'이라는 뜻이다. 단순함과 소박함의 위대함을 잃어버리는 것에 대한 비탄이고, 만물을 있는 그대로 긍정하고 받아들이지 못하는 것에 대한 한탄이다. 고향으로의 복귀를 강조하는 것이고, 왔던 길로 다시 돌아가는 게 자연의 이치임을 가르치는 말이다. '기계가 있지만 사용하지 않고, 배와 수레가 있어도 탈 일이 없고, 새끼줄을 묶어 기록하는 문명 이전의 소박한 생활을 하며, 닭과 개 울음소리가 들릴 정도로 서로 마주보고 살아도 늙어 죽을 때까지 오고갈 일이 없는' 그런 이상향에 대한 그리움과 간절함의 역설적 표현이다.

이번 추석 연휴에는 못 가더라도 가을이 다 가기 전에 꼭 한 번 고향집을 찾아야겠다. 간 김에 고향 동네 장터에 들러 청국장과 메밀묵도 맛보고, 고향집 지붕에 열렸던 둥근 박도 한두 개 사 와야겠다. 하얀 박의 속살을 긁어내 들기름 듬뿍 넣고 볶아 주시던 어머니의 손맛이 그립다.

가족3

아들에게 1

2007년 11월 13일

아빠는 아들과 자주 통화를 하면서도 보고 싶은 마음은 어쩔 수가 없구나.

어제는 예술의전당에서 크리스토프 에센바흐(Christoph Eschenbach)가 지휘하는 파리 오케스트라의 연주를 들었다. 프랑스 오케스트라여서 그런지 그들의 연주곡도 프랑스 출신의 작곡가 라벨(Maurice Ravel, 1875~1937)의 작품이 대부분을 차지했다. 라벨 작품 가운데는 아들도 즐겨 들었던 〈볼레로〉가 있지. 〈볼레로〉는 원래 스페인 춤곡이란다.

이날 에센바흐는 마지막 곡으로 〈볼레로〉를 연주했는데, 음악회 현장에서 직접 이 곡을 몇 번 들은 적이 있지만 이렇게 멋지게 연주하는 오케스트라는 처음이었다. 대단한 감동이었다. 특히 에센바흐는 머리가 빛나도록 삭발을 하고, 검정색 옷에 노타이 차림이라 마치 수도승 같은 느낌이 들더구나. 베를린 필의 사이먼 래틀이나 뉴욕 필의 로린 마젤 등 세계 어느 유명 지휘자보다도 멋이 있었다. 잘 기억해 두었다가 다음에 꼭 한번 에센바흐를 만날 기회를 가져 보거라.

아빠는 며칠째 견습기자 시험에 응시한 수험생들의 서류를 살펴보는 중이다. 10명 정도 뽑을 생각인데 340명 정도가 응시를 했다. 요즘 한국의 엄청난 입사 시험 경쟁을 감안하면 그렇게 경쟁률이 높은 것은 아니지만 정말로 실력 있는 친구들이 많이 지원했다. 명문대 출신만 해도 1백여 명이 되고, 해외에서 유학한 친구들도 몇 명 있고, 토익 성적 기준으로 봐도 950점 이상이 수두룩하다. 물론 명문대 출신이라고 다 유능하고, 토익 성적이 좋다고 영어를 잘하는 건 아니다. 실제로 요즘은 여러 회사가 토익 성적을 무시하고 신입사원을 뽑고 있다. 아빠 회사에서도 토익 성적보다는 실제로 영문 해석이나 영어 회화를 통해 성적을 테스트하고 있단다.

이번에 응시한 친구들을 보면서 아들 생각을 많이 했다. 지금은 우선 좋은 대학을 가는 게 목표지만 궁극적으로는 자기가 가고 싶은 직장을 찾아가고 하고 싶은 일을 해야겠지. 5년, 10년 뒤를 보고 꾸준하게 실력을 쌓도록 해라. 영어 단어 하나 더 외우고, 토플 성적을 올리고, 학교 성적이 상위권을 유지하는 것도 필요하지만 이보다 더 중요한 것은 세상을 보는 안목을 키우고, 세상을 이해하는 지혜를 키우는 일이다. 그래서 학과 공부나 영어 공부 외에 다양한 독서, 음악감상, 명상과 자기성찰 등이 모두 중요하다.

이제 다시 학교로 복귀하겠구나. 열심히 살아라. 한 달 뒤엔 다시 아들을 만날 수 있겠지. 한국에 오면 아빠와 청주에 가서 자연이를 만나고 오자꾸나. 그 녀석이 요즘 많이 불편할 것을 생각하니 아빠 마음이 좀 아프단다. 건강하거라.

가족4

아들에게 2

2008년 2월 6일

아빠 편지가 늦었지. 지난 주말에 썼어야 했는데 2주 연속으로 칼럼을 쓰느라고 편지를 못 쓰고 이제야 소식을 전한다.

이곳은 설 연휴를 맞아 5일간의 길고 달콤한 연휴를 보내는 중이다. 엄마는 큰집으로 차례 음식을 준비하러 갔고, 우리 집에서도 할머니, 할아버지, 이모, 외삼촌, 외숙모 그리고 진우까지 모두 설 준비하느라 바쁘구나. 할머니는 음식을 장만하실 때마다 외손주가 함께 못하는 것에 대해 늘 가슴 아파하시지. 아들에 대한 할머니의 지극한 사랑을 한시라도 잊어서는 안 된다.

아빠는 이번 연휴에도 열심히 책 읽고, 밤에는 오페라를 몇 편 볼 계획이다. 아빠 회사에서는 아빠 주관으로 한 권의 책을 정해 한 달 동안 읽고 한 번 모여 토론하는 독서모임을 하고 있다. 아빠가 편집국장을 맡은 이래 꾸준히 해 오고 있는 프로그램이다. 기자처럼 글을 쓰는 사람이라면 누구보다 책을 많이 읽어야 하는데 그렇지 않은 것 같아서 다소 강제적으로라도 후배 기자들에게 책 읽는 습관을 들이기 위해서 이 프로그램을 만들었다. 좀 힘들어하기도 하지만 대부분은 열심히 책을 읽고 있어 다행이다.

이번 달에 함께 읽기로 한 책은 일본의 대표 지식인으로 일컬어지는 '다치바나 다카시'라는 사람이 쓴 『피가 되고 살이 되는 500권』이라는 책이다. 이 책은 저자 자신이 그동안 어떤 책을 어떻게 읽어 왔는지를 소개하는 책이다. 한마디로 일본을 대표하는 지성인의 '독서일기'라고 할 수 있겠지.

그런데 재밌는 것은 이 사람의 독서 태도다. 다카시는 한때는 《문예춘추》라는 일본의 유명 잡지사에 근무했던 전직 기자로서 지금은 프리랜서로 자유롭게 기고도 하고 책도 내면서 글쓰기가 직업이 된 사람이다. 그의 지론은 좋은 글을 쓰려면 '입력과 출력의 비율'이 100대 1은 되어야 한다는 것이다.

무슨 말이냐 하면, 책 1권을 쓰려면 최소 100권을 읽어야 한다는 주장이다. 다카시는 이런 원칙을 실제로 지키고 살아왔단다. 그는 지금까지 100권 정도의 책을 썼는데 그렇다면 그가 읽은 책은 그 100배인 1만 권을 넘는다는 계산이 나온다. 정말 대단한 사람이지.

아들도 앞으로 공부하면서 제일 스트레스를 받을 게 아마도 에세이 쓰기가 될 터인데, 다카시의 독서 태도를 참고할 필요가 있다는 생각이 드는구나. 물론 학과 공부 때문에 독서 시간을 내기가 쉽진 않겠지만 영어로 된 책이든 한글로 된 책이든 열심히 읽지 않고는 좋은 에세이를 쓸 수가 없고, 좋은 대학에 가기도 쉽지 않을 것이다.

최근 아빠 주변 분들의 이야기를 들어보면 유학생활이 오래 지속되면 영어는 잘하는데 한국말을 잘 못하게 되어 걱정하는 분들이 많더구나. 한국말을 잊어버리는 문제의 해결책도 독서밖에는 없다고 본다. 그래도 아들은 책 읽는 것을 좋아하는 듯하여 참 다행이라는 생각도 들지만 학과 공부 외에 주말 등을 이용해서라도 짬짬이 더 열심히 독서를 했으면 한다.

이번 여름 방학에 하버드 여름 캠프에 갈 수 있다니 참으로 자랑스럽구나. 아마도 좋은 기회가 될 것이다. 한 달간의 수업도 중요하지만 하버드에서 세계 최고의 학생들이 어떻게 공부하고 독서하고 생활하는지를 보는 게 더 큰 도움이 될 것이라고 믿는다. 편지가 길었구나. 또 연락하마. 건강해라.

† 그러나 아들은 하버드 여름캠프에 가지 못했다. 한 가지 서류에 '사소한' 실수를 해서 최종 어드미션을 받지 못했다. 매우 큰 교훈을 얻은 일이었다.

가족5

아들에게 3

2009년 10월 26일

오늘 엄마를 만나겠구나. 즐거운 휴가 보내도록 해라. 늘 하는 말이지만 공부할 게 많더라도 쉬어 가면서 해라. 공부는 몇 시간 책상에 앉아 있느냐보다는 얼마나 집중해서 하느냐가 관건이다.

세상이 온통 어수선하다. 글로벌 경제위기가 심상치 않다. 한국도 환율이 1달러당 1,400원을 넘었고 1,800원까지 간다는 예상도 나오고 있다. 1년 전 종합주가지수가 2,000까지 갔던 게 지금은 반토막이 나서 1,000 이하로 내려앉고 말았다. 10년 전 우리나라가 대외결제를 하지 못해 부도가 나고 IMF로부터 지원을 받았던 그런 외환위기 상황이 재연되는 건 아닌가 하는 불안감이 많은 사람을 엄습하고 있다.

정확하게 11년 전 외환위기는 한국을 비롯한 아시아 국가들만 겪은 것이라서 사실 세계 경제 전체적으로는 크게 문제가 되지 않았다. 그러다 보니 한국은 세계 여러 나라로부터 지원을 받을 수 있었고, 또 당시엔 정보통신(IT) 분야가 전 세계적으로 호황을 누려 금세 경제가 되살아날 수 있었다.

그러나 지금은 상황이 전혀 다르다. 세계 자본주의의 심장부인 미국 경제가 사실상 붕괴됐고, 유럽 경제도 초토화되어 버렸다. 중국이나 인도, 브라질, 러시아 같은 이른바 브릭스(BRIC's) 국가들도 큰 어려움을 겪고 있다. 그나마 세계 경제에서 안전지대는 제조업이 강한 일본과 독일 정도에 그치고 있다. 그런 이유로 요즘 일본 엔화는 아주 강세를 보이고 있다. 그래서 한국에도 일본 관광객들이 무더기로 들어오고 있단다. 과거엔 1엔당 100원 수준이던 게 지금은 1엔당 150원 정도로 엔화 가치가 올랐기 때문이다.

아빠가 보내준 영문기사 중에도 그런 내용이 있지만 세계 경제 전체가 어려워지면 제일 고통을 받는 게 가난한 나라들, 경제 소국이다. 이들이 먼저 무너지고 있다. 아이슬란드, 우크라이나, 파키스탄 등이 이미 국가부도 사태를 맞아 IMF 지원을 요청했다.

한국은 이번에는 국가부도 사태와 같은 최악의 상황으로는 가지 않을 것으로 보이지만 확률이 전혀 없는 건 아니다. 아빠가 보기엔 한국이 부도가 나서 나라 경제가 파탄을 맞을 확률이 30% 정도는 된다고 본다. 대통령을 비롯하여 경제정책을 끌어가는 사람들이 잘 해야 하는데 왠지 불안하다.

한국이 국가부도 사태를 피하더라도 앞으로 상당 기간 어려움을 겪을 것으로 보인다. 어차피 한국 경제는 수출로 먹고사는 체질이고, 대외 의존도가 아주 높아서 세계 경제의 어려움은 곧 한국의 어려움으로 직결된다. 또다시 각 직장에서 해고를 단행하고 임금을 깎고 하는 일들이 벌어질 것이다. 실업자가 길거리에 쏟아져 나오고 은행 대출을 갚지 못하고 이자를 못 내 힘들어하는 사태도 벌어질 것이다. 유학 갔던 학생들이 돈이 없어 귀국하는 사태도 예상할 수 있다.

아빠가 너무 비관적인 얘길 하는 것 같아 미안하다. 그러나 아들도 주민등록증을 받은 성인이 됐으니 현실을 정확하게 인식하는 게 중요하다고 판단해 이런 이야기를 하는 것이다. 어려운 현실을 직시하고 대신 열심히 공부하고, 모든 일에 적극적으로 대응해야 할 것이다. 그러나 세상은 어려울 때가 있으면 좋은 시절이 온다는 평범한 이치도 잊지 말고 용기를 가져야 할 것이다.

곧 전화 통화를 할 수 있겠구나. 건강하고 열심히 살자꾸나. 우리 아들 화이팅.

가족6

아들에게 4

2009년 11월 8일

시험이 코앞으로 다가왔구나. 목표하는 성적을 올릴 수 있을지 초조해하며 감기 몸살에 목이 붓고 기침까지 하는 너를 보면서 어떤 위로와 격려의 말을 해야 할지 모르겠다. 하루하루가 너무 힘들어도 끝까지 노력하는 것 말고 무슨 방법이 있겠냐마는 한편으론 지금 이 상황을 감내하는 네가 고맙기도 하다.

아들아, 파블로 카잘스(Pablo Casals, 1876~1973)라는 첼리스트를 잘 알 것이다. 인류 역사상 가장 위대한 첼리스트이자 바흐의 〈무반주 첼로모음곡〉을 새롭게 발견해 낸 바로 그 사람이다. 카잘스는 아흔 살이 넘은 나이에 이런 고백을 했단다.

“지금도 나는 연주회 직전의 불안감을 극복할 수 없다. 연주회에 나간다는 것은 언제나 고문이고, 무대에 나가기 전에는 가슴이 뭔가에 찔리는 것처럼 아파 온다.”

카잘스가 어떤 사람이냐. 97세의 나이로 죽을 때까지 하루도 거르지 않고 6시간 이상 연습을 한 사람이다. 그의 연주를 지켜 본 사람들은 마치 새가 나는 것처럼 쉽게 연주를 한다고 말할 정도였다.

그런데 정작 카잘스 자신은 연주는 늘 악몽일 뿐이라고 고백을 하는구나. 그러니 네가 시험을 앞두고 불안하고 초조해하며 더욱이 감기몸살까지 앓는 것은 전혀 이상할 게 없을 듯하다. 그나마 신종플루에 걸리지 않은 것을, 뭔가에 찔린 것처럼 가슴이 아프지 않은 것을 다행으로 여겨야 하지 않을까 싶다.

20년이 채 되지 않는 너의 짧은 삶 속에서 아마 지금처럼 힘들고 고통스러운 적은 없었을 것이다. 할 수만 있다면 지금 이 순간을 피해 가고 싶겠지. 그렇지만 무언가가 어렵다는 것, 고통스럽다는 것, 그것이 우리가 그 일을 하는 이유라는 점을 잊지 말아라.

요즘 많은 사람이 42.195km를 뛰는 마라톤이나 100km를 달리는 울트라마라톤에 빠지는 이유가 뭐라고 생각하니? 물론 건강을 위해서이기도 하겠지만 바로 그 고통스러움 때문이란다. 마라톤이 고통스럽기 때문에 고통을 참고 이겨내는 과정에서 자신이 살아 있다는 것을 확인하는 것이다. 이것은 아빠의 생각만은 아니다. 무라카미 하루키라는 요즘 세계에서 가장 잘나가는, 마라톤 풀코스를 30회 이상 완주한 일본 소설가의 주장이기도 하다.

세계적 소설가 하루키와 인류 역사상 최고의 첼리스트 카잘스가 공통적으로 하는 말이 있단다. 문학과 예술은 모두 고통과 노력의 산물이라는 것이다. 이들은 또 예술이든 한 사람의 삶이든 성공의 핵심은 타고난 재능보다는 노력과 지구력이라고 강조한단다. 지난 여름 그렇게 무더운 날씨에도 하루에 겨우 서너 시간씩 자면서 공부하고 노력한 것을 생각하면 이번 시험에서 목표한 성적을 거둘 것이라 믿어 의심치 않는다. 너는 충분히 잘 할 수 있단다.

그렇지만 혹시 성과가 기대에 못 미치더라도 실망하거나 좌절하지는 말아라. 지고 실패하는 것에도 익숙해져야 한다. 그게 진짜 어른이 되는 것이다. 세상에는 우리의 노력과 능력으로 감당할 수 없는 일들도 참 많단다. 아무리 해도 이길 수 없는 상대도 무수히 많단다. 이건 아픔이고 좌절이고 안타까운 일이지만 담담하게 받아들여야 한다.

인생에는 만사가 생각대로 움직여 주지 않는 때가 훨씬 많단다. 중요한 것은 네가 밤잠을 자지 않고 공부했다는 것이며, 여름날 엉덩이에 땀띠가 나도록 노력했다는 사실이며, 감기에 걸려서도 포기하지 않고 마지막 순간까지 최선을 다했다는 점이다. 수고했다. 고생했다. 네가 자랑스럽다. 지금 이 순간을 참고 견디는 아들딸들아, 힘내거라.

가족7

아들에게 5

2010년 4월 20일

부활절 방학이 끝나고 학교로 복귀한 지도 일주일이 지났구나. 다시 정신없이 바쁜 학교생활을 하고 있겠지. 아빠는 여전히 한국에서 SAT 공부하느라 다하지 못한 학교 숙제가 걱정이 되지만 잘 마무리할 것이라 믿는다. 지난번 방학 때 한국에 와서 공부하는 것을 보니 이제 공부에 관한 한 더 할 얘기는 없다는 판단을 했다. 말하지 않아도 스스로 알아서 열심히 하는 것을 거듭 확인했기 때문이다.

오늘은 아들이 대학과 전공을 결정할 때 참고할 수 있도록 한두 가지 얘기를 하려고 한다. 오바마 미국 대통령이 최근 워싱턴 조지타운 대학에서 강연한 내용을 우선 말하마. 벤 버냉키 미국 연방준비제도이사회(FRB, 미국의 중앙은행) 의장도 비슷한 말을 했단다.

오바마와 버냉키의 주장을 요약하자면, 월가의 고소득 유혹에 빠지지 말라는 것이다. 이들은 그동안 똑똑한 인재들이 숫자를 만지고, 복잡한 금융계산을 하는 일에 지나치게 몰렸다고 주장한다. 유펜이나 하버드, 예일 등 명문대학에서 경영학이나 경제학을 공부하고 이어 MBA를 마치고는 뉴욕 월가에 가서 금융기관이나 유명 투자펀드 등에서 일하는 게 미국 엘리트들이 가는 전형적인 코스였는데, 이젠 이런 풍토를 고쳐야 한다는 게 오바마와 버냉키의 주장이다.

오바마는 조지타운 대학 연설에서 "내가 보고 싶은 것은 똑똑한 인재들이 무언가 만드는 일에 자신을 던지는 것"이라며, 이런 직업으로 엔지니어, 과학자, 혁신가를 꼽더구나. 아빠도 오바마와 버냉키의 주장에 공감이 간다. 아빠는 평생 경제기자를 했기 때문에 주변에 MBA 출신의 펀드매니저들이 많은데, 젊은 시절 돈을 많이 벌면 대개 생활이 방만해지고, 돈을 더 벌려고 무리한 투자를 하다가 나중엔 빈털터리가 되는 경우를 종종 봐 왔다.

돈을 많이 버는 것은 아주 중요하고 도전해 볼 만한 일이지만 요즘 월가 사람들처럼 한꺼번에 많이 벌려고 욕심을 내면 회사도 망하고, 자신도 망하고, 결국 나라에까지 엄청난 부담을 주게 된다. 돈을 버는 것 역시 차근차근 벌어서 나중에 큰 부자가 되는 사람이 진정한 승자가 아닐까 싶다.

또 한 가지는 영국에 대한 것이다. 이번에 졸업한 12학년들 가운데 영국으로 유학 간 학생들이 많다고 해서 참고하라고 하는 얘기다. 세계 선진국들 가운데 지금 경제가 가장 어려운 나라를 꼽으라면 단연 영국일 것이다. 영국은 지난 1976년 이미 한국처럼 나라 경제가 부도가 나서 IMF(국제통화기금)로부터 구제금융을 받은 경험이 있는데, 최근 다시 구제금융을 받아야 할 지경으로까지 경제 상황이 악화되었다. 올해 GDP(국내총생산) 대비 재정적자가 10%에 이르러 빚으로 나라 경제가 유지되는 상황인데다 물가는 폭등하고, 성장률은 마이너스를 기록하고, 게다가 한국처럼 반도체나 조선, 전자 등 뚜렷하게 경쟁력을 갖춘 산업도 없다 보니 그야말로 사면초가라는 게 경제 전문가들의 진단이다. 영국에서 유일하게 경쟁력이 있는 부문이라면 박지성이 뛰고 있는 프로축구팀 맨체스터 유나이티드를 포함한 프리미어 리그 정도인데, 불행하게도 축구가 영국을 먹여 살릴 수는 없는 일이다 보니 답답한 노릇이 아닐까 싶다.

인도는 영국과 역사적 관계가 깊다 보니 TISB(방갈로르국제학교) 학생들이 영국으로 유학을 많이 가는 것 같은데, 아빠는 영국이 과거 대영제국의 영예를 되찾는 것은 더이상 불가능하다고 본다. 따라서 세계 3등 국가로 전락하고 있는 나라에 가서 공부를 한다는 것은 아무래도 현명한 판단은 아닌 듯싶구나.

4월인데도 여름 날씨처럼 덥더니만 오늘 모처럼 봄비가 내린다. 건강하고 열심히 학교생활 하길 바란다. 또 편지하마.

가족8

아들에게 6

2010년 8월 17일

아들의 4년 인도 유학생활에서 아빠가 쓰는 마지막 편지가 되겠구나. 몇 과목 남지 않은 IB 시험 잘 치르고 있겠지? 누구한테 보여주기 위해서가 아니라 아들 스스로의 만족을 위해서라도 마지막까지 최선을 다해 주길 바라고 그렇게 하리라 믿는다.

이번 주말에는 인천공항에 나가 아들을 꼭 껴안아 볼 수 있겠구나. 아들이 돌아오면 아빠가 해야 할 일이 몇 가지 있다. 이런 일들을 생각하면 벌써 가슴이 설렌다.

시험을 마치면 바로 한국으로 출발하겠지만 떠나기 전에 교장 선생님을 비롯한 학교 선생님들, 유학원 사장님과 사모님 등 그동안 도움을 준 주변 분들에게 진심으로 감사의 말씀과 인사를 하길 바란다. 사람은 헤어질 때 예의를 지키고 진심으로 감사를 표하는 게 무엇보다 중요하단다.

가족9

아들에게 7

2012년 12월 16일

오랜만에 편지를 쓴다. 전화로 일주일에 한두 번 아들 목소리를 들을 수 있고, 어제는 핸드폰으로 화상통화까지 했으니 참 좋고 편리하긴 한데 아들한테 편지를 쓰지 않게 되니 문제구나. 앞으로는 한 달에 한 번은 편지를 쓰도록 노력해 보마.

오늘은 봄 날씨구나. 따뜻해서 좋다. 서재에 앉아 음악을 들으면서 아빠가 좋아하는 일본 작가 무라카미 하루키의 『우천염천』이라는 그리스·터키 여행기를 읽고 있단다. 그리스 여행기는 그리스정교 수도원 순례기인데, 수도원 풍경이 잘 그려져 있구나. 터키 여행기에는 지난번 이태원 터키 식당에서 먹었던 그 빵 이야기도 나온단다. 하루키는 양고기 중심의 터키 음식이 냄새가 나서 통 못 먹었는데 화덕에서 구워 한껏 부풀어 오른 그 담백한 빵이 너무 맛있어 20여 일 여행하면서 그 빵만 먹었다고 한다. 그 점에서는 아빠와 하루키의 입맛이 같은 듯하다. 다음에 아들이 휴가 나오면 이태원에 한번 가자꾸나. 이번에는 터키나 인도 음식뿐 아니라 그리스 음식도 맛보기로 하자.

아들이 입대한 지도 이제 6개월이 되었다. 힘들기도 하겠지만 그보다는 답답하고 그냥 세월만 허송하는 것 같아 속상해하고 있을지도 모르겠다는 생각이 든다. 미국에서 열심히 공부하고 있을 친구들을 생각하면 지금 보내고 있는 시간이 너무 아깝고 허망하다는 생각이 들 수도 있겠지. 그런 생각이 들면 때론 짜증도 날 것이다.

그러나 결론부터 말하자면 너무 속상해하지 말아라. 조급해하지도 말고. 우선 21개월이라는 시간은 너무나 짧기 때문에 나중에 지나고 나서 보면 아무것도 아니란다. 더 중요한 것은 지금 보내는 시간들이 아들의 인생에서 무의미한 것만은 아니라는 사실도 명심하고.

우선 자유가 결박되어 있는 지금의 그 불편함이 아들을 깨어 있게 할 것이다. 예전에는 몰랐겠지만 지금 그렇게 구속되어 보니 자유롭게 공부하는 게 얼마나 큰 축복이고 행복인지 깨달을 수 있을 것이다. 아빠는 이런 상황이 참으로 다행이라고 본다. 아마 아들이 나중에 대학에 복학하면 정말 엄청 열심히 공부하게 될 것이다. 그런 점에서라면 아빠는 대한민국 정부에 감사를 하고 싶다. 물론 농담이지만 말이다.

또 한 가지, 인생을 살다 보면 일이 안 풀려 오도 가도 못하고 갇혀 있을 때가 있단다. 『주역』에 나오는 이른바 '폐색(閉塞)'의 상황이라는 거다. 예를 들어 취직도 안 되고 사업도 안 되고 게다가 건강까지 악화되어 우선 몸부터 추슬러야 할 때가 있단다. 아빠도 학생운동을 하다가 징역살이를 한 적도 있고, 다니던 회사가 망해 6개월 정도 실업자로 있을 때도 있었단다. 이런 상황이 오면 달리 방법이 없다. 참고 견디고 기다리는 수밖에. 때가 올 때까지, 건강이 좋아질 때까지 말이다. 지금 아들의 군대생활은 그런 기다리는 법을 배우는 때이다. 참고 인내하는 법을 배우는 거다. 참으로 소중한 경험이란다.

니체의 시에도 비슷한 구절이 나온단다. "언젠가 많은 것을 일러야 할 이는 많은 것을 가슴속에 말없이 쌓는다. 언젠가 번개에 불을 켜야 할 이는 오랫동안 구름으로 살아야 한다." 아들 스스로 군대생활을 '언젠가 번개에 불을 켜기 위해 구름으로 사는' 시간으로 생각하면 좋겠다.

아들도 이름을 들어봤을 것이다. 임제선사라고, 중국 당나라 시대의 유명한 고승이란다. 임제선사가 한 말 중에 '수처작주 입처개진(隨處作主 立處皆眞)'이라는 말이 있다. "어딜 가나 거기가 내 자리요, 내가 선 자리마다 진리의 자리다."라는 뜻인데, 지금 아들한테 꼭 필요한 말이라는 생각이 든다. 군대생활을 하더라도 주인의식을 갖고 적극적으로 생활한다면 군대에서도 얼마든지 진리를 깨치고 뭐든 얻게 될 것이다. 편지가 길어졌구나. 또 연락하마.

가족10

아들에게 8

2017년 9월 17일

참 오랜만에 편지를 쓴다. 페이스타임을 통해 자주 화상통화를 하지만 아들에 대한 그리움은 좀처럼 가시질 않는구나. 갈증이 많이 날 때 아무리 물을 마셔도 목마름이 해소되지 않는 것처럼 말이다. 그럴 때는 알코올이 들어간 맥주나 막걸리를 한 잔 마시면 되는데, 아들에 대한 그리움은 해소할 길이 없구나. 연말이나 연초에는 어떻게든 한 번 볼 수 있지 않으려나, 아빠는 몇 달만 더 참아 보려고 한다.

다음은 『금강경』에 나오는 구절인데, 부처님이 제자 수보리에게 이런 말을 한다.

"수보리야, 부처인 내가 사람들을 구제했다고 말하면 절대 안 된다. 그것은 말도 안 되는 소리다. 사람은 자기 스스로 구제하고 깨닫는 것이지 타인인 부처가 구제하는 건 절대 아니다."

아들이 대학을 졸업하고 사회 초년생으로서, 또는 견습생 연구자로서 많은 고생을 하는 것을 보면서 아빠는 마음이 아프고 안타깝지만 어쩔 수가 없구나. 그냥 아들을 응원하고 격려하는 것말고는 달리 할 일이 없으니까 말이다. 그래서 『금강경』에 나오는 부처님 말씀이 생각났단다. 모든 문제는 스스로 풀 수밖에 없다. 부모라고 이 문제를 해결해 줄 수는 없다. 매우 안타까운 일이지만 이것은 모든 인간의 운명이란다. 불편하지만 누구도 부인할 수 없는 이 진리를 아들은 잊지 말아야 한다.

불편함은 사람을 깨어 있게 만든다. 실패가 반드시 고통만은 아니다. 나쁜 일이 있으면 나중에 좋은 일이 반드시 생긴다. 일시적으로 성공해서 자만심이 생기고, 이로 인해 더 큰 불행을 겪는 일을 아빠는 주위에서 자주 봐 왔다.

견습생 연구자, 시급 10달러 어시스턴트의 길은 많이 고달플 것이다. 더욱이 사회 초년생으로서, 주변에 유대인·인도인·중국인 투성이인 현실 속에서 소수의 한국인 유학생으로서 살아가는 게 많이 힘들 것이다. 아직 사회 초년생이기 때문에 사람들과 우호적인 관계를 형성하고, 주변 사람들을 내 편으로 만드는 일이 너무도 어려울 것이다. 누구도 아들에게 자기의 속마음을 보여주지 않고 아들이 느끼는 것처럼 연극(Acting)을 하고 있을지도 모른다.

그런데 우리가 사는 사회가 다 그렇단다. 아빠도 〈머니투데이〉 사장으로서 회사 매출을 늘리고 좋은 신문을 만들려고 고민하는 일이 주는 스트레스보다는 같이 몸담고 있는 주변 사람들 때문에 스트레스를 받을 때가 더 많단다. 더욱이 인간관계에서 오는 스트레스는 두고두고 상처로 남는다. 30년 넘게 수없이 많은 사람을 만나고 겪어본 아빠도 그런데 하물며 이제 첫 사회생활을 하면서 주변 사람들과 원만한 관계를 맺는다는 게 당연히 힘들 수밖에 없을 것이다.

중요한 것은 그게 누구나 겪는 일이기 때문에 '인간관계라는 게 그렇구나' 하는 식으로 포용하고 이해하는 것이다. 너무 조급해하지 말고 '항심(恒心)' 즉, 변하지 않는 진실된 마음으로 주변 사람들을 대하다 보면 한 사람 두 사람씩 아들을 응원하고 이해하는 사람들이 늘어날 것이다. 풀리지 않는 문제들에 대해서는 지금 당장 해답을 얻으려고 하지 마라. 열심히 살다 보면 언젠가 자신도 알지 못하는 사이에 해답을 찾게 될 것이다. 곤란함이 오래 지속되면 사람은 어떻게든 그것을 벗어날 방법을 찾기 때문이다.

아들은 지금 아주 초보의 연구자이다. 따라서 궁금하고 풀리지 않는 문제들이 너무도 많을 것이다. 현재 연구하고 있는 친한 사람들 사이에서 비밀번호를 어떻게 공유하는지 하는 문제만 해도 남들이 주목할 만한 연구 성과를 발표한다는 것은 처음부터 불가능한 일일 것이다. 그렇기 때문에 지금 당장 해답을 얻으려 하고, 지금 당장 성과를 기대한다면 그것 자체가 말도 안 되는 것이다. 지금 필요한 것은 인내와 시간이다.

아빠가 요즘 와서 크게 깨달은 것 중의 하나가 '시간의 중요성'이란다. 시간이 가면 지금 고민하고 있는 대부분의 문제가 해결된다는 것이다. 물론 가만히 있어도 자동으로 해결된다는 것은 아니다. 나름 열심히 살다 보면 해결책이 생기고, 또 어떤 문제들은 지금 시점에서는 아주 심각하게 느껴지지만 시간이 지나서 보면 너무도 사소하고 보잘것없는 것이었는데 쓸데없이 너무 많이 고민하고 에너지를 낭비했다는 걸 느낄 때가 오기 때문이다. 아들은 다윗왕이 어려움에 처했을 때 되새기곤 했다는 "이 또한 지나가리라(This too shall pass away)."는 말을 들어 봤을 것이다.

세상사가 거지반 다 그렇단다. 지금 겪고 있는 스트레스와 고민, 어려움은 사회 초년생으로서 겪어야만 할 통과의례 정도일 것이다. 너무 심각하게 생각하지 말거라. 몇 년 뒤 지나서 보면 스스로 웃으면서 현재의 어려움과 고민을 회상하게 될 것이다. 너무 잘하려고 하지 말고 그냥 하거라. 힘들면 힘들다고 언제든지 이야기하고. 힘든 일을 털어놓는 순간 거기에서 벗어나 편안함을 느끼게 된단다. 지나치게 고상한 마음과 행동, 급한 마음은 가능하면 버리길 바란다.

산이 너무 높으면 나무가 없고, 물살이 너무 급하면 물고기가 없는 법. 아들은 다 좋은데 너무 진지하고, 너무 열심히 하고, 너무 성실한 게 흠이라면 흠이다. 그게 아빠는 걱정이 될 때가 많다. 너무 완벽한 사람은 좋지 않단다. 그런 사람들은 사회에 대한 기여도 많이 하고 주변 사람들에게 크게 도움도 되겠지만 개인적으로는 불행한 사람이 될 확률이 높단다.

아빠가 60년에 가까운 인생을 살아보니 살면 살수록 인생이 별게 아니라는 생각이 든다. 아빠는 언론사 사장이라는 특수 신분으로 인해 많은 사람들을 만나보기도 했고, 저명한 사람들의 사생활 이야기도 많이 들어봤다. 그런데 정말 별게 없더구나. 재벌 총수도, 대통령이나 고위 관료도, 저명한 예술가도 개인의 삶으로 돌아가면 아빠의 삶에 비해 특별히 나을 게 없는 경우가 많단다. 그래서 부처님도 진리는 별게 아니고 평상심에 머무는 것이라고 했을 것이다.

"가장 이상적인 삶은 보편적인 삶이다."라는 말처럼 보편적인 삶을 살 때 인생은 행복하단다. 아들이 스스로 생각하면 부족한 게 너무 많고 공부할 것도 너무 많겠지만 객관적으로 보면 아들은 이미 많은 것을 이루었다. 그래서 아빠가 자꾸 말하는 것이다. 지금까지도 충분히 잘했기 때문에 너무 잘하려고 스스로를 닦달하지 말라는 것이다. 지금까지 한 것만 해도 더없이 자랑스럽고 믿음직스럽다.

상황을 이렇게 정리한다면 이제 즐겁게 도전하는 일만 남아 있지 않을까. 너무 부담을 갖지 말고 그냥 도전해 보는 거다. 기대했던 결과가 나오면 좋고 안 되면 또 다른 길을 찾으면 된다. 길은 하나가 아니고, 두 개도 아니며, 세 개도 아니고 무수히 많단다. 카르페 디엠.

가족11

아들에게 9 _결혼 축사

2022년 10월 15일

대단히 반갑습니다. 서울에서 가장 아름다운 곳 중 하나이자 가을 풍광이 좋고 역사적으로도 의미가 있는 이곳에서 여러분들을 모시고 저희 아이들 결혼식을 올리게 되어 너무 행복합니다. 귀한 시간을 내주신 하객 여러분께 먼저 깊은 감사의 말씀 드립니다.

오늘의 주인공인 신부와 신랑은 제 자식이라서 그런지 몰라도 너무도 예쁘고 아름답습니다. 눈이 부실 정도입니다. 신부와 신랑은 서로를 만나 오늘 결혼식에까지 이르게 된 것이 지금까지 30여 년 인생에서 가장 큰 행운이라고 감히 말해도 될 것입니다. 신부는 신랑을, 신랑은 신부를 만났기에 그들의 세상은 더 빛나고 그들의 세상은 더 따뜻하게 될 것입니다.

이제 인생의 첫발을 내딛는 신랑 신부여서 아직은 조금 서툴 수도 있겠지만 오늘 두 사람은 서로의 앞에서 다시 한번 태어나는 날이 되는 것입니다. 많은 분을 모시고 진행되는 오늘 두 사람의 결혼식은 바로 이처럼 큰 의미를 갖고 있습니다. 하지만 인생을 좀 더 살아본 선배로서 또 부모의 입장으로는 오늘의 주인공인 두 사람이 무탈하게 그들의 길고 긴 인생 순례를 마칠 수 있을지 걱정이 되는 것도 부인할 수 없습니다.

모두 공감하시겠지만 어떤 인생도 특별하지 않습니다. 근심과 노고는 우리 인생에서 따돌릴 수 없는 동반자입니다. 특히 원만한 결혼생활은 네 귀퉁이의 침대 시트를 맞추는 것만큼이나 어렵습니다. 한쪽을 맞추면 다른 쪽이 튀어나오고, 늘 이런 식입니다. 그러므로 너무 완벽을 추구하면 안 됩니다. 또 좋은 연인관계, 좋은 부부관계는 인내심에 달려 있습니다. 작은 말다툼에서 이기기, 내 고집대로 하기 등을 버리고 서로 양보하고 배려하는 일들이 쌓이고 쌓일 때 두 사람은 그들의 인생 순례를 무사히 마치게 될 것입니다.

우리의 삶이, 우리의 결혼생활이 불행하게 되는 원인 중 하나는 주위에 늘 있는 것들의 소중함을 알아차리지 못하고, 매혹적인 게 다른 데 있다고 착각하기 때문이기도 합니다. 세상에서 가장 매혹적인 사람은 늘 내 앞에 있는 사람이고 가족이며, 세상에서 가장 맛있는 음식은 늘 먹는 집밥입니다.

그러므로 결혼식을 하고 새로 태어나는 신부와 신랑은 오늘부터 자신들의 삶이 결혼이라는 감옥에 갇히게 되는 것을 기꺼이 받아들이길 당부드립니다. 그래서 실망하더라도 오직 상대방에게만 실망하고, 그에 따른 불만이 있으면 상대방에게만 오직 털어놓기를 바랍니다. 그렇게만 하면 기적과도 같이 성공적인 결혼생활을 하게 될 것입니다. 살다 보면 슬픔이 밀려오고, 마음이 흔들리고, 소중한 것들을 잃을 때도 있습니다. 그럴 때면 가슴에 대고 이렇게 말하기를 바랍니다. "이 또한 지나가리라."

이 세상에서 진정 부유한 사람은 돈이 많거나 부동산을 많이 가진 사람이 아닙니다. 밤하늘의 별빛을 보고 강렬한 경이감을 느끼는 감수성과 진솔한 감성이 풍부한 사람입니다. 행복은 와인 한 잔, 가을날의 낙엽과 단풍처럼 참으로 단순하고 소박한 것들입니다.

오늘 새로운 인생을 시작하는 우리 모두의 사랑, 신랑 신부의 결혼생활이 진정으로 행복하기를 기도합니다. 두 사람이 더욱 더 사랑에 열중하고 그 결과에 대해선 덜 걱정하기를 바랍니다. 마지막으로 아메리카 인디언들의 결혼 축시 〈두 사람〉을 읽어 드리는 것으로 인사말을 마치겠습니다.

이제 두 사람은 비를 맞지 않으리라.
서로가 서로에게 지붕이 되어 줄 테니까.
이제 두 사람은 춥지 않으리라.
서로가 서로에게 따뜻함이 될 테니까.
이제 두 사람은 더이상 외롭지 않으리라.
서로가 서로에게 동행이 될 테니까.
이제 두 사람은 두 개의 몸이지만

두 사람 앞에는 오직 하나의 인생만이 있으리라.

이제 그대들의 집으로 들어가라.

함께 있는 날들 속으로 들어가라.

이 대지 위에서 그대들은 오랫동안 행복하리라.

강아지1

부끄러움에 대하여

2006년 9월 4일

첫 번째 예비 안내견 테라를 떠나보내고 또다시 거듭되는 아이의 요구를 거절하지 못해 강아지와 함께 생활한 지도 3년이 됐다. 이 녀석은 이제 어엿한 가족의 일원이 되어 '둘째'로 자리를 잡았다. 할아버지와 할머니, 엄마, 아빠, 형을 구분하고 식구들의 뒤를 쫓아다니니 가족으로 대접해 주지 않을 수가 없다.

혈통이 좋아서인지 아니면 훈련 덕분인지는 몰라도 '둘째'는 나름대로 확실한 자기 규율을 갖고 있다. 먹는 것은 사료와 물뿐이고 다른 음식은 입에도 대지 않는다. 배변도 실내에서는 절대로 하지 않는다. 밖으로 데리고 나가면 잔디밭에서만 한다. 길을 걷다가도 배변이 마려우면 그냥 도로에서 일을 보는 게 아니라 하다못해 낙엽이 있는 나무 밑으로 달려간다. 짖는 일도 없다. 그래서 아파트에서 생활하면서도 이웃들에게 항의받을까 고민할 일도 없다.

물론 처음부터 이렇게 된 건 아니다. 생후 2개월 정도 된 강아지를 집으로 데리고 온 뒤부터 한두 달이 매우 중요하다. 이 시기에 안내견학교의 룰에 따라 반복적 기본 교육을 하고 또 자견 담당자의 도움을 받으면서 학습을 시킨 결과이기도 하다.

이렇게 자기 통제가 잘 되는 녀석이긴 하지만 '둘째'는 가끔 실수를 한다. 할아버지가 정성스럽게 가꾸는 화분을 쓰러트리거나 물을 많이 먹은 날엔 참다못해 거실에 실례를 하기도 하고 또는 깔고 자는 솜이불을 물어뜯기도 한다.

그런데 '둘째'는 자기가 잘못을 저지르거나 실수를 한 다음에는 평소와는 다른 행동을 보여준다. 식구들이 알아차리기도 전에 자기가 먼저 배를 드러낸 채 거꾸로 눕거나 반대로 바닥에 납작 엎드려서는 어쩔 줄 몰라 하는 표정을 지으면서 용서를 구한다. 이런 상황에서 '둘째'는 괜찮다고 쓰다듬어 주기 전까지는 꼼짝도 하지 않고 식구들 눈치만 본다. 개가 자신의 실수나 잘못에 대해 부끄러워하는 듯한 행동이 대다수에게서 나타나는 공통적인 현상인지는 모르겠지만 어쨌든 '둘째'는 이로 인해 더욱더 가족들의 사랑을 받고 있다.

올여름을 뜨겁게 달군 바다이야기는 지금도 계속되고 있다. 요즘은 바다이야기와 함께 '개이야기'도 화제다. "도둑을 맞으려면 개도 안 짖는다."는 대통령의 발언에 야당 의원들이 "도둑이 주인이면 개가 주인 보고 안 짖는다. 성대나 고막을 제거하면 개가 짖지 못한다."는 말로 맞섰다. 이에 여당에서는 "짖으려던 개에게 재갈을 물린 게 바로 야당 아니냐."며 반격을 했다. 바다이야기에 대한 원인 규명과 책임 논란이 '개이야기'로 변하는 과정을 지켜보니 거기에는 일말의 부끄러움이나 미안함도 없는 듯하다.

부끄러워하는 마음은 사람을 동물과 구별 짓는 품성이다. 맹자님 말씀 가운데 수오지심(羞惡之心)이 바로 그것이다. 부끄러워하는 마음이 없으면 사람이 아니라는 뜻이기도 하다. 우리 시대의 양심으로 존경받는 신영복 선생은 부끄러움에 대해 한발 더 나아간다.

> "부끄러움은 사회의 본질입니다. 부끄러움은 인간관계의 지속성에서 옵니다. 부끄러움을 느끼지 않는 사회란 엄밀한 의미에서 사회성 자체가 붕괴된 상태라고 해야 합니다."

바다이야기와 관련해 정책의 실패나 로비와 유착, 사회 경보기능의 회복 등 풀어야 할 과제가 아주 많다. 그렇지만 선행돼야 할 것은 부끄러워하는 마음의 회복이다. 그것은 대통령과 청와대의 젊은 보좌진, 여당과 야당, 특히 언론도 마찬가지다. 나는 늘 '둘째'에게서 많은 것을 배운다.

강아지2

안내견에서 탈락한 자연이 그리고 이별

2007년 5월 18일

지난 주말 오후 용인 에버랜드 내에 있는 안내견학교를 불쑥 찾아갔다. 사전 양해도 받지 않았는데 학교 선생님들은 언제나 그랬듯이 반갑게 맞이해 주었다. 굳이 말을 하지 않아도 찾아온 이유를 잘 알았기 때문이다. 안내견이 되기 위한 교육을 받다가 탈락한 자연이를 마지막으로 만나러 왔다는 것을 말이다.

안내견 후보 자연이는 생후 2개월쯤 집으로 왔다. 1년 정도 식구들과 함께 생활한 뒤 안내견 교육을 받기 위해 학교로 돌아갔다. 나는 자연이가 당연히 안내견이 될 것으로 생각했다. 우리 집을 거쳐 간 다른 강아지들에 비해 좀 어리숙해 보이긴 했어도 이미 안내견으로 활동하고 있는 녀석들에 비해 훨씬 똑똑했고 말썽도 부리지 않았기 때문이다.

자연이는 집에 온 지 두 달쯤 지나 앞다리 슬개골 수술을 했고, 교육에 엄격한 아내가 아들의 유학으로 집을 떠나면서 수

술 후 회복과 재활 및 교육을 나와 장모님이 대부분 맡게 되었다. 그래서 그랬을까? 다른 녀석들 보다 유난히 사랑을 더 받고서 안내견학교로 돌아간 자연이가 안내견 훈련에서 많은 스트레스를 받은 것 같았다. 그러다 보니 평소에는 잘하다가도 하네스만 차면 오줌이 마려운 듯 절절맸다고 한다. 천성이 대범하지 못하다 보니 긴장감으로 나쁜 배변 습관을 갖게 되고, 결국 안내견 최종 심사에서 탈락했다는 소식을 듣고 나는 내심 말도 못하고 자책감에 시달렸다. 자식도 안내견도 조금은 엄하고 매정하게 키워야 하는데 그러지 못한 게 이런 결과를 초래하고 만 것이다.

안내견학교에서는 안내견이 되지 못한 강아지에 대해선 퍼피워커(puppy walker)에게 우선적으로 분양권을 준다. 학교에서는 이제 자연이를 반려견으로 데려가도 좋다고 했다. 그렇지만 나는 자연이를 데려올 형편이 되지 못했다. 흔히 말하는 '기러기 아빠' 신세인 입장에선 달리 방법이 없었다. 그렇지만 자연이와 영원히 헤어져야 한다는 사실도 받아들이기 어려웠다. 안내견학교에 3개월 정도의 시간을 달라고 하고는 방법을 찾기 시작했다. 출근하고 집에 없는 시간에 자연이를 돌봐줄 파출부를 구하기부터 이웃에 맡기기, 집에서 멀지 않는 곳에 자연이를 맡기고 주말에 찾아가 보기 등을 놓고 고민을 했다. 그렇지만 하나같이 마땅치 않았다. 자연이를 포기하고 새 주인을 만나게 하는 것말고는 대안이 없었다.

이달 초 안내견학교에서 연락이 왔다. 강아지를 자식만큼이나 사랑하는 청주에 사는 젊은 부부가 자연이를 데려갔으면 한다고 말이다. 무척 다행이었다. 그렇지만 안타까웠다. 자연이와 이별의 시간이 다가왔기 때문이다.

지난 1월에 이어 4개월 만에 다시 만난 자연이는 좀 더 자란 것 같았다. 강아지는 생후 2년까지는 조금씩 계속 자란다. 자연이는 나를 보자마자 어쩔 줄 몰라했다. 뛰어오르고, 밀치고, 핥고 제정신이 아니었다. 두 시간 가까이 함께 놀았다. 산책도 하고 잔디밭에서 뛰기도 하고 사진도 찍었다. 마지막으로 자연이를 꼭 껴안았다. 녀석도 눈을 지그시 감고는 내게 기댔다. 안내견학교 견사 앞으로 자연이를 데리고 갔다. 평소 같으면 뒤도 돌아보지 않고 들어가 버리곤 하던 자연이가 그날은 견사로 바로 들어가지 않고 한참 동안 서서 나를 물끄러미 쳐다봤다.

"아빠 건강하세요, 제 걱정은 하지 마세요."

"그래 잘 살아라, 어딜 가든 건강하고 씩씩해야 한다."

우리는 서로 마지막 인사를 주고받았다. 집으로 돌아오는 길에 평소 즐겨듣던 라디오 채널을 틀었다. 마침 떠나간 사랑에 대한 간절한 그리움과 기다림을 노래한 러시아 문호 푸슈킨의 연가에 작곡가 쉐레메체프가 곡을 붙인 〈나는 당신을 사랑했습니다〉가 흘러나왔다. 뜨거운 눈물이 볼을 타고 흘러내렸다.

사랑한다, 자연아!!

강아지3

안내견 '조이' _그 뒷이야기

2020년 4월 26일

사람이 아닌 '동물'이 수시로 국회의사당을 드나들 수 있게 되었다. 김예지 미래한국당 비례대표 당선인의 안내견 '조이'가 그 주인공이다. 안내견 조이의 국회 출입에 대해서는 이례적으로 여야 의원들이 한목소리를 낸 덕분에 국회사무처가 빨리 허용하기로 했지만 논란은 있었다. 당장 "의원은 본회의 또는 위원회의 회의장에 회의 진행에 방해되는 물건이나 음식물을 반입해서는 안 된다."는 국회법 제148조가 걸림돌이었다.

그렇다면 안내견은 국회 회의 진행에 방해되는 물건일까, 행여 회의 중에 짖거나 흥분해서 공격하지는 않을까, 실내에서 배변을 보는 일은 없을까 등등 여러 의문이 생길 수 있다. 결론부터 말하자면 모두 기우에 불과하다는 것이다. 국내에서 활동하는 안내견은 거의 전부 용인 에버랜드에 있는 삼성화재안내견학교 출신이다. 안내견학교는 1993년 설립 이래 그동안 2백여 마리의 안내견를 배출한 세계적으로 인정받는 안내견 명문사관학교이다.

안내견학교와 인연을 맺어 온 개인 경험에 비춰보면, 안내견은 생후 두 달 뒤 사회화 훈련을 위해 일반 가정에 분양되면 곧바로 배변을 가리기 시작하고, 2~3개월만 지나도 지정된 장소가 아니면 실수를 하지 않는다. 사람을 공격하기는커녕 짖는 일도 거의 없다. 안내견학교에서는 1년에 한 번 자원봉사자인 '퍼피워커(puppy walker)'를 위한 홈커밍데이 행사를 하는데 60여 마리 정도의 훈련견과 은퇴견 등이 모여도 서로 싸우거나 짖는 일은 찾아보기 어렵다.

김예지 국회의원 당선인이 굳이 안내견이 아닌 국회사무처 관계자들의 도움을 받으면 더 편하게 의정활동을 할 수 있지 않겠느냐는 생각도 할 수 있다. 아무리 훈련이 잘된 안내견이라도 사람보다는 못하지 않겠느냐는 게 일반적인 생각일 것이다. 그러나 이는 '파트너(안내견 사용자)'가 아닌 비장애인의 시각에서 보는 편견에 불과하다. 어떤 의사결정이든 제일 중요한 것은 당사자의 선택권이다. 존중해야 할 것은 김예지 국회의원 당선자의 선택권이고 의사이다. 아무리 큰 도움이라도 그것을 받아들이는 사람이 불편을 느끼거나 받아들이길 꺼린다면 그것은 이미 도움이 아니다.

장애인복지법 제40조 등에는 "보조견 표지를 붙인 보조견을 동반한 장애인이거나 장애인 보조견 훈련자, 또는 보조견 훈련 관련 자원봉사자가 대중교통수단을 이용하거나 공공장소, 숙박 시설 및 식품접객업소 등 여러 사람이 모이는 곳에 출입하려는 때 정당한 사유 없이 거부해서는 안 된다."고 명시하고 있다. 이를 어길 경우 300만 원 이하의 과태료를 물어야 한다. 이 조항은 현실에서는 지켜지지 않는 경우가 너무 많다.

안내견을 동반한 시각 장애인도 그렇지만 특히 안내견 훈련 자원봉사자의 경우, 장애인이 아니라는 이유로 문전박대 당하기 일쑤다. 신세계나 스타필드처럼 안내견뿐만 아니라 반려견 동반 출입을 환영하고 허용하는 곳도 있지만 다수의 식당이나 카페, 백화점, 호텔 등에서는 다른 고객들이 싫어하고 털이 날린다는 등의 이유로 출입을 꺼려한다. 심지어 사회적 약자를 따뜻하게 맞이해 줘야 할 교회나 사찰, 성당 등 종교시설에서도 안내견 및 훈련견과 그 동반자의 출입을 막는 경우가 많다.

그렇다고 파트너나 자원봉사자 입장에서는 장애인복지법 등을 내세우며 싸울 수도 없다. 안내견이나 훈련견을 앞에 두고 누군가와 말다툼을 하면 이들이 스트레스를 받게 되고 그로 인해 트라우마가 생겨 밖에 나가길 꺼릴 수 있기 때문이다. 안내견학교에서도 이 점을 특히 조심하라고 늘 당부한다. 털이 날려 문제가 된다는 지적은 과장된 측면이 강하다. 안내견이나 안내견 훈련견이 식당 등에 들어가면 식사가 끝날 때까지 한두 시간은 가만히 엎드려 있거나 잠을 자기 때문이다.

김예지 당선자는 안내견 조이가 자신의 눈이고 동반 생명체이지 물건이 아니라고 했다. 안내견이나 안내견 훈련견은 동물이 아니다. 개도 아니다. 물론 사람도 아니다. 말은 못 하지만 주변 사람들의 마음을 누구보다 잘 알고 따르는 영리하고 착하고 사랑스러운 생명체이다. 안내견과 안내견 훈련견은 그 파트너나 퍼피워커에게는 행복이고 기쁨이다.

사랑과 죽음1

세상에서 가장 슬픈 죽음 그리고 어머니

2007년 2월 11일

죽음치고 슬프지 않은 죽음은 없지만 젊은 나이에 죽는다면 그 슬픔은 더할 것이다. 정다빈, 유니, 이은주 등 젊은 연예인들의 잇단 죽음에 연민과 동정의 마음을 보내며, 명복을 비는 것은 이 때문이다. 세상과 결별하기엔 너무 이른 나이다.

음악사를 읽다 보면 특히 슬픈 죽음에 대한 이야기가 많다. 장인이 될 사람과 법정 싸움까지 하면서 천신만고 끝에 결혼한 아내 클라라와 떨어져 정신병원에서 46살의 나이에 죽어간 슈만이 우선 그렇다. 〈비창〉을 초연한 지 9일 후 53살의 나이에 죽은 차이코프스키도 예외가 아니다.

그의 죽음을 놓고 원래는 콜레라가 사인으로 알려졌지만 지금은 자살설이 설득력을 얻고 있다. 차이코프스키는 동성애자였다. 말년에 그가 동성애자라는 사실을 법률학교 친구들이 알게 되고, 이를 두려워한 차이코프스키가 결국 비소를 먹고 자살을 했다는 것이다.

40대와 50대에 죽은 슈만이나 차이코프스키보다 더 안타까운 죽음은 30대에 죽은 쇼팽(39살), 모차르트(35살), 슈베르트(31살)다. 쇼팽은 연상의 연인 조르주 상드와 헤어진 지 2년 만에 그 이별의 충격과 지병인 폐결핵, 만성후두염 등의 악화로 세상과 이별을 고한다. 하이든이 100년 만에 나오는 천재라고 했던 모차르트는 세속적인 영예 등에 무관심하고 냉담한 그의 기질 때문에 만년에 이르면서 점점 세상과 멀어진다. 결국 모차르트는 심각한 가난과 궁핍에 시달리게 되고, 한편에서는 도박과 매춘 등 갈 데까지 가는 타락 끝에 생을 마감한다. 모차르트는 그의 경쟁자였던 빈의 궁정 악장 살리에리에 의해 독살됐다는 설도 있지만 정설은 아니다.

슈베르트는 자신의 천재성에 비해 살아 있는 동안 합당하게 대접받지 못한 가장 안타까운 예술가로 통한다. 천성적으로 순진했던 천재 슈베르트는 친구를 유난히 좋아했고, 그들을 통해 엽색 행각에 빠진다. 이 과정에서 당시엔 불치병이었던 매독을 앓게 되고 티푸스까지 겹쳐 요절하고 만다.

슈만, 차이코프스키, 쇼팽, 모차르트 그리고 슈베르트에 이르기까지 하나같이 슬픈 죽음이지만 이보다 더 슬픈 죽음도 있다. 그가 죽은 나이도 정다빈이나 유니와 비슷한 26살이다. 클래식 음악 애호가가 아니면 이름도 생소한 페르골레시가 바로 비극의 주인공이다.

음악평론가 박종호의 책에서 페르골레시에 대한 궁금증이 풀렸다. 페르골레시는 이탈리아의 작은 시골 마을에서 태어나 어릴 때부터 재능을 인정받았다. 20살을 넘기면서 오페라를 작곡했고, 큰 성공을 거두었다. 그렇지만 그는 행복하지 않았다. 어려서부터 앓고 있던 척수결핵으로 평생 다리를 절어야 했기 때문이다.

게다가 자신의 후원자였던 영주 부인과의 사랑이 비극적으로 끝나면서 페르골레시의 결핵은 더욱 악화되었고 죽음을 피할 수 없는 상황에 이르게 되었다. 자신의 수명이 얼마 남지 않은 것을 직감한 페르골레시는 수도원을 찾아갔다. 그곳에서 그는 자신의 마지막 작품 〈스타바트 마테르(성모애상, 聖母哀像)〉를 작곡한다.

아들 예수가 십자가에 못 박혀 죽자 마리아는 아들이 못 박힌 십자가를 올려다본다. 아들의 주검 앞에 선 어머니의 심정이 어땠을까. 〈스타바트 마테르〉는 자식의 주검 앞에서 울고 있는 어머니를 그린 곡이다. 누구든 처음 듣더라도 그 애절함에 가슴이 미어진다.

죽은 자의 영혼을 위로하기 위해 만들어졌다는 레퀴엠(진혼곡)이 사실은 산 자를 위한 것이라고 한다. 죽은 자의 고통보다 살아있는 자의 고통이 더 크기 때문이다. 26살의 나이에 세상을 떠난 페르골레시의 죽음이 세상에서 가장 슬픈 죽음이라고 할 수 있지만 그것이 그의 어머니가 느끼는 슬픔보다 클 수는 없을 것이다. 정다빈, 유니, 이은주의 죽음이 슬프지만 그들의 부모가 느끼는 슬픔에 비교될 수 있을까. 꽃다운 나이에 세상을 떠난 젊은 연예인들의 명복을 빈다. 아울러 그들의 어머니, 아버지 그리고 가족에게 더 큰 위로를 전하고 싶다.

사랑과 죽음2

밸런타인데이의 추억, 〈하늘 아래 두 영혼〉

2007년 2월 13일

잘 먹고 잘 자고 건강검진을 해도 특별한 문제가 없는데도 매사에 의욕이 없고 시큰둥하고 사는 게 재미가 없다. 그렇다면 사랑을 하라.

세계적 뇌 연구자 신희섭 박사의 사랑에 대한 분석은 매우 흥미롭다. 누구든 사랑을 시작하면 싱글벙글 잘 웃고 모든 일에 의욕을 갖게 되는데, 이것은 우리 몸이 도파민이라는 신경전달물질을 뿜어내기 때문이라고 한다. 연애 초기에는 도파민이 많이 분비되는데, 시간이 흐를수록 차츰 줄어들고 따라서 사랑의 열정도 식는다고 한다.

그런데 뇌는 도파민의 축제가 끝난 후에도 사랑의 상태를 지속하려고 한다는 것이다. 사랑하는 상태에 있으면 뇌가 에너지를 충분히 공급받아 힘이 넘치고 동기유발도 잘 되기 때문이란다. 사랑이 뇌를 최적 상태에 머물게 하고, 뇌는 항상 사랑하는 상태를 원한다는 분석이다.

이를 기초로 뇌 연구자들은 늘 연인을 곁에 두라고 권한다. 사랑하는 이성이 없다면 가족, 친구, 동료라도 열심히 사랑하고, 이것도 어렵다면 동물이라도 사랑하라고 한다.

내일은 밸런타인데이다. 국적 불명의 장삿속에 불과한 날이라며 비판의 목소리가 높지만 서로 사랑을 고백하고, 도파민이 분수처럼 쏟아지고, 사는 게 즐거운 일이 된다면 욕할 것만은 아닌 것 같다.

사랑하는 사람에게, 가족들에게 밸런타인데이에 무슨 선물을 하면 좋을까? 초콜릿도 좋지만 음악은 어떨까. 음악도 사랑이나 명상처럼 우리의 뇌를 편안하게 해 준다. 사랑을 주제로 하는 음악은 셀 수 없을 만큼 많다. 음악 자체가 사랑이다. 〈사랑의 기쁨〉, 〈사랑의 슬픔〉, 〈사랑의 꿈〉, 〈그대를 사랑해〉, 〈사랑과 바다의 시〉, 〈사랑의 묘약〉, 〈사랑의 인사〉, 〈헌정〉 등 무궁무진하다.

그중에서도 〈위풍당당 행진곡〉으로 유명한 영국 작곡가 엘가(Edward Elgar, 1857~1934)가 아내에게 바친 〈사랑의 인사〉가 우선 눈에 띈다. 3분이 채 안 되는 소품이지만 아주 낭만적이다. 엘가는 30살이 넘은 나이에 아내의 권유로 뒤늦게 작곡을 시작해 대성한 경우다. 아내가 얼마나 고맙고 사랑스럽겠는가.

슈만이 결혼식 전날 아내가 될 당대의 피아니스트 클라라에게 바친 가곡집에 나오는 〈헌정〉도 좋다. 가사가 감동적이다.

그대는 나의 영혼, 나의 마음

그대는 나의 기쁨, 나의 고통

그대는 나의 세계. 그 안에서 나는 산다네

나의 하늘 그대, 그 속으로 나는 날아가네

오! 그대는 나의 무덤

그 안에 나의 슬픔을 영원히 묻었어요

그대는 나의 휴식, 그대는 마음의 평화

그대는 나에게 주어진 하늘

그대가 나를 사랑하는 사실은 나를 가치 있게 만들어요

그대의 눈빛이 나를 더욱 밝게 비추며

나를 사랑스럽게 높여주네요

나의 선한 영혼을, 나보다 나은 나를!

그렇지만 혹시라도 〈사랑의 기쁨(마르티니)〉은 선물하지 마시라. 가사에 문제가 있으니까.

사랑의 기쁨은 한순간에 지나지 않는 것

사랑의 괴로움은 평생 계속된다네

나를 버리고 다른 남자에게 가 버린

그런 여자는 잊어버리자

엘가와 슈만이 사랑하는 아내에게 바친 두 음악은 오늘처럼 사랑을 고백하는 날 아주 어울리겠지만 받는 사람이 좋아할지 자신은 없다. 텔레비전 광고 등을 통해 너무나 잘 알려진 곡이기 때문이다. 진부한 사랑이라고 오해받을 수도 있다.

다른 곡을 추천하라면, 〈자클린의 눈물〉을 추천하고 싶다. 우리나라에서 첼로곡으로 매우 히트한 노래이기도 하다. 누구나 듣기만 하면 알 거다. 오페라 〈호프만 이야기〉로 유명한 오펜바흐가 지은 곡이다. 〈자클린의 눈물〉은 모르는 사람이 없을 정도로 유명한데도 같은 오펜바흐가 지은 〈하늘 아래 두 영혼〉이라는 곡을 아는 사람은 많지 않은 듯하다. 정말 감미롭다. 어떻게 이처럼 아름다운 곡을 쓸 수 있을까 하는 생각이 들 정도다. 9분짜리 소품인데 자꾸자꾸 들어도 또 듣고 싶다.

제목도 근사하다. 하늘 아래 두 영혼이라니, 사랑하는 두 사람 사이를 이보다 더 멋있게 표현할 수 있을까 싶다. 하늘 아래 오직 단 두 사람의 영혼만이 달랑 남아 있는데 어떻게 사랑하지 않을 수 있겠는가. 어떻게 이별을 생각할 수 있겠는가. 〈하늘 아래 두 영혼〉은 감미롭지만 제목만큼이나 외롭고 쓸쓸하다. 사랑은 하면 할수록 외로워진다는 역설을 말해주는 것 같기도 하다.

밸런타인데이, 조금은 쑥스럽고 부끄럽더라도 사랑하는 사람들을 위해 초콜릿도 사고 음악 CD도 고르시길. 동네 가게에서 후레지아 꽃을 한 묶음 사 들고 들어가도 좋지 않을까.

사랑과 죽음3

사랑하고 싶으세요

2007년 9월 17일

고위 경제관료와 유명 큐레이터의 스캔들로 온 나라가 들끓고 있지만 계절은 가을을 향해 달려가고 있다. 가을에 가장 잘 어울리는 음악가로는 누가 있을까. 브람스가 먼저 떠오른다. 덥수룩한 수염과 우울한 표정이 꼭 가을 이미지다. 유난히 담배를 많이 피웠고, 할 말이 많은데도 표현을 절제하는 은둔자적 모습도 가을의 사색적 분위기와 잘 어울린다. 교향곡 4번이나 클라리넷 5중주, 비올라 소나타, 독일 레퀴엠 등 브람스의 대표작을 들어 보면 그가 가을 남자라는 느낌이 확실히 다가온다.

브람스는 화사하기보다는 중후하다. 콘트라베이스나 비올라 같은 저음 악기를 특히 좋아했다. 베토벤처럼 스케일이 크고 깊이도 있지만 노골적으로 드러내기보다는 절제를 한다. 작품의 마지막으로 가도 갈등이 증폭될 뿐, 해결되는 게 없다. 미완성이다.

브람스의 음악이 어렵다는 것은 이런 이유 때문이기도 하지만 이것이 브람스의 매력이다. 진국 같은 남자, 사귀긴 어렵지만 한번 친해지면 그 매력에서 헤어나기 어려운 남자, 무심하지만 알고 보면 가슴이 따뜻한 남자, 이게 브람스의 특징이다.

브람스의 이런 특징은 음악에서만 나타나는 것은 아니다. 삶이 그랬고 사랑이 그랬다. 브람스는 평생 독신으로 살았다. 그렇다고 사랑을 하지 않은 것은 아니다. 브람스의 로맨스에는 스승인 슈만의 아내이자 유명 피아니스트였던 14세 연상의 클라라가 등장한다.

클라라에 대한 브람스의 사랑은 20세에 만나 64세에 죽을 때까지 40년 이상 지속됐지만 절제와 지켜보기로 끝난다. 클라라가 죽었을 때 브람스는 "내 삶의 가장 아름다운 체험이요, 가장 위대한 자산이며, 가장 고귀한 내용"이라고 추모했다. 심지어 슈만이 죽은 뒤에도 클라라가 어려움에 처하면 도와주기만 했다. 의심할 바 없이 클라라는 브람스에게 가장 잘 어울리는 여성이었고, 행복 그 자체였지만 스스로를 클라라에게 속박하진 않았다. 브람스는 클라라에 대한 사랑을 이런 식으로 지켰다. 클라라가 77세의 나이로 죽자 다음해 브람스도 생을 마감한다.

요즘 브람스 같은 사랑을 하는 사람이 어디 있을까? 이젠 스캔들을 넘어 게이트와 신드롬이 되어 버린 변양균-신정아 사건을 보면서 이런 질문을 해본다. 우리가 두 사람을 비난하는 건지, 부러워하는 건지 헷갈리는 상황이어서 더욱 그렇다. 언론이나 국민이나 모두 분홍빛 연서와 보석 목걸이와 레지던스와 오피스텔, 그리고 진품인지 위작인지 모를 누드 사진만 좇아다니는 현실이 보여주듯 요즘 사랑은 너무 도발적이고 자극적이고 즉흥적이다. 절제라곤 찾아보기 어렵다. 가슴앓이도 없다. 계산이 너무 빠르다.

사랑은 원래 상대를 가리지 않는다. 마음이 움직이는 걸 어떻게 하겠는가. 브람스처럼 스승의 아내를 사랑할 수도 있고, 반대로 아내가 있는 남자를 사랑할 수도 있다. 문제는 그 다음이다. 어떻게 사랑을 표현하고 전개하는가이다. 대개는 일방적으로 주려 하고, 과시하려고만 한다. 자식을 너무 사랑하고 주기만 하면 아이를 망쳐버린다는 점은 잘 알면서도 이성 간의 사랑에서는 이 사실을 잊어버린다. 10대, 20대 사춘기 때의 경험으로 스스로 사랑 전문가인 것처럼 착각하곤 한다.

중년의 사랑에는 기술이 필요하다. 음악이나 미술을 공부하고 콘서트와 전시장을 찾아다니는 것 이상으로 '사랑의 예술'을 익혀야 한다. 이게 남자든 여자든 40대, 50대에 한 번쯤 찾아오는 중년의 위기를 잘 넘기는 방법이다. 브람스처럼 나이 들어 죽을 때까지 오래도록 사랑하는 길이기도 하다. 사랑하고 싶지 않은가요?

사랑과 죽음4

스타의 죽음보다 더 슬픈 것

2008년 10월 5일

가난과 병고에 시달리다 31세의 나이로 생을 마감한 슈베르트가 죽기 2년 전에 완성한 현악 4중주곡 제14번에는 〈죽음과 소녀〉라는 부제가 붙어 있다. 슈베르트라고 하면 흔히 아름답고 서정적인 피아노 5중주곡 〈송어〉나 가곡집 〈겨울 나그네〉가 떠오르겠지만 이보다는 〈죽음과 소녀〉가 오히려 그의 인생을 잘 보여준다.

슈베르트는 말기에 매독에 의해 썩어들어가는 몸으로 불안과 좌절에 시달렸다. 더욱이 그가 죽었을 때 남은 재산이 너무 적어 장례비용조차 감당하지 못할 정도였다. 인생은 늘 역설이고 부조화이다. 삶은 소녀적이라기보다 오히려 죽음과 더 가까이 있다.

비틀즈를 좋아했고 동양사상에 심취해 영혼의 스승을 찾겠다며 인도여행을 떠나기도 했던 미국 애플의 최고경영자 스티브 잡스가 2005년 스탠퍼드대학교 졸업식에서 한 축사가 기억에 남는다. 이날 강연에서 그가 마지막으로 당부한 노장사상의 핵심인 "늘 부족하게 살아라, 우직하게 바보처럼 살아라(Stay Hungry, Stay Foolish)."는 대목도 감동적이지만 또 눈길을 끄는 대목이 있다. 스티브 잡스가 사회에 첫발을 내딛는 희망에 부풀어 있을 졸업생들에게 자신은 하루하루를 인생의 마지막 날처럼 산다며, 아주 오랜 시간 죽음을 얘기한 대목이다.

"죽음은 우리 모두가 공유하는 삶의 도착지며 아무도 피해갈 수 없는 숙명입니다. 죽음은 삶에 있어서 가장 훌륭한 발명품입니다. 낡고 오래된 것을 치워버리고 새로운 것에 길을 열어줍니다. 여러분의 삶에도 끝이 있습니다. 인생을 낭비하지 마십시오. 다른 사람들의 생각에 사로잡혀선 안 됩니다. 여러분의 마음과 직감을 따를 용기를 가지십시오."

애플컴퓨터와 아이맥, 아이팟과 아이폰을 내놓은 이 시대의 아이콘 스티브 잡스의 상상력과 에너지의 원천은 바로 죽음에 대한 직시와 성찰이었다. 티베트 불교의 위대한 스승으로 달라이 라마와도 친분이 두터운 소걀 린포체의 죽음에 대한 직시와 성찰도 가슴에 와닿는다.

"죽음이란 실재하는 것이고 예고 없이 불쑥 찾아온다는 사실을 깨닫는 것이 중요합니다. 삶이 얼마나 소중한지 아는 사람은 삶이 얼마나 부서지기 쉬운지 이해하는 사람입니다."

소걀 린포체는 그렇기 때문에 삶을 단순화하라고 말한다. 집착에서, 영원에 대한 생각에서, 그릇된 열정에서 벗어나라고 충고한다. 특히 평온한 죽음은 가장 본질적인 인간의 권리로서, 투표권이라든가 사회정의보다 더 중요하며, 이를 위해 의사와 주변 가족들이 함께 노력해야 한다고 호소한다. 임종이 임박한 환자에게 온갖 종류의 응급처치가 동원된다면 죽어가는 사람을 더 고통스럽게 만든다고 말한다. 이런 차원에서 현대 사회가 호스피스 운동에 더 큰 관심을 가져야 한다고 강조한다. 소걀 린포체는 죽어가는 사람 주변에 어린아이가 있다면 매우 신중하고 조심스럽게 사실을 그대로 알려 주라고도 말한다. 어린아이가 죽음이 이상하거나 무시무시한 것이라고 생각하게 해서는 안 된다는 것이다.

대중스타 최진실 씨의 죽음을 계기로 한편에선 인터넷의 악성 댓글 차단을 위한 '사이버 모욕죄' 신설을 주장하고, 또 한편에선 자살행위에 대한 지나친 추모와 동정, 이로 인한 모방자살을 우려하며 경계하는 목소리가 높지만 이보다 훨씬 중요한 게 있다. 우리 사회의 죽음문화를 업그레이드하는 일이다. 젊은 세대에게 성교육만이 아니라 죽음에 대한 교육을 하는 것이다. 호스피스 제도와 존엄사 문제에 대한 법적·사회적 지원을 검토하고 진전시키는 것도 중요하다. 화려한 영안실보다 호스피스 병

동과 임종실을 하나라도 더 만들어야 한다.

죽음은 늘 우리 곁에 있는 삶의 일부이다. 『해피 엔딩』의 저자 최철주의 지적처럼 잘 사는 문제, 웰빙(Well-Being)만큼이나 중요한 게 잘 죽는 것, 웰다잉(Well-Dying)이다. 웰다잉 없는 웰빙은 공허하다. 우리의 이별문화, 우리의 죽음문화는 존재하지도 않을 뿐더러 그 수준이 너무 얕다. 대중스타의 잇단 자살과 죽음이 슬프지만 이를 통해 거듭 확인된 우리 사회의 죽음문화 부재와 천박함에 가슴이 더 아프다.

사랑과 죽음5

레드카펫의 죽은 여배우를 보면

2009년 3월 30일

왼쪽 어깨를 드러낸 채 미소를 짓고 있는 레드카펫의 죽은 여배우 사진을 보면서 당신은 무슨 생각을 하는가? 그녀의 죽음을 슬퍼하고 애도하는가? 아니면 그녀의 성적 매력 포인트가 무엇인지부터 찾는가? 주변 사람들은 예외 없이 모두 겸연쩍은 표정을 지으면서 같은 대답만 한다.

구글이나 야후 같은 해외 포털사이트에서 가장 많이 검색되는 단어는 뭘까? '섹스'다. 미국의 포르노 웹사이트 방문자 횟수는 구글이나 야후, MSN 등 주요 포털 방문자를 모두 합친 것보다 몇 배나 더 많다. 한국에선 네이버나 다음에서 섹스라는 단어로 검색을 하려면 성인 인증부터 받아야 하지만 이런 절차가 없다면 우리도 크게 다르지 않을 것이다. 아니 훨씬 더할지도 모른다.

한국엔 이런 통계가 없지만 미국의 경우, 정기적으로 포르노

인터넷사이트를 방문하는 사람이 4천만 명에 달한다고 한다. 정기적으로 야구를 보는 사람보다 10배나 많은 수치다. 미국 국민들의 최고 오락거리는 야구가 아니고 포르노인 것이다. 미국의 포르노산업이 벌어들인 돈은 메이저리그 야구, 미식축구, 농구의 수입 전부를 합친 것보다 많다고 한다.

세계적으로 보면 섹스산업의 규모는 연간 810억 달러에 달하고, 인터넷 검색 중에서 포르노사이트를 찾는 경우가 25%라는 주장도 있다. 『마이크로트렌드』의 저자 마크 펜의 주장처럼 섹스와 포르노는 세계에서 가장 크면서 가장 공공연한 비밀이다. 청와대 행정관이 성적 향응을 받았다 해서 문제가 됐지만 안마시술소와 룸살롱, 퇴폐이발소 등 온갖 형태의 홍등가와 매매춘업소는 인생 낙오자나 섹스 탐닉자들만의 세계가 아니다. 우리의 삶과 놀랄 만큼 가깝게 있고, 이미 생활의 일부가 되어버렸다. 전현직 대통령들도 하지 못한 정계개편까지 할 것 같은 엄청난 폭발력의 '박연차 사건'이 '장자연 사건'에 감히 대적할 엄두조차 내지 못하는 것도 이런 점에서 설명이 된다.

한국의 신문과 방송이 죽은 여배우에게 이렇게 집착하는 이유도 여기에 있다. 언론은 생리상 그들의 고객이 뭘 궁금해하는지, 뭘 원하는지 귀신같이 안다. 1면 톱뉴스로, 저녁 헤드라인 뉴스로 불법 정치자금을 받아 소환되는 정치인들을 다루지만 진짜 관심은 죽은 여배우에게 있다. 체면 같은 것 버리고 속살을 보여주는 인터넷 홈페이지를 가 보면 온통 죽은 여배우로 도배

되어 있다. 한발 더 나아가 경찰이나 검찰 주변, 증권가의 확인되지 않은 루머를 서슴없이 인용하고 기사화하기도 한다.

이 기사 밑에는 이런저런 사람들의 실명이 댓글로 붙고 메신저 등을 통해 순식간에 퍼져나간다. 결과적으로 보면 인격살인이다. 신문과 방송은 상대방을 공격하는 재료로도 죽은 여배우를 열심히 활용한다. 촛불시위 이후 이념적으로는 물론 방송법 개정을 둘러싸고도 양쪽은 모두 건널 수 없는 다리를 건너고 말았다. 이런 차에 여배우의 죽음을 둘러싼 여러 이야깃거리는 상대방을 공격하는 데 아주 유용한 수단이 되었다.

지난해 기준 국내 언론사 가운데 적정 순익을 낸 곳은 손에 꼽을 정도다. 올해는 더 어려울 것으로 보인다. 언론사가 정상적으로 이익을 거두고 세금을 내는 게 오히려 이상하게 취급되는 나라, 불황을 타지 않는 포르노의 힘을 빌려서라도 고단한 시절을 살아남으려는 처절한 노력이 눈물겹기만 하다.

사랑과 죽음6

5월의 어느 날

2009년 5월 11일

꽃보다 나뭇잎이 더 아름다운 5월이다. 이 계절만큼 아름다운 노래, 아그네스 발차가 부르는 〈5월의 어느 날〉을 듣는다.

5월의 어느 날 너는 떠나버렸지
아들아, 네가 그렇게도 좋아하던 봄날에
나는 너를 잃어버렸구나
너는 테라스에 올라서서
눈 속 가득히 햇빛을 받아 마시곤 했지
그리고 달콤한 목소리로 너의 큰 세상에 대해 얘기하고
우리가 함께한 어느 날 내게 약속도 했었지
하지만 네가 사라진 지금 나의 빛도 사라져 버리는구나

그리스가 사랑하는 작곡가 미키스 테오도라키스의 곡에 그리스가 자랑하는 메조소프라노 아그네스 발차가 부르는 〈5월의 어느 날〉은 선율이 무척 아름답지만 전쟁터에 나간 아들을 회상하며 아버지가 부르는 슬픈 노래이다.

테오도라키스로 상징되는 민족성 가득한 그리스의 낭만주의가 탄생한 것은 한국만큼이나 외세의 침략과 암흑기가 많았던 그리스의 슬픈 역사가 있기 때문이다. 아름다움은 슬픔의 또 다른 이름이다. 역사에도, 노래에도, 자연에도 통용되는 원리다. 아그네스 발차의 목소리가 특히 매력적인 것도 감미롭지만 동시에 낮게 잦아드는 애잔함 때문이다.

5월의 아름다움과 5월의 낭만, 5월의 슬픔과 애잔함을 얘기하자면 중국 낭만문학의 대표인 『초사(楚辭)』와 5월의 시인인 전국시대 굴원(屈原)을 빼놓을 수 없다.

바쁘게들 이리저리 쫓아다니지만
내가 서둘러 해야 할 일은 아니다
앞으로 점점 늙어 갈 터인데
조촐한 명성도 남기지 못할까 두렵다
아침엔 목련에서 구르는 이슬을 마시고
저녁에는 추국(秋菊)에서 지는 꽃잎을 먹으며
내 마음 진정 곱고 뛰어나기만 하면
오래도록 모습 초췌한들 무엇이 서러우랴
—〈이소(離騷)〉에서

초여름의 짧은 밤이길 바랐는데
어이해서 하룻밤이 일년처럼 긴가
영도에의 길은 아득한데
넋은 하룻밤에도 아홉 번이나 가노라
—〈구장(九章)〉 중 네 번째 '추사(抽思)'에서

『초사』는 중국 남방문학의 대표답게 이처럼 아름답지만 『초사』의 대표 시인 굴원의 삶은 비운과 울분의 연속이었다. 마침내 59세의 나이로 굴원은 멱라수에 몸을 던져 자살하고, 후세 사람들은 그가 죽은 5월 5일을 기려 단오절을 만들었다.

굴원이 쓴 방황과 고뇌의 시 〈구장(九章)〉에는 "많은 입은 단단한 쇠까지도 녹여 버린다."는 구절이 나온다. 젊은 나이에 왕의 총애를 받는 권력자가 되어 부국과 강병을 추진했지만 정적들의 모함으로 끝내 좌절하고 마는 굴원의 삶이 바로 여러 사람들의 입에 녹아버린 경우다. '많은 입은 쇠까지도 녹인다'는 말은 지금도 여전히 위력적이다. 신문과 방송 인터넷에 '찌라시'까지 우리 시대의 입들은 예전과 비교조차 되지 않을 만큼 더 강력하고 폭발적이다.

돌이켜보면 서브프라임발 경제위기보다 더 무서운 것은 무수한 입들이 만들어 퍼뜨린 공포감이었다. 치사율에서는 일반독감 수준에도 못 미치는 신종인플루엔자도 병원균 그 자체보다 입들이 만들어 퍼뜨린 폐해가 훨씬 치명적이다. 죽은 여배우와 관련해 무수한 입이 조작해 퍼뜨렸던 허구와 왜곡은 어떤가.

그러나 굴원의 삶과 시가 그랬듯이, 고통과 울분을 기꺼이 감수함으로써 스스로의 존재를 확인하고 더 성숙해지는 게 사람이고 문학이고 역사다. 그리스의 슬픈 역사가 없었다면 미키스 테오도라키스와 아그네스 발차의 〈5월의 어느 날〉이나 〈기차는 8시에 떠나네〉와 같은 노래가 나왔을까. 강물에 목숨을 버릴 만큼의 비통함과 울분, 고독함이 없었다면 호메로스의 『일리아드』와 『오디세이』, 단테의 『신곡』에 비유되는 『초사』의 대표작 〈이소(離騷)〉가 탄생할 수 있었을까.

아름답지만 슬픈 5월의 시와 5월의 노래, 5월의 나뭇잎이 던져주는 5월의 메시지다.

사랑과 죽음7

누가 타이거 우즈를 비웃나

2009년 12월 21일

치명적 매력으로 남자를 유혹해 파멸시키는 탕녀, 팜므파탈은 예술가라면 당연히 그냥 지나칠 수 없는 대상이다. 리하르트 스트라우스는 오스카 와일드의 대본에 곡을 붙여 그 유명한 오페라 〈살로메〉를 만들었고, 에로틱 화가의 대가 구스타프 클림트는 〈유디트와 홀로페르네스〉라는 명작을 남겼다. 살로메는 어머니 헤로디아를 저주하고 비난한 세례 요한에게 복수하고, 한편에선 세례 요한의 남성적 매력에 반해 그를 죽이기로 결심한다. 의붓아버지 헤롯왕 앞에서 관능적인 일곱 베일의 춤을 추고, 그 대가로 감옥에 있는 세례 요한의 목을 요구해 뜻을 관철한다.

야한 오페라를 보고 싶다면 스트라우스의 〈살로메〉와 마스네의 〈타이스〉를 추천한다. 단연 압권이다. 천하무적 장수 홀로페르네스가 이끄는 앗시리아 군대가 유대의 산악도시 베툴리아를 침공해 유린한다. 이때 귀족 출신 미모의 과부 유디트가 나라를 구하기 위해 나선다. 유디트는 홀로페르네스를 유혹하는 데 성공하고, 격정적인 성행위 뒤 흥분이 채 가시기도 전에 남자의 목을 자르는 살육의 향연을 벌인다. 한쪽 가슴을 드러낸 채 반쯤 벌린 입에선 쾌락의 신음소리가 나오는 듯하고, 왼쪽 겨드랑이 밑에는 홀로페르네스의 목이 보이는 클림트의 그 유명한 작품은 여기서 소재를 따왔다.

살로메와 유디트가 던지는 메시지는 에로스(사랑)와 타나토스(죽음)가 사실은 하나라는 것이다. 마찬가지로 성욕과 살해욕도 한 쌍이고, 고통과 쾌락도 동전의 앞뒷면이다. 프랑스의 작가 겸 사상가 조르주 바타유가 그의 저서 『에로티즘』에서 한 말이다. 그는 징그럽게도 "섹스의 절정은 작은 죽음"이라고까지 했다. 밤새워 술 마시고 매음굴과 나이트클럽을 전전하며 글쓰기를 함께했던 조르주 바타유만이 할 수 있는 말이다.

바타유가 설파했던 이런 진리를 지금 가장 절실히 깨닫는 사람은 아마 '골프 황제'에서 '바람의 황제'로 추락한 타이거 우즈일 것이다. 요즘 한창인 우리들의 송년회 기준으로 보면 2009년 올해의 뉴스, 2009년 올해의 인물은 단연 타이거 우즈다. 글로벌 경제위기도 아니고, 지구온난화와 기후변화협약도 아니고, 오바마나 원자바오도 물론 아니다.

에로스와 타나토스가 사실은 하나라는 진리에다 유명인의 스캔들이나 불륜도 유망 비즈니스가 돼버린 현실을 감안한다면 타이거 우즈만 비난할 순 없다.

타이거 우즈 스캔들은 그와의 불륜을 폭로해 스타의 반열에 오르고 돈을 버는 그의 여인들과 이를 증폭 보도함으로써 이득을 얻는 황색 언론, 뭇 사람들의 관음증이 함께 어우러져 만든 합작품이다.

사랑과 죽음이, 고통과 쾌락이 하나라는 진리는 송년회 자리에서 최고의 안주거리가 되고 있는 타이거 우즈에게만 해당하는 것은 아니다. 글로벌 경제위기 국면에서 침체를 극복하고 빠른 회복을 보여주는 한국 경제에도 적용된다. 마이너스 성장에다 국가부도 사태, 대규모 실업을 걱정하던 우리 경제가 지금은 온통 장밋빛 일색이다. 내년 5%대 성장 전망에다 2,000선을 훨씬 넘는다는 주가, 300억 달러가 넘는 경상수지 흑자, 게다가 G20 정상회의 개최에 따른 국격 상승에 이르기까지 스스로도 어리둥절할 정도다.

그러나 너무 좋아하지 마라. 타이거 우즈를 비웃지도 마라. 고통과 죽음은 쾌락의 정점에서 찾아온다는 사실을 잊지 마라. 송년회 자리에서 아무리 술에 취하더라도 이 사실만은 기억하자. 방심하다간 올해보다 내년이 오히려 어려울 수 있다는 점을. 우린 아직 터널의 끝을 통과하지 않았다.

사랑과 죽음8

외도가 톱기삿감인 건 맞지만

2013년 10월 5일

스위스 태생의 천재 작가 알랭 드 보통(Alain de Botton)은 어떻게 하면 현명한 삶을 살 수 있을까를 고민하다 '인생학교'라는 프로젝트를 시작했다. 그는 충만하고 균형 잡힌 인생을 위해 한 번쯤 고민해 봐야 할 주제로 섹스, 돈, 일, 정신, 세상, 시간 등을 선정하고 이들에 관한 근원적 탐구와 철학적 사유를 책으로 엮어냈다. 알랭 드 보통은 이 가운데 섹스에 대해 직접 글을 썼다.

알랭 드 보통의 『인생학교, 섹스』는 "톡 까놓고 말해서 섹스는 기대와 달리 사랑 앞에 얌전히 앉아 있길 거부한다. 아무리 길들이려고 애써도 평생 말썽을 일으킨다."며 다소 도전적으로 시작한다. 알랭 드 보통은 "섹스하고 싶지 않다고 해서 사랑하지 않는 것은 아니다. 발기불능은 개인의 문제가 아니라 사실은 문명화의 결과"라는 탁월한 성찰로 우리를 위로해 준다.

알랭 드 보통은 부부 사이에 왜 잠자리가 소원해지는지에 대해서도 설득력 있는 분석을 내놓았다. 가정을 꾸리고 자녀를 양육하게 되면 본질적으로 통제와 자기 억제가 제일 중요한 데 반해, 섹스는 자유로움, 상상력, 유희 등이 전제가 되어야 하기 때문에 부부 사이에 원만한 섹스가 어렵게 된다는 설명이다. 프로이트식으로 말하자면 하루종일 '엄마'와 '아빠'의 역할을 하면서 '가족'으로 생활하기 때문에 부부간의 섹스는 '근친상간'이 돼 불편할 수밖에 없다는 것이다. 이런 분석을 토대로 알랭 드 보통은 '외도(Adultery)'에 대해 칼을 들이댄다.

"중년의 기혼남이 다른 여자를 유혹할 때 내보이는 대범함을 자신감으로 착각해선 안 된다. 그것은 자신감이 아니라 나이가 들면서 내 인생에 언제 다시 이런 기회가 올까 하는 초조감 때문에 대범해진다."

"사람들은 외도를 저지른 배우자가 무조건 잘못됐고, 정절을 지킨 배우자는 아무 잘못도 없다는 식으로 너무 쉽게 단정해 버린다. 하지만 이건 반쪽짜리 판단이다. 확실히 외도는 신문의 톱기삿감인 것은 맞지만 배우자를 배신하는 방법으로 말하자면 다른 종류의 배신도 얼마든지 있다. 대화에 인색하게 구는 것, 괜히 성질을 부리는 것, 스스로를 매력적으로 가꾸는 데 노력하지 않는 것 등등."

알랭 드 보통은 이제 결론을 내린다.

"한 사람이 다른 사람의 모든 욕구에 대해 성적으로, 감성적으로 평생 해결사가 되어줄 수 있을까. 말도 안 되는 희망을 품게 하는 현대 결혼제도의 비상식적인 야심과 고집이 진짜 문제다."

"부부가 자신들의 삶이 결혼이라는 감옥에 갇혀 있음을 기꺼이 받아들이고, 외도의 충동에 몸과 마음을 내맡기지 않는 것, 그것은 기적과도 같은 일이고 날마다 감사해야 할 일이다. 따라서 한쪽이 어쩌다가 실수를 한다면 상대방은 분노할 것이 아니라 그동안 두 사람이 성실함과 평온함을 지켜온 것에 대해 놀라는 편을 택해야 할 것이다."

'시대의 현자' 알랭 드 보통의 섹스와 외도에 대한 철학적 성찰을 길게 인용한 것은 이유가 있다. 우리 사회의 핫이슈인 전직 검찰 총수의 외도와 혼외자식 논란과 관련, 고위 공직자의 도덕성과 품위의 문제 또는 정보정치 논란 등을 떠나 인간과 인생에 대해 보다 근원적인 답을 찾아보기 위해서다.

알랭 드 보통이라면 뭐라고 말했을까. "외도와 혼외자 문제가 신문의 톱기삿감이 될 수는 있지만 검찰총장이 평생 한 번도 외도의 충동에 몸을 맡기지 않는 기적을 행하지 않았다 해서 분노할 것까지야 있겠는가?"라고 되묻지 않았을까.

사랑과 죽음9

안희정에 분노하는 당신께

2018년 3월 18일

'대한민국 정치의 희망'으로까지 불린 안희정 전 충남지사의 여비서관 성폭행 사건에 당신은 분노하는가. 그의 위선에 치가 떨리는가. 아니면 유력 대권주자 반열에까지 올랐던 그가 자기 통제를 못 하고 질병 수준의 변태 행위를 보인 데 연민의 정이라도 느끼는가.

'미투(Me too)' 운동의 확산과 저명인사들의 몰락을 보면서 세상이 너무 추하다고 탄식만 할 순 없다. 양성평등을 강조하거나 젠더 권력 타파나 성추행·성폭력 형태로 나타나는 권력형 '갑질'에 대한 고발로도 뭔가 부족하다. 이참에 인간과 성에 대한 재성찰이 필요하다. 교과서적인 얘기 말고 좀 더 솔직하게 말이다. 그래야 최소한 우리 스스로 인간에 대해 덜 실망하고 덜 좌절하고 덜 부끄럽지 않을까 싶다.

인간이란 무엇인가. 이 질문에 수많은 대답을 할 수 있겠지만 『그리스인 조르바』와 『영혼의 자서전』을 통해 '20세기 문학의 구도자'로 칭송받는 니코스 카잔차키스의 얘기를 들어보자.

"나이가 들어 비로소 나는 지구가 우주의 중심이 아니듯 인간은 신의 아들이 아니라 짐승의 후손이며, 그들 또한 조상들보다 총명하고 부도덕한 짐승이라는 모욕적인 개념들을 소화했다. 우리는 영혼이라는 이름의 짐을 지고 다니는 육체라는 이름의 짐승이다."

카잔차키스가 그의 작품들을 통해 이렇게 얘기했다고 해서 행여 여성을 비하하거나 성폭력을 옹호하는 작가로 오해하지는 말라. 그는 이런 말도 한다.

"여자가 흘린 눈물 한 방울이 남자를 빠뜨려 허우적거리게 할 수도 있다."

성이란 무엇인가. 섹스란 무엇인가. 성과 섹스, 남녀의 사랑과 연애에 관한 한 지금 세계 최고 권위자는 스위스 태생의 영국 작가 알랭 드 보통이다. 그는 한국인이 가장 사랑하는 해외 작가 중 한 사람이다. 알랭 드 보통이 영국 런던에서 시민강좌 프로그램 '인생학교'를 열어 직접 강의하고 토론한 성과 섹스에 대한 얘기다.

"섹스에 관한 한 조금이라도 정상적인 사람은 거의 없다. 대부분 죄책감과 노이로제, 병적 공포와 마음을 어지럽히는 욕망, 혐오에 시달린다. 그렇기 때문에 당혹스런 성적 충동에 정상적으로 대응하지 못한 것을 자책하기보다 섹스가 본래부터 이상하다는 것을 우리는 인정해야 한다."

그는 이런 분석도 곁들인다.

"일상에서 우리는 늘 예의 바르게 행동해야 한다고 요구받는다. 내면의 본성을 꾹 참고 억누르지 않으면 주변 사람들에게 관심도 애정도 얻지 못한다. 그렇다 보니 역설적으로 우리는 변태적 행위를 통해 우리의 내밀한 자아를 드러내 보이려 하고, 그 순간 더 성적 흥분을 느끼게 된다."

그렇다고 해서 알랭 드 보통이 추행이나 변태적 행위를 옹호한 것은 결코 아니다. 그는 말한다.

"한쪽이 상대에게 취하는 쾌감에서 상호성이 지극히 결여되었기 때문에 성폭행에 격분할 수밖에 없다."

카잔차키스의 고백처럼 인간은 본성적으로 짐승이고, 알랭 드 보통의 지적처럼 성은 애초부터 이상한 것이다. 그런 점에서 위선이 인간의 본질이며 겉으로 드러난 아름다움이란 한 꺼풀 가죽에 불과할지도 모른다. 그럼에도 우리는 오늘도 유혹과 욕망을 절제하고 억누르며 살아간다. 조선시대 유학자 장유(張維, 1587~1638)가 〈신독잠(愼獨箴, 홀로일 때 삼가라)〉을 써두고 스스로를 늘 경계한 것처럼 말이다.

깊숙한 방, 말 없는 공간
듣고 보는 이 없어도 귀신이 그대 지켜보나니
게으름 피우지 말고 사심 품지 말 일이다
처음에 막지 못하면 하늘까지 큰 물 넘치리라
위로는 하늘이고 아래로는 땅 밟는 몸
날 모른다 말할 텐가, 그 누구를 기만하랴
사람과 짐승의 갈림길, 행복과 불행의 분기점
어두운 저 방구석을 내 스승으로 삼으리라

사랑과 죽음10

불편하지만 꼭 해야 할 이야기

2020년 7월 19일

평생 인권변호사와 시민운동가로서 살았고 여성과 페미니즘을 위해 앞장섰던 박원순 서울시장이 전직 여성 비서로부터 성추행 혐의로 고소당하고, 스스로 목숨을 끊은 충격적 사건은 인간에 대해, 성(性)에 대해, 죽음에 대해 근원적 질문들을 던진다.

불교에서는 뼈를 깎는 수행으로 인간이 부처가 되었다 해도 번뇌가 없어지는 것은 아니라고 한다. 육체가 살아 있는 한 수많은 유혹과 제약을 받을 수밖에 없기 때문이다. 사람이 평생 수행하고 성찰해야 하는 것은 이 때문이다. 성과 남녀관계에 대해 많은 이야기가 있지만 철학자이자 소설가인 알랭 드 보통이 『인생학교』, 『영혼의 미술관』 등에서 한 말에 공감이 간다.

"성에 관한 한 조금이라도 정상적인 사람은 없다. 대부분 죄책감과 노이로제, 마음을 어지럽히는 욕망, 무관심과 혐오에 시달린다. 일상 속에서 우리는 내면에 도사린 악한 본성을 억누르고 늘 예의 바르게 행동해야 한다고 강요받는다. 그 결과 성을 통해 우리의 내밀한 자아를 드러내 보이고 변태적이 될수록 짜릿함을 느낀다. 문제는 이때 남녀가 대등한 상태에서 합의해야 하는데 상호성이 결여돼 일방적으로 되는 순간 성폭력, 성추행의 나락으로 빠지고 만다."

성에는 좌파와 우파, 보수와 진보가 없다. 진보적 시민운동가라고 해서 페미니스트라고 해서 전쟁과도 같은 이 문제에서 한 순간도 자유로울 수는 없다. 박원순 전 시장이 부천서 성고문 사건과 서울대 조교 성희롱 사건을 앞장서 변론한 것과 성추행범으로 몰린 것은 본질적으로 별개이고 아무런 연관성도 없다. 오히려 시민운동가, 인권운동가, 서울시장, 대권후보라는 무거운 짐이 그를 더 유혹에 빠지도록 만들었을지도 모른다. 사회 저명인사들의 성추문이 대부분 그렇다.

그렇다면 당신의 성은 죄책감인가? 노이로제인가? 욕망인가? 아니면 무관심이나 혐오인가? 크게 나눠보면 대개는 욕망 또는 죄책감이 많겠지만 무관심과 혐오도 적지 않은 듯하다. 물론 욕망이나 죄책감에서 출발해 무관심이나 혐오로 바뀌는 경우도 많고 그 반대 사례도 적지 않다. 평생 성에 대해 무관심과 혐오로 살았다 해도 어느 순간에 욕망으로 급변할 수도 있는데 이때 큰 사고가 터지곤 한다. 오죽했으면 니코스 카잔차키스가 조르바의 입을 빌려 “이놈의 전쟁과도 같은 성”이라고 탄식했을까.

또한 죽음에 대해서도 많은 말이 있지만 나는 미국 예일대 철학교수 셸리 케이건이 『죽음이란 무엇인가』에서 말한 고백을 늘 기억한다.

“삶이 소중한 것은 죽음이 있기 때문이다. 죽음은 죽은 사람에게는 아무 영향도 미치지 못한다. 죽음이 나쁘다는 것은 그 뒤에 남겨진 사람들 때문이다. 자살은 현실에서 대부분 더이상 삶이 가치 없다고 섣부른 판단을 내리는 착각 때문에 일어난다. 하지만 대개 죽는 것보다는 살아 버티는 게 훨씬 나은 인생일 수 있다. 자살은 ‘합리성’에만 초점을 맞출 경우, 특정한 상황에서는 도덕적으로 정당화될 수 있고 적절한 선택이 될 수도 있다.”

자살을 미화하는 게 결코 아니라는 점을 전제로 과거 노회찬의 죽음도, 지금 박원순의 죽음도 합리성과 도덕성의 관점에서만 보면 케이건 교수의 지적처럼 달리 선택의 여지가 없었던 불가피한 결정이었을 것이다. 따라서 박원순의 자살이 “피해 여성에 대한 아주 최종적인 형태의 가해였다.”는 식의 주장은 위험하고 철학의 빈곤을 보여준다.

죽음이 나쁘다는 것은 그 뒤에 남겨진 사람들 때문이라고 했을 때, 피해 여성이 우선 순위에 있는 것은 분명하다. 그러나 남은 사람은 피해 여성만이 아니다. 박 전 시장의 부인과 자식들도 있다. 박원순의 죽음으로 피해 여성이 받는 고통과 박 전 시장 가족이 받는 고통 중 어느 것이 더 크다고 말할 수 있을까.

공자는 죽음에 대한 제자의 질문에 "내가 삶도 제대로 모르는데 어떻게 죽음에 대해 말할 수 있겠냐."며 입을 닫았다.

한 인간의 죽음은 타자가 함부로 평가하고 재단할 수 있는 게 아니다. 죽음에 대해 남은 사람들이 해야 할 것은 추모와 애도뿐이다. 나머지는 역사의 몫이다. 고 박원순 전 시장에게도 역사라는 냉엄한 심판이 기다리고 있다. 사회 저명인사일수록 역사의 평가를 두려워해야 한다.

인생은 누구도 특별하지 않다. 삶은 그 속내를 들여다보면 누구도 예외 없이 거기서 거기다. 그리고 죽음은 늘 삶의 한가운데 있다. 죽음과 삶은 하나다. 고 박원순 전 시장의 명복을 빈다. 피해 여성과 박 전 시장 유족들의 깊은 상처가 하루빨리 아물고 회복되기를 기도한다.

사랑과 죽음11

그들은 왜 헤어졌을까

2021년 5월 20일

한 사람이 다른 사람의 욕구에 대해 성적으로나 감성적으로는 물론 지적인 면에서까지도 완벽히 소통되고, 더욱이 비즈니스 파트너로서까지 부족한 게 없는 등 '평생의 해결사'가 되어 줄 수 있을까. 이런 커플이 지구상에 없지는 않겠지만 대단히 드물 것이다. 현대사회 이전에는 사랑과 성, 가족이 따로 움직여도 문제가 되지 않았지만 지금은 이들이 모두 한 사람에게 집중되어 있다. 그렇지 않으면 가족이 해체되고 이혼을 한다. 현대의 결혼제도는 그래서 대단히 난해한 수행 과제이다.

마이크로소프트(MS) 창업자이자 세계에서 네 번째 부자인 빌 게이츠와 그의 아내 멀린다 게이츠가 이혼을 선언했다. MS에서 창업자와 마케팅 매니저로 만나 7년을 연애하고, 27년의 결혼생활 중 3명의 아이를 두고, 2000년 이후에는 세계 최고의 '빌앤드멀린다게이츠재단'을 세워 질병과 기아퇴치, 교육기회

확대 등에 헌신했다. 최근에는 백신개발 등 코로나19 극복에도 앞장선 커플이기에 이들의 파혼은 충격적이다.

빌 게이츠와 멀린다 커플은 '잉꼬부부'에 그치지 않고 아내 멀린다는 독점자본가 이미지였던 남편을 기부왕으로 만들었고, 빌 게이츠는 아내의 자선사업에 적극 동참하는 등 비즈니스 파트너로서도 서로 큰 역할을 했다. 그 결과 이들은 누구에게나 롤모델이 되는 이상적 커플로 평가받았다. 사람들이 이들마저 이혼한다면 어떻게 결혼에 대한 희망을 품겠느냐는 반응을 보인 것도 이 때문이다.

이들은 이혼을 발표하면서 더이상 함께 성장할 수 없어 이혼을 결심했다고 밝힐 뿐 다른 이유는 말하지 않았지만 외신은 여러 이유를 내놓았다. 빌 게이츠는 이혼을 발표하기 훨씬 전부터 자신의 골프친구들에게 애정없는 결혼생활을 하며 사실상 별거 중이라고 말했다고 한다. 결혼 후에도 예전에 만난 여자친구와 관계를 지속했고, 사내 여성 직원과 오랜 기간 부적절한 관계를 맺었다고 한다. 더욱이 빌 게이츠는 소아성애자인 백만장자 엡스타인과 지속적으로 만나 멀린다를 분노케 했다. 이게 사실이라면 빌 게이츠는 외도를 했고 변태적이기까지 한 것으로 보인다.

여기에다 이들 부부는 재단의 연례서한을 공동작성하는 과정에서 크게 다투는 등 빌 게이츠의 그림자에서 벗어나려는 멀린다의 긴 여정이 있었다는 분석도 있다. 빌 게이츠와 멀린다 커플은 부부로서 27년간 결혼생활을 유지했고 더욱이 재단을 함께 운영하는 사업파트너로서 오랜 기간 함께했지만 사랑의 파트너로서도, 비즈니스 파트너로서도 모두 실패하고 말았다.

그렇다면 최고의 지성 빌 게이츠는 왜 외도를 했을까. 그는 왜 변태적이기까지 했을까. 인생을 살다 보면 한때 찬란하고 대단하게 여겼던 게 시간이 흐른 뒤에는 놀랄 만큼 빛이 바래고 초라하게 보여 뒤늦게 후회할 때가 있다. 부부관계나 연인관계도 비슷하다. 이렇게 되는 순간 다른 사람, 다른 삶을 동경하고 다른 가능성이나 다른 즐거움을 찾게 된다. 외도는 부부나 연인이 서로의 맹세와 믿음을 깨 버렸다는 점에서 비난받아 마땅하지만 어떤 비밀의 모험을 통해 결혼과 애정생활의 결핍을 채우려는 시도라고 볼 수도 있다. 빌 게이츠도 그랬을 것이다.

일상에서 우리는 늘 예의 바르고 반듯하게 행동해야 한다. 그렇지 않으면 공동체 내에서 살아가기 힘들다. 그렇기 때문에 반대로 내밀한 자아를 드러내는 탐욕적이고 변태적인 행위는 인간을 더 흥분시킨다. 소아성애 같은 변태는 상호성이 결여됐다는 점에서 비난받아야 하지만 심리학적 측면에서는 이해가 되기도 한다. 빌 게이츠도 아마 그랬을 것이다.

불교의 가르침이 아니더라도 인생은 무상(無常)하다. 어떤 것도 항상하지 않다. 우리의 결혼생활이 신혼 때처럼 똑같이 유지될 것이라고 믿는다면 착각이다. 시간 앞에서 모든 사랑은 패배자다. 결혼생활이 힘든 것은 우리가 결혼생활을 잘못해서가 아니라 결혼 자체가 가진 성질 때문이다. 빌 게이츠와 멀린다 커플도 예외가 아니다. 게다가 146조 원이나 되는 재산은 그들이 이혼을 결정하는 데 촉매가 됐을 것이다. 보통 사람들은 나눌 재산이 없어 헤어지고 싶어도 못 하고 그냥 산다. 사랑이 넘쳐나는 5월에 빌 게이츠와 멀린다 커플은 우리에게 많은 질문을 던지고 있다.

사랑과 죽음12

죽은 아이를 그리는 노래

2022년 11월 6일

구스타프 말러(Gustav Mahler, 1860~1911)의 서정 가곡 〈죽은 아이를 그리는 노래〉는 독일 시인 뤼케르트의 시에 곡을 붙인 것으로 어린아이를 잃은 부모의 슬픔을 절절히 표현하고 있다. 바리톤 가수 디트리히 피셔 디스카우가 부르는 이 노래는 애간장을 녹인다. 노래는 현실을 부정하는 것에서 시작한다.

"나는 곧잘 그들이 잠시 밖에 나갔을 뿐이라고 생각한다. 머지않아 곧 돌아오리라. 화창한 날이다. 그들은 좀 더 먼 산책을 나갔을 뿐이다. 지금쯤은 집으로 돌아오고 있을 것이다."

밖으로 나가는 아이를 잡지 못한 자책과 회한도 드러난다.

"이런 날씨에 이렇게 소나기가 쏟아지는 날씨에는 애들을 밖으로 내보내지 않았어야 하는데…."

결국 체념한 채 스스로를 위로한다.

"그들은 쉬고 있다. 마치 어머니와 함께 집에 있듯이. 더이상 태풍에 놀라지도 않는다. 하느님의 손길이 지켜주는 속에 그들은 쉬고 있다."

마을 사람이 죽으면 교회 종이 울린다. 그날도 교회 종이 울렸다. 누가 죽었는지 궁금해서 아이를 보내 알아보려다 그만둔다. 그리고는 그 종이 다른 사람이 아닌 바로 자기 자신을 위해 울린다는 사실을 깨닫는다. 오늘은 다른 사람의 죽음이지만 시간을 확장해서 보면 그것은 곧 자신의 죽음이 되는 것이다. 누구나 부정하고 싶지만 죽음에도 내 차례가 오고 만다.

죽음은 삶의 반대편에 있는 게 아니고 삶의 일부로 존재한다. 그럼에도 우리는 우리의 몸이 영원히 젊고, 우리의 사랑이 영원히 유지되고, 우리의 재산이 영원히 안전할 것이라는 미망에 빠져 산다. 살아 있는 모든 것은 결국 사라진다. 죽음은 우리의 가족과 친구는 물론 심지어 어린아이들에게도 찾아온다. 그럴 때면 우리의 몸은 충격적인 모욕을 겪고 달리 어떻게 해볼 수도 없게 된다.

죽음은 늘 삶의 한가운데에 있다. 삶은 본래 이런 것이다. 예외가 없다. 평생 수양해 도를 터득한 인생의 고수들조차 같은 과정을 거친다. 그들도 죽음 앞에서 주체할 수 없는 고통과 아픔을 겪는다. 다만 고수들은 그것을 우아하게 받아들일 뿐이다.

불행하고 아주 이상한 일들이 벌어지는 게 인생이지만 그렇다고 세상이 끝나지는 않는다. 아무리 무섭고 끔찍해도 우리는 두 눈을 부릅뜨고 상처를 응시해야 한다. 또 많이 아프더라도 불행을 서로 이야기해야 한다. 우리가 자신의 불행을 이야기할 때 불행과 거리를 두게 되고 불행에서 벗어날 수 있다. 어떤 말과 글과 노래도, 어떤 진리도, 어떤 강인함도, 어떤 성실함도, 어떤 부드러움도 사랑하는 이를 잃은 슬픔을 치유할 수 없다는 점을 인정한다.

그렇지만 동시에 우리 자신과 세상이 가진 그 엄청난 회복 탄력성을 믿어야 한다. 시간 앞에서는 뼈를 깎는 고통조차 풍화되고 만다는 사실도 잊지 말아야 한다. 인생의 최종 승자는 늘 고통, 괴로움, 슬픔, 불행, 분노가 아니라 시간이다.

이태원에서 스러져 간 청춘들을 마음 깊이 애도한다. 그 가족들이 안과 밖의 모든 위험으로부터 안전하고 평안하기를 기도한다.

예술과 문학1

휴가지에서의 짧은 생각

2006년 8월 7일

영국 태생으로 자클린 뒤 프레(Jacqueline Mary Du Pre, 1945~1987)라는 미모의 첼리스트가 있다. 그녀는 10대 중반 데뷔 직후부터 세계적으로 주목을 받았다. 그녀는 겨우 스물두 살의 나이에 결혼을 했고, 피아니스트였던 남편과 함께 자주 연주회를 가졌다.

그러나 자클린은 결혼한 지 6년 만에 신경과 근육이 굳어지는 불치병을 앓게 되고 결국 42년의 짧은 생을 마감하게 된다. 클래식 음악팬이라면 자클린 뒤 프레의 슬픈 이야기는 누구나 아는 내용이다. 또 그녀의 슬픈 생애 때문인지 대표 연주곡인 엘가의 〈첼로협주곡〉은 유독 가을에 사랑을 많이 받는다.

자클린 뒤 프레의 남편은 유대인으로 이스라엘 국적의 다니엘 바렌보임이다. 자클린 이상으로 유명한 사람이다. 피아니스트지만 지휘자로서 명성이 더 높다. 자클린의 팬들은 유대인인 바렌보임이 자클린과 결혼을 할 때도, 그녀의 병세가 날로 악화돼 이혼을 했을 때도, 또 자클린이 1987년 쓸쓸히 혼자서 생을 마감했을 때도 바렌보임에게 비난을 퍼부었다.

바렌보임은 자클린의 남편으로서 욕을 먹을지는 몰라도 그는 지금 세계가 주목하는 일을 하고 있다. 유대인 바렌보임은 1998년 지금은 고인이 된 팔레스타인 출신의 세계적 석학 에드워드 사이드와 함께 '웨스턴 이스턴 디반 오케스트라'를 창단했다. 그리고 레바논, 이스라엘, 이집트 등에서 활동하는 젊은 음악도를 모았다. 국가와 종교와 이념을 초월해 음악을 통해 화합을 시도했다. 바렌보임의 이같은 시도에 첼리스트 요요마 등 주위의 많은 음악가가 발 벗고 나서 도왔다. 음악을 통한 팔레스타인과 유대계의 화합, 아랍과 이스라엘의 화해는 어린이를 포함한 민간인에 대한 무차별 살상과 피의 보복이 이어지고 있는 최근의 레바논 사태를 지켜보면서 더욱 간절히 다가온다. 예술은 그래서 위대하다.

음악을 통한 평화와 화해의 구현은 비단 바렌보임에 국한되지는 않는다. 다음달 빈 필하모닉 오케스트라와 함께 내한하는 러시아의 세계적 지휘자 게르기예프는 '평화를 위한 세계 오케스트라'를 이끌고 있다. 한국이 낳은 '마에스트로 정명훈'도 이 대열에 동참했다. 1997년 구성한 '아시아 필하모닉 오케스트라'가 바로 그것이다. 뉴욕, 시카고, 뮌헨, 도쿄 등 세계 각지에서 활동하는 아시아 출신 연주자들로 오케스트라를 만들어 아시아의 연대와 평화를 구현하는 데 조금이라도 힘이 되겠다는 것이다. 정명훈과 아시아필의 이 같은 노력은 북한 핵문제를 둘러싼 한국, 일본, 중국의 갈등과 일본 정치사회의 우경화 현상을 볼 때 얼마나 소중한 것인지를 절감하게 된다.

'화(和)'를 위한 노력은 음악이나 예술의 주제에 국한되지는 않는다. 성현들은 선비가 갖춰야 할 가장 원초적인 덕목으로 바로 이 '화'를 꼽기도 했다. 우리가 잘 아는 『논어』에 나오는 '화이부동(和而不同)'이 그것이다. 이 말은 여러 해석이 가능하겠지만 다른 사람과 생각과 이념이 같지는 않더라도 화합하는 게 바로 군자의 도리라는 뜻으로도 읽을 수 있을 것이다. 생각과 이념이 다르다고 인정하지 않는다면 그게 바로 소인이라는 게 공자님 말씀이다. '군자 화이부동'이라는 말을 되새겨 보면 양극화니, 탄핵이니, 우파니, 좌파니 하는 말들은 부끄럽기만 하다. 대자보와 격문을 양산하는 오늘의 언론 현실은 더욱 그렇다.

오랜 장마 뒤 폭염이라서 그런지 그 위세가 참으로 대단하다. 그래서 여름휴가는 더 달콤하다. 명상하는 기분으로 음악을 듣고, 책을 읽고, 아침저녁으로 강아지와 산책을 하면서 짧은 생각을 해봤다.

예술과 문학2

시(詩)가 경쟁력이다

2006년 10월 2일

서남공정, 서북공정에 이어 한반도를 겨냥한 동북공정에 이르기까지 중국의 팽창주의에 대한 경계감이 높다. 주변국들 입장에서는 중국의 움직임이 위협적이겠지만 한편으론 부럽기도 할 것이다. 이제는 세계 경제를 주도하는 것이 선진 7개국, 이른바 G7이 아니라 미국과 중국, 즉 G2라는 말이 나올 정도다.

동북공정, 서남공정이 아니더라도 이미 공산당 정권은 중국 역사상 가장 넓은 영토를 확보하고 있다. 또 현재의 공산당 정권은 역사상 유일의 남방정권이라는 특징도 갖고 있다. 마오쩌둥은 물론 장쩌민 그리고 후진타오도 출신지가 모두 남쪽 지역이다. 기질상 덜 호전적이고 온화할 수밖에 없는 남방 출신들이 어떻게 권력을 잡고, 넓은 영토를 확보할 수 있었을까. 또 어떻게 미국과 함께 세계를 끌어가는 정치·경제대국으로 올라설 수 있었을까.

다양한 사회과학적, 역사적 분석이 가능하겠지만 남방 출신 공산당 권력자들의 낭만주의에서 기인한다는 시각이 있다. 미국의 닉슨 대통령이 1972년 중국을 방문했을 때 마오쩌둥이 닉슨에게 준 선물이 바로 『초사(楚辭)』라는 중국 고대 시 모음집이다. 마오쩌둥 자신도 늘 『초사』를 손에서 놓지 않았다고 한다. 현실의 벽을 뛰어넘는 중국 공산당 정권의 낭만주의와 그것을 바탕으로 한 상상력이 강성 중국 건설의 토대가 됐다는 해석이다. 해석의 타당성 여부는 모르겠으나 시집을 늘 끼고 사는 지도자라면 주장과 논리만 앞세우는 지도자보다는 우선 신뢰가 갈 듯하다.

최근 우리 사회에선 인문학의 위기를 놓고 다시 논란이 일고 있다. 경쟁과 속도와 실용성만 강조하다 보니 인문학이 변방으로 밀리고 위기를 맞고 있다는 논리다. 이 같은 인문학의 위기는 문명의 편식으로 이어지고, 그 결과 사회의 위기를 불러온다는 주장이다. 전적으로 공감이 간다. 대학에서까지 경제주의에 함몰돼 실용적 학문만 중시하고 문학, 역사, 철학으로 대표되는 인문학을 경시한 결과가 어떨지는 짐작이 가고도 남는다.

그러나 '문사철(文史哲)'로 상징되는 인문학 못지않게 중요한 것이 '시서화(詩書畵)'다. 문사철이 이성의 영역이라면 시서화는 감성의 영역이고 상상력과 창의성의 영역이다. 시서화 중 글씨와 그림을 비슷한 영역이라고 보면 현대적으로는 글씨와 그림을 하나로 묶고 음악을 추가할 수 있을 것이다. 그러면 '시화음

(詩書音)'이 된다.

시와 그림과 음악을 익히고 가까이해야 하는 것은 감상주의적 이유 때문만은 아니다. 그것은 현실에서도 엄청난 무기가 된다. 미래학자들은 앞으로의 세계는 기능만으로는 되지 않고 디자인에서 승부가 날 것이라고 예언한다. 논리만이 아닌 공감이 필요하고, 주장만이 아닌 스토리가 필요하다고 말한다.

또 진지한 것과 함께 놀이가 필요하다고 지적한다. 그래야 상품이 팔리고 조직이 경쟁에서 살아남는다는 것이다. 기업에서도 경영대학원 졸업생(MBA)보다는 예술대학원 졸업생(MFA)을 더 찾게 될 것이라고 한다. 디자인, 공감, 스토리, 놀이 그리고 MFA, 이들은 모두 시와 그림, 음악과 밀접한 관련을 갖는다. 그래서 시가 경쟁력이고, 미술이 경쟁력이고, 음악이 또한 경쟁력이 된다. 이건희 삼성그룹 회장이 뉴욕 맨해튼에서 열린 사장단 회의에 핑크색 재킷을 입고 나와 창의적 사고와 창조경영을 거듭 강조한 것도 이런 맥락일 것이다.

추석 연휴다. 이번 연휴에는 음악회와 전시회도 찾아가 보고, 학창시절 즐겨 보았던 윤동주 시집을 꺼내 아내, 아이와 함께 〈별 헤는 밤〉, 〈십자가〉, 〈자화상〉 등을 소리내어 한번 읽어보려 한다.

예술과 문학3

김수영의 벽, 나의 벽

2007년 5월 28일

대학 저학년 시절 시를 많이 읽은 기억이 있다. 하룻밤에 시집 한 권을 읽은 다음, 그 가운데 가장 마음에 드는 시를 골라 대학노트에 옮겨 적곤 했다. 그렇게 몇 달을 하니까 대학노트가 시집이 되었다.

김수영과 보들레르를 좋아한 추억이 있다. 그 시절이 생각나 서점에 들른 김에 시집 하나를 사서 읽어봤다. 한 편도 채 읽지 못하고 덮어버리고 말았다. 아무런 감동도 느끼지 못한 채 엉뚱한 생각만 하는 나를 발견한 것이다. 유연하고 자유로운 사고, 현실에 매달리지 않는 대담함과 창조성, 이런 게 많이 부족하다고 느낀다면 시 읽기 만한 게 없는데, 20년 만에 다시 시집을 꺼내 들었지만 시는 이미 멀리 달아나 있었다.

꿩 대신 닭이라고, 요즘은 산문집을 읽고 있다. 김수영의 산문 가운데 1966년에 쓴 〈벽〉이라는 글에 나오는 내용이다. 김수영의 작품에는 아내에 대한 이야기가 많은데 〈벽〉도 그중 하나다. 김수영이 1921년생이니까 46세에 쓴 글이고, 나같은 중년들에겐 특히 공감이 가는 대목이기도 하다.

"우리 집 여편네를 보니까 여자는 한 마흔이 되니까 본색이 드러난다. 이것을 알아내기에 근 20년이 걸린 셈이다. 한 사람을 가장 가까이 살을 대가면서 알게 되기까지 이만한 시간이 필요하다는 것을 알게 되니 여자의 화장본능이 얼마나 뿌리 깊은 지독한 것인가에 어안이 벙벙해진다. 사람을 알려면 그 사람의 '벽'을 보면 된다. '벽'이란 그 사람의 한계점이다. 고칠 수 없는 막다른 골목이다. 숙명이다. 수없이 '벽'에 부딪치다 보면 인간 전체에 대한 체념 같은 것이 생긴다.
아내는 로션 마개를 노상 돌려놓지 않고 그대로 걸쳐 둔다. 아내가 닫고 나가는 방문은 늘 10센티가량 열려 있고, 머리를 빗고 나간 자리에는 머리카락이 여기저기 떨어져 있다. 머리카락을 축축한 걸레로 훔쳐낼라치면 자개장에 박힌 자개를 떼내기보다 더 어렵다. 쥐어도 쥐어도 안 잡힌다. '벽'이다. 이런 상황에서 화를 내면 나만 손해를 본다. 그래도 눈앞이 캄캄해지도록 화가 날 때가 많다. 이것도 또 나의 '벽'이다."

21명의 공기업 감사가 연수를 핑계로 남미 관광여행을 다녀왔다 해서 질타를 받고 있다. 서울지역 7개 구청장은 용기 있게도 남미로 출장을 가서는 공기업 감사들조차 포기한 그 유명하다는 브라질의 이과수 폭포까지 보고 왔다. 출장이나 연수를 간다며 공공예산에서 비용까지 지원받은 다음에 관광이나 하고 골프나 치는 일은 공기업 감사나 구청장만의 문제는 아니다. 비단 어제오늘의 일도 아니다.

이들을 죽어라고 비난하는 국회의원도, 교수도, 기자도 다 고만고만하다. 해외 유명 대학에 가서 1~2년씩 연수를 받거나 학위를 따겠다면서 비용을 지원받은 다음 장기 휴가를 보내고 오는 일도 흔하다. 그래도 아무 문제가 되지 않는다. 이게 모두 우리 공직자의 '벽'이고, 정치인의 '숙명'이고, 기자의 '한계점'이고, 우리 사회의 '막다른 골목'이다.

언론에 대한 관심과 애정, 기대가 크다고 하면서도 앞뒤 가리지 않고 기자실을 통폐합하겠다고 나선 대통령이나 신생지라며 인터넷 매체라며 출입을 제한하는 등 여전히 폐쇄적으로 기자실을 운영하는 스스로에 대한 반성 없이 기자실 통폐합만 비난하는 일부 기성 언론의 행태에서도 '벽'과 '한계점'을 본다. 40년 전 시인 김수영이 그랬듯이 결국엔 우리 사회에 대해 체념 같은 것을 하게 되고 눈앞이 캄캄해지기도 한다. 화를 내면 나만 손해라는 것을 알면서도 감정을 억제하지 못한다. 이게 나의 '벽'이다.

예술과 문학4

'래틀'의 희망, '두다멜'의 꿈

2008년 12월 1일

11월 21일 밤, 서울 예술의전당 콘서트홀에서는 베를린 필하모닉 오케스트라의 브람스 교향곡 3번과 4번 연주가 끝나고 있었다. 2천여 청중은 기립박수와 "브라보"로 열렬히 화답했다.

앙코르곡 연주 없이 지휘자 사이먼 래틀과 베를린필 단원들이 무대에서 떠난 뒤에도 한동안 남아 악기를 열심히 닦는 젊은 단원 한 사람이 있었다. 자기 몸만큼이나 큰 더블베이스를 껴안고 제일 뒷자리에서 연주하던 청년 단원이다. 악기를 닦는 청년 연주자에게 클래식 음악평론가 박종호 씨가 다가갔다. 그는 엄지손가락을 추켜세운 채 당신 연주가 최고라며 청년 단원을 격려했다. 그 단원은 환하게 웃었다.

베네수엘라 카라카스 출신의 23세 청년 에딕슨 루이즈, 5년 전 베를린필 역사상 최연소 나이로 입단한 앳된 더블베이스 연주자다. 에딕슨 루이즈는 10년 전만 해도 하루 세 끼를 먹는 것조차 어려웠던 카라카스 빈민가의 불우한 소년이었다.

그가 꿈을 키우게 된 것은 ‘엘시스테마’라는 저소득층 청소년들을 위한 음악교육 프로그램 덕이다. 베네수엘라의 한 경제학자가 설립한 엘시스테마는 1975년 빈민가 청소년들에게 오케스트라 음악교육을 시작하여 지금은 220개 오케스트라에서 25만 명을 가르치고 있다. 연간 예산만 3천만 달러 정도다. 엘시스테마가 배출한 인재에는 에딕슨 루이즈 외에 사이먼 래틀 같은 세계적 지휘자의 계보를 이을 젊은 차세대 지휘자인 구스타보 두다멜이 있다. 두다멜이 이끄는 엘시스테마 출신으로 구성된 시몬 볼리바르 유스 오케스트라도 세계적으로 실력을 인정받고 있다.

두다멜과 시몬 볼리바르 유스 오케스트라의 최대 후원자는 사이먼 래틀과 베를린필이다. 래틀은 이들에게서 클래식 음악의 희망을 봤다고 말한다. 클래식 음악은 소수 부유층 영재를 위한 전유물임을 부인하기는 어렵다. 클래식 음악을 소비하는 층도 중산층 이상으로 제한될 수밖에 없는 게 현실이다. 두다멜과 시몬 볼리바르 유스 오케스트라는 클래식 음악의 이런 한계를 단숨에 극복했다.

래틀과 베를린필이 두다멜과 시몬 볼리바르로부터 클래식 음악의 희망을 읽었다면 두다멜과 시몬 볼리바르는 래틀과 베를린필을 통해 꿈을 현실로 바꾸고 있다. 두다멜은 “베네수엘라에서 가능한 일이라면 세계 어느 나라에서도 할 수 있을 것”이라고 말한다. 희망을 읽고 꿈을 버리지 않는다면 극복하지 못할 어려움은 없을 것이라는 메시지다.

시절이 몹시 어렵고 혼란스럽다. 『주역』을 빌려 말하자면 '천지비(天地否)'와 '산지박(山地剝)'의 상황이다. 사방이 소통되지 않고 막혀 있는 것이다. 돈이 돌지 않는 것은 물론이고 정책당국 간, 국민들 사이에 소통이 되지 않는다. 천지가 불통(不通)이고 만물이 불교(不交)하다 보니 진실을 가장한 거짓이 난무한다. '미네르바 신드롬'도 별게 아니다.

그러나 『주역』은 절망이 곧 희망의 단초라고 말한다. 모든 걸 빼앗기고 이로울 것 전혀 없는 '산지박'의 상황을 넘으면 '지뢰복(地雷復)'으로 이어지기 때문이다. '지뢰복'은 친구가 찾아오고 봄이 다시 시작되는 국면이다. 희망의 상징과도 같은 두다멜과 시몬 볼리바르 유스 오케스트라가 이달 중순 두 차례 내한공연을 갖는다고 한다. 그들의 꿈과 희망 읽기에 동참해 볼까 한다.

예술과 문학5

말러와 정명훈이 내게 말하는 것

2011년 10월 17일

지금은 오페라나 교향곡 같은 클래식 음악 연주회장에 가면 숨소리조차 죽여가며 들어야 하지만 19세기 유럽의 오페라 극장들은 유명 가수나 연주자의 경우 팬클럽까지 둘 정도로 늘 시끌벅적했다. 클래식 음악 연주회장이 종교 행사장처럼 엄숙하고 조용하게 된 것은 구스타프 말러라는 보헤미아 태생의 작곡가 겸 지휘자 때문이다. 소음을 혐오한 말러는 연주회장에서 팬클럽을 추방했고 작품 사이에 치는 박수도 금지했다. 늦게 온 사람들은 들여보내지도 않았다.

이처럼 현대 클래식 음악 감상의 규범을 마련한 말러는 100년이 지난 지금, 브람스나 베토벤을 능가하는 가장 인기 있고 중요한 교향곡 작곡가로 인정받고 있다. 더욱이 지난해가 말러 탄생 150주년이었고, 올해는 서거 100년이 되는 해여서 지금 세계 클래식 음악계는 그야말로 말러 열풍이다. 한국도 예외는 아니다. 정명훈의 서울시향은 지난해와 올해 2년에 걸쳐 1번부터 10번까지 말러 교향곡 전곡 연주에 도전하고 있다. 마에스트로 정명훈은 피아니스트였던 자신이 지휘자로 변신한 것은 말러 음악을 연주하기 위해서였다고까지 고백한다. 그래서인지 요즘 서울시향의 말러 연주를 들어보면 정명훈이 마치 말러의 아바타가 된 것 같은 생각이 들 정도로 완벽하다. 예전 브람스나 베토벤 교향곡 전곡 연주 때와는 차원이 다르다.

거장은 왜 말러를 연주하기 위해 지휘자가 되었다고까지 말할까. 말러의 음악과 말러라는 인간 그 자체, 둘 다 때문일 것이다. 말러의 음악은 그의 인생을 떼어놓고선 얘기할 수 없다. 말러는 평생 죽음을 달고 살았다. 여덟 동생들의 잇단 유아기 병사, 음악을 공부했던 동생의 권총 자살, 어머니의 이른 죽음, 그리고 그가 가장 사랑한 맏딸 마리아의 다섯 살 나이의 죽음 등이 그것이다.

알마라는 미인 아내와 결혼했지만 그 행복은 오래가지 못했다. 알마는 음악에만 몰두하는 남편에게 넌더리를 내면서 평생 젊은 남자들만 쫓아다녔다. 알마는 말러가 삶과 죽음의 문턱을 오갈 때도 바람을 피웠고, 그녀의 연하 애인은 말러를 직접 찾아와 알마를 자신에게 달라고까지 했다. 치료가 되지 않았던 치질과 결국 죽음에까지 이르게 한 심장병은 말러를 평생 괴롭혔다. 유대인이라는 이유로 받는 차별 대우와 소외도 컸다. 스스로의 고백처럼 그는 언제나 불청객이었고, 어디서도 환영받지 못했다. 이런 역경 속에서 탄생한 게 말러의 음악이다.

말러의 음악에는 듣는 이를 강하게 끌어당기는 자력 같은 게 있다. 인생의 의미를 찾아 나서는 여정의 시작이 되기도 한다. 사랑과 에로스의 음악인 동시에 죽음과 타나토스의 음악이다. 천박하지만 고상하기도 하고, 독창적이고 아름답지만 진부하기도 하다. 또 정명훈의 말대로 말러의 음악은 세계를 표현하고, 하늘을 바라본다.

영국의 클래식 음악평론가 노먼 레브레히트는 『왜 말러인가』라는 책에서 말러의 삶과 음악이 우리에게 던지는 메시지를 몇 가지로 정리했다.

> "모든 사람에게는 무한한 가능성이 열려 있다. 인생을 제 궤도에 올릴 때까지 사랑은 미뤄둘 수 있어야 한다. 끊임없이 노력하는 자세, 그것이 전부다. 패배자가 되더라도 품위를 잃지 말아야 한다. 불가능은 그저 어떤 일이 조금 오래 걸릴 것이라는 의미일 따름이다."

2011년 새해 당신이 상실과 실패의 고통에 놓인다면, 배신의 우울과 병과 죽음의 공포로 시달린다면 말러의 음악을 들어보길 바란다. 당신의 안식처가 되고 피난처가 될 것이다. 100년의 세월을 넘어 말러와 정명훈이라는 두 거장이 우리에게 큰 선물을 주었다.

예술과 문학6

조르바의 위문편지

2012년 7월 30일

당신은 지금 어디 있나요. 혹시 바닷가에서 휴가를 보내고 있나요. 그렇다면 알이 고운 모래를 한줌 쥐었다가 손가락 사이로 빠져나가는 그 따뜻하고도 부드러운 촉감을 즐겨보세요. 손은 우리의 인생이 새어 나가다 이윽고 사라지고 마는 모래시계지요. 이제 바다를 바라보세요. 바다의 목소리를 들어보세요. 그 순간 당신은 관자놀이가 빠근하도록 행복할 겁니다. 우리 인간이란 영혼이라는 이름의 짐을 지고 다니는 육체라는 이름의 짐승이지요. 당신은 아주 오랜만에 육체라는 짐승을 실컷 먹여 주세요. 마른 목은 포도주로 축여 주세요. 그러면 음식은 피로 변할 것이며 세상은 더욱 아름다워 보일 것입니다.

당신은 뭘 먹고 싶거나 갖고 싶으면 어떻게 합니까. 목구멍이 미어지도록 처넣어 다시는 그놈의 생각이 나지 않도록 하면 됩니다. 그러면 그 말만 들어도 구역질이 날 것입니다. 이게 사람이 자유를 얻는 도리입니다. 터질 만큼 처넣는 것, 그것 외에는 달리 방법이 없습니다. 금욕주의나 이성 같은 걸로는 절대 안 됩니다.

그런데도 현실은 그렇지 않지요. 당신은 늘 저울 한 벌을 가지고 다니지요. 매사를 정밀하게 달아보지요. 어떻게 하는 게 더 이성적인지, 어떻게 하는 게 나한테 더 득이 되는지 하고 말입니다. 당신은 물레방앗간 집 마누라의 궁둥짝만도 못한 이성이라는 것에 왜 그렇게 매달립니까.

산다는 것은 감옥살이지요. 그것도 종신형으로 말입니다. 산다는 것은 전쟁이지요. 특히 먹는 짓거리는 가장 격렬한 전쟁이지요. 그렇기 때문에 당신에게는 돈이 가득 쌓여 있는 방이 천당일지 모르겠네요. 아니면 이성을 숭배하는 당신에게는 책이 잔뜩 쌓이고 잉크가 됫병으로 놓여 있는 방이 천당입니까.

그러나 진짜 천당은 이런 게 아니겠습니까. 벽에는 예쁜 옷이 걸려 있고, 비누 냄새가 나고, 물렁물렁한 침대가 있고, 옆에는 사랑하는 사람이 누워 있는 향긋한 방 말입니다. 당신 같은 가망 없는 펜대 운전사로선 전혀 이해 못 하겠지만 말입니다.

당신은 매사를 그 잘난 머리로 이해하지요. 이건 옳고 저건 그르다, 이건 진실이고 저건 아니다, 그 사람은 옳고 다른 사람은 틀렸다, 늘 이런 식이지요. 그래서 어떻다는 겁니까. 당신이 그런 말을 할 때마다 당신의 팔과 가슴을 봅니다. 팔과 가슴이 무슨 짓을 하고 있는지 아십니까. 침묵한다 이겁니다. 한마디도 하지 않아요. 그래, 무엇으로 이해한다는 것입니까. 머리로 이해한다고요. 웃기지 말아요. 당신이 계산 같은 걸로 씨름하고 있는 것을 보면 땅속 구멍에라도 기어 들어가고 싶은 심정이 됩니다. 당신의 그 많은 책을 보면 불이나 싸질러 버리라고 말하고 싶은 게 솔직한 심정입니다. 책을 불살라 버리면 가망 없는 펜대 운전사인 당신도 혹시 인간이 될지 모르겠네요. 당신은 머리와 영혼과 이성을 가장 중요하게 생각하지만 사실은 그 반대입니다. 육신이 만족하면 영혼은 기쁨으로 전율합니다. 머리로 이해하기보다 가슴으로 이해하는 게 더 중요하고요.

이제 어제 일어난 일은 생각하지 말아요. 내일 일어날 일을 자문하지도 말고요. 중요한 것은 오늘 이 순간에 일어나는 일입니다. 지금 사랑하는 사람과 키스를 하고 있다면 키스할 동안만이라도 딴 일은 잊어버려야 합니다. 이 세상에 두 사람 외에 다른 누구도 없다고 생각하고 키스나 실컷 하면 됩니다.

행복이 무엇입니까. 포도주 한 잔, 밤 한 알, 허름한 화덕, 바다소리 같이 참으로 단순하고 소박한 게 아니겠습니까. 모처럼 휴가를 얻어 어느 바닷가, 산과 계곡, 고향마을에서 쉬고 있는 당신에게 필요한 것은 그뿐입니다. 지금 이 순간이 행복하다고 느끼는 데 필요한 것이라고는 단순하고 소박한 마음, 그것 하나면 충분합니다. 여름휴가를 보내고 있는 당신, 지금 이 세 마디를 소리 내어 외쳐보세요.

나는 아무것도 바라지 않는다.

나는 아무것도 두려워하지 않는다.

나는 자유이므로.

† 니코스 카잔차키스의 소설 『그리스인 조르바』(이윤기 역)에 나오는 문장들로 칼럼을 써 봤습니다. 이번 칼럼은 조르바가 독자 여러분들에게 보내는 위문편지입니다. 즐거운 휴가 보내세요.

예술과 문학7

리스트-하루키와 떠나는 순례

2013년 7월 28일

헝가리 출신의 피아니스트 프란츠 리스트는 아주 화려한 삶을 살았던 음악가다. 베토벤이나 쇼팽과 견줄 만한 연주 실력에다 뛰어난 외모, 세련된 옷차림 등으로 19세기 유럽에서 그의 인기는 오늘날의 인기 아이돌 그룹 못지않았다. 리스트는 사교계 여성들의 우상이었다. 그는 6살 연상의 지적인 마리 다구 백작부인과 열렬한 사랑에 빠져 오랜 동거생활을 했다. 그녀와 결별한 뒤에는 러시아 공주였던 비트겐슈타인 공작부인과 13년이나 함께 살았다. 이 시기에 리스트는 열정적인 그의 대표작 〈헝가리 광시곡〉을 작곡했다.

그러나 이런 화려한 삶은 리스트를 이해하는 데 많이 부족하다. 그는 인생 후반부에 비트겐슈타인 부인의 구애를 뿌리치고 사제서품을 받았다. 이후 리스트는 17년 동안 신부로서의 삶을 산다. 리스트의 삶을 온전하게 이해하려면 화려하고 열정적인 〈헝가리 광시곡〉이 아닌 차분한 〈순례의 해〉가 제격이다. 〈순례의 해〉는 작품 전체를 완성하는 데 40년이 걸린 리스트의 사랑과 예술, 종교의 결정판이다.

〈순례의 해〉 모음집 서문에는 바이런의 시를 인용해 "나는 나 스스로 살지 못한 채, 내 주위의 일부가 돼 버렸다."는 구절이 나오지만, 리스트는 사실 평생 자신을 찾기 위해 고행을 했다. 젊은 시절에는 연애와 사랑의 정열 속에서, 말년에는 신을 향한 엄격한 금욕 속에서 자신을 찾아 나섰다. 〈순례의 해〉는 바로 자신을 찾아 나선 리스트의 고행기이다.

클래식 음악과 재즈에 관한 한 전문가 수준인 무라카미 하루키는 『색채가 없는 다자키 쓰쿠루와 그가 순례를 떠난 해』에서 리스트의 '순례의 해'를 끌어들여 생명력을 불어넣는다. 리스트의 〈순례의 해〉와 하루키의 『색채가 없는 다자키 쓰쿠루와 그가 순례를 떠난 해』는 뫼비우스의 띠처럼 교묘하고 긴밀하게 서로 엮여 있다.

고향 나고야에서 학창 시절 오랫동안 친하게 지냈던 5명의 친구들 중 주인공 쓰쿠루만 이름에 색깔이 없다. 대학교 2학년 때 네 명의 친구들로부터 갑작스럽게 절교를 당하면서 색채 없는 그의 절망은 더 깊어진다. 16년이 흐른 뒤 옛 상처를 극복하기 위해 절교를 당한 이유를 알아보기로 결심한다. 쓰쿠루는 친구들을 찾아 나서는 순례의 길을 떠난다. 순례를 통해 주인공 쓰쿠루는 왜 그가 친구들로부터 그렇게 매정하게 절교를 당했는지를 알게 되고, 그들이 겪었던 엄청난 일들과 안타까운 우정을 영혼의 맨 밑바닥에서부터 이해하게 된다.

"사람의 마음과 마음은 조화만으로 이어진 것이 아니다. 오히려 상처와 상처로 깊이 연결된다. 아픔과 아픔으로, 나약함과 나약함으로 이어진다. 비통한 절규를 내포하지 않은 고요는 없으며, 땅 위에 피 흘리지 않는 용서는 없고, 가슴 아픈 상실을 통과하지 않는 수용은 없다."

그리고 한 친구로부터 다음과 같은 말을 듣는다.

"쓰쿠루, 한 가지만 잘 기억해 둬. 넌 색채가 없는 게 아냐. 그런 건 이름에 지나지 않아. 넌 정말 멋지고 색채가 넘치는 다자키 쓰쿠루야. 너에게 부족한 것은 아무것도 없어. 자신감과 용기를 가져. 너에게 필요한 건 그것뿐이야."

옛 친구가 쓰쿠루에게 그의 자아를 찾아준다. 프란츠 리스트도, 하루키 소설의 주인공 쓰쿠루도 그렇게 힘겨운 순례를 통해 찾은 것은 바로 자기 자신이다. 덥고 습한 올여름, 나를 찾아 짧으나마 순례를 떠나보시길.

"지금, 당신은 어느 역에 서 있습니까."

예술과 문학8

1913년 여름, 2016년 여름

2016년 8월 7일

정신분석학자 프로이트. 그는 하루에 11명을 진료하고 1인당 진료비로 100크로네를 받았다. 100크로네는 그의 하인들이 받는 한 달 급료다. 작곡가 구스타프 말러는 살아생전 프로이트와 산책을 하면서 이런저런 상담을 했다. 말러가 죽은 뒤 프로이트는 말러의 유산관리인에게 자신과 산책한 비용을 계산해 달라고 청구했다. 이 일로 인해 말러의 아내 알마 말러는 평생 프로이트를 미워했다.

화가 구스타프 클림트. 그는 쉰 살이 돼서도 어머니와 함께 살았다. 클림트가 아침을 먹고 자신의 아틀리에에 오면 문 앞에는 그를 위해 옷을 벗고 싶어 안달이 난 여자들이 기다리고 있었다. 클림트는 속옷도 입지 않은 채 헐렁한 가운만 걸치고 살았다. 모델의 자세가 화가 안의 남성성을 자극할 때 빨리 알몸이 되기 위해서였다. 나중에 클림트가 죽자 그의 모델이었던 14명의 여인이 친부 확인 신청을 한다.

오스트리아-헝가리제국의 최고 군인이자 첩보원인 알프레드 레들 대령. 방첩 활동에서 보여준 공으로 3급 철십자훈장을 받았고 황제에게 언제든 직접 보고했다. 그가 호텔방에서 권총으로 자살한 뒤 그의 여러 행각이 드러났다. 레들 대령은 남자 애인들을 위해 전 재산을 탕진했고, 애인들에게 자동차와 집을 선물했으며, 자금난에 빠지자 10년 동안 오스트리아-헝가리제국의 모든 군사계획과 암호 등을 러시아에 팔아넘겼다.

영국의 경제학자이자 언론인으로 1933년 노벨평화상을 받은 노먼 에인젤. 그는 1913년에 쓴 〈독일 학생들에게 보내는 공개서한〉에서 지금과 같은 세계화 시대에는 모든 나라가 경제적으로 긴밀히 연결되어 있기 때문에 세계대전이 결코 일어날 수 없다고 주장했다. 뿐만 아니라 정보통신과 특히 금융권에서의 국제적 연계 때문에도 전쟁은 무의미하며 전쟁이 일어난다면 금융권 등이 정부에 영향력을 행사해서 막을 수 있다고 주장했다. 이 주장이 있은 1년 뒤인 1914년 제1차 세계대전이 일어났다.

오스트리아-헝가리제국의 소설가 프란츠 카프카. 두 번이나 약혼했지만 결국 헤어진 펠리체 바우어의 아버지에게 보낸 편지 중 일부다.

"저는 과묵하고 비사교적이며 짜증을 잘 내고, 이기적이며, 우울증이 있고, 정말 병약합니다. 가족들과도 거의 말을 하지 않습니다. 건강한 처녀로서 진정한 결혼의 행복이 예정되어 있는 당신의 따님이 그런 인간 옆에서 살아야 할까요? 대부분 시간을 혼자 보내는 남자 옆에서 수녀같이 살아야 할까요?"

이상의 얘기는 독일의 플로리안 일리스가 쓴 평화와 번영을 구가한 유럽의 아름다운 시절, 벨 에포크(Belle Époque), 『1913년 세기의 여름』에 나오는 일화들이다. 등장인물이 유럽 근대사의 큰 위인들이긴 하지만 그들의 삶을 내밀히 들여다보면 보통 사람과 별로 다를 게 없다. 사랑하고 미워하고 욕심부리고 거짓말하고 다 그렇다. 인생은 어쩌면 아이들 소꿉놀이 같고 병정놀이 같을지도 모른다.

100년의 세월이 흘렀지만 2016년 우리의 여름도 1913년의 여름과 크게 다를 게 없다. 어느 때보다 뜨거운 올여름, 뉴스에 등장하는 인물들의 삶을 들여다보면 볼수록 예외가 없다. 그래서 20세기 문학의 구도자로 불리는 그리스의 소설가 니코스 카잔차키스의 인간에 대한 정의에 동의할 수밖에 없다.

"우리는 영혼이라는 이름의 짐을 지고 다니는 육체라는 이름의 짐승이다. 나이가 들어 비로소 나는 지구가 우주의 중심이 아니며, 인간은 신의 아들이 아니라 짐승의 후손이며, 그들 또한 조상들보다 총명하고 부도덕한 짐승이라는 모욕적인 개념들을 소화했다."

와인1

2021년 시간 앞에서

2021년 12월 5일

와인은 위스키나 맥주 등과 비교해 2000년대 들어 소비가 가장 크게 늘어난 술이다. 와인은 다른 술과 달리 가격 차이가 심하다. 같은 품종이지만 3만 원짜리가 있고 300만 원짜리도 있다. 와인의 가격과 등급을 결정하는 데는 여러 요인이 있지만 중요한 것은 생산연도, '빈티지'이다. 또 하나는 포도밭의 지형, 기온, 토양, 강수량, 일조량 등인데 흔히 '테루아'라고 부른다.

동양철학적으로 말하자면 빈티지는 시간[時]이고, 테루아는 공간[位]이다. 시간과 공간은 경전 중의 경전인 『주역』의 핵심이다. 『주역』은 점을 치는 책이 아니라 해와 달이 운행하는 법칙을 서술한 것이고 동양사상의 근원이다.

시간과 공간이 핵심이라는 점을 인생에 적용해 보면 이렇다. 아무리 뛰어난 인재도 때를 만나지 못하면 소용이 없다. 반대로 때를 만나면 별 쓸모없는 사람도 큰 능력을 발휘한다. 또 아무리 귀한 것이라 해도 필요 없는 곳에 놓이면 쓸모가 없다. 맹자는 그래서 "지혜가 있어도 세(勢)를 타는 것만 못하고 농기구가 있어도 때를 기다리는 것만 못하다."고 했다.

때를 만나는 것, 기회를 잡는 것이 매우 중요하기 때문에 우리는 인생에서 이것들을 잡도록 노력해야 하고 전진과 후퇴를 적절하게 할 줄 알아야 한다. 핵심은 결국 인생에서 나를 어떻게 안배하느냐로 귀결된다. 나아가는 것만 알고 물러나는 것은 모르고, 사는 것만 알고 죽는 것은 모르고, 얻는 것만 알고 잃는 것은 모른다면 파국으로 치달을 수밖에 없다. 시대 상황과 시대 정신에 맞춰 변하고 진보해야 하지만 그게 안 된다면 소리 없이 물러나 초목처럼 살아야 한다.

와인 얘기로 돌아가면 와인의 일생도 인생과 비슷하다. 병입 이후 와인은 숙성과정을 거치면서 맛과 향이 계속 발전하고 복잡해지고 20~30년 지나면 정점에 이르지만 그 후엔 점점 쇠퇴한다. 흥미로운 것은 와인이 20년 이상 나이를 먹게 되면 어떤 품종으로 빚었든 맛과 향이 비슷해진다는 사실이다. 흙냄새나 낙엽냄새 같은 것들이다. 색깔조차 오래될수록 화이트 와인은 짙어지고 레드 와인은 옅어짐으로써 서로 수렴한다. 부자나 가난한 사람이나 배운 사람이나 못 배운 사람이나 늙어 죽을 때는 비슷해지는 것처럼 말이다.

세상의 명리(名利)란 별게 아니다. 때를 만나고 기회를 얻지 못하더라도 마음을 편히 가질 수 있어야 한다. 어떤 것이든 영원히 곤란한 것은 없다. 반대로 때를 만나 돈과 명예와 권력을 얻었다면 조심하고 또 조심해야 한다. 이카루스의 날개처럼 하늘 끝까지 오른 용은 반드시 후회할 일이 생긴다.

팬데믹(대유행)의 2021년이 다 가고 있다. 올 한 해 당신은 때와 기회를 잡았는가, 아니면 제자리걸음만 하거나 후퇴했는가. 그리스인 조르바는 어제도 내일도 아닌 오늘 이 순간에 집중하고 이 순간을 사랑하라고 했다. 인생은 끝도 없고 결론도 없는 미제(未濟)다. 시간 앞에서는 모든 게 패배자고 분노와 슬픔조차 풍화되고 만다. 최종 승자는 늘 시간이다.

와인2

오퍼스 원처럼

2022년 12월 5일

올해도 한 달이 채 남지 않았다. 크리스마스나 밸런타인데이 같은 날 사랑하는 사람과 마실 만한 와인은 어떤 게 있을까. 샴페인 등 각자 좋아하는 스타일의 와인을 마시면 되겠지만 의미 있는 와인을 찾자면 프랑스 보르도 와인 '샤토 칼롱 세귀르'일 것이다. 와인 병 레이블에 하트 모양이 그려져 있다.

18세기 당시 보르도의 최상급 와이너리 샤토 라피트 로칠드, 샤토 라투르와 함께 3등급 와이너리인 샤토 칼롱 세귀르를 소유하고 있던 세귀르 후작은 "비록 내가 라피트와 라투르에서 와인을 만들지만 내 마음은 항상 칼롱에 머물고 있다."고 고백한다. 레이블의 하트 모양은 여기서 유래했다.

연말 기업들의 인사 이동이 시작됐다. 주변에 CEO(최고경영자)나 임원으로 승진한 사람에게 보낼 만한 와인은 어떤 게 좋을까. 역시 축하하는 의미로 샴페인 등을 선물하면 무난하겠지만 의미 있는 와인을 찾자면 미국 캘리포니아 나파밸리 와인 '오퍼스 원'(Opus One)'이 좋다. 오퍼스 원은 클래식 음악 용어인데 첫 번째 작품이라는 의미를 담고 있기 때문이다.

미국 와인산업을 얘기할 때 빼놓을 수 없는 인물이 로버트 몬다비이다. 나파밸리 와인의 대부, 와인산업의 아버지라고 할 수 있다. 세계적 와인명가로 보르도 샤토 무통 로칠드의 소유자인 바롱 필립 드 로칠드는 1970년 하와이에서 로버트 몬다비를 만나 전격적으로 50대 50의 지분율로 오퍼스 원 프로젝트에 합의하고 1979년 첫 빈티지를 내놓았다.

프랑스 로칠드 가문의 바롱 필립 드 로칠드도 와인 역사에서 아주 유명한 인물이다. 1855년 지정된 프랑스 보르도의 와인 등급 분류는 매우 엄격하다. 그럼에도 1920년 가문의 포도원 샤토 무통 로칠드를 이어받을 때만 해도 2등급이었던 것을 각고의 노력 끝에 1973년 드디어 1등급으로 승격시켰다.

프랑스와 미국의 와인명가가 의기투합해 탄생한 오퍼스 원은 미국 나파밸리에서 생산되지만 보르도의 기술력과 영혼을 갖고 있어 이른바 프랑스, 이탈리아, 스페인 같은 '구대륙'과 미국, 오스트레일리아, 칠레 등 '신대륙' 와인의 통합과 협력이라는 점에서도 의미가 크다.

오퍼스 원 탄생을 계기로 유럽 자본의 신대륙 진출이 줄을 이었다. 페트루스 등 보르도에 있는 유명 와이너리를 여럿 소유한 무엑스 가문이 나파밸리에 합작사를 설립해 도미너스라는 오퍼스 원에 버금가는 명품 와인을 만든 것을 비롯해 도멘 샹동(나파밸리), 알마비바(칠레) 등 셀 수 없을 정도로 많다.

오퍼스 원이 유명세를 타면서 팝 음악에도 등장했다. 〈네가 가진 것을 보여줘(Show me what you got)〉라는 노래에는 "나는 시간이 흐를수록 더 나아지고 있어, 오퍼스 원처럼 말이야."라는 가사가 나온다. 오퍼스 원 같은 명품 와인들은 10년, 20년 시간이 흐를수록 당연히 맛과 향이 더 농축되고 풍만해지는 등 말로 표현하기 어려울 정도로 발전한다.

2023년 새해에는 당신의 삶도, 당신의 비즈니스도, 당신의 사랑도, 주변 사람들과의 관계도 오퍼스 원처럼 더 발전하고 풍성해지기를 기도한다.

와인3

내추럴 와인, 기본으로 돌아가자

2022년 12월 24일

코로나19 팬데믹 사태가 우리에게 던지는 화두는 삶의 방식을 근본적으로 바꾸고, 기본으로 돌아가고, 자연으로 회귀하라는 것이다. “물보다 순수하고 사이다나 콜라보다 산뜻하며 위스키보다 순하고 맥주보다 생기 넘치는 인간이 만든 최고의 음료”라는 와인에도 이런 기본으로 돌아가자는 운동이 일어났으니 바로 내추럴 와인의 부상과 소비 증가다.

2000년대 들어 전체 주류 중에서 가장 높은 소비 성장률을 보인 술이 바로 와인이다. 하지만 와인시장의 급팽창과 대량생산의 이면에는 어두운 면도 없지 않다. 출하를 앞당기고 와인의 맛과 질을 통제하고 운송과 보관과정에서 문제가 없도록 하기 위해 너무 많은 인공 첨가물을 넣는다. 단순히 부패를 막기 위한 아황산염(SO2) 정도가 아니라 젤라틴, 인산염, 아세트알데히드, 과산화수소 등 수십 가지의 첨가물을 넣는 게 현실이다.

내추럴 와인 옹호자론자들은 기존 일반 와인을 '화학첨가물 칵테일'이라고까지 비판할 정도다.

내추럴 와인은 '그냥 발효된 포도즙'이라고 정의할 수 있지만 나름 통용되는 몇 가지 기준이 있다. 제초제나 살충제·살균제 등을 일체 사용하지 않고, 유기농 또는 바이오다이나믹 방식으로 포도를 재배하며, 기계가 아닌 손으로 수확하며, 자연에 존재하는 효모만으로 발효시킨다. 또 유산균 발효를 차단하지 않으며, 와인을 투명하게 만드는 청징과 여과를 거치지 않고, 양조시 어떤 첨가물도 넣지 않거나 필요시 병입 과정에서 최소한의 SO2만 넣는 것 등이다.

이 같은 정의에 따르면 요즘 자주 듣는 '유기농 와인'이나 '바이오다이나믹 와인' 또는 '비건 와인' 등도 내추럴 와인이라는 범주 내에서 충분히 이해할 수 있다. 추가하자면 바이오다이나믹 와인은 유기농 와인보다 더 적극적으로 자연친화적이고 자연의 질서에 순응해 만드는 와인이며, 비건 와인은 포도의 재배·발효·숙성 등의 과정에서 예를 들어 청징제인 달걀흰자나 우유·단백질 같은 동물성 원료를 일절 사용하지 않는다.

마셔본 사람이면 누구나 공감하겠지만 내추럴 와인은 기존의 권위적인 일반 와인에 도전하는 아웃사이더들이 만든 와인이기 때문에 활기차며 맛과 향의 스펙트럼이 말로 표현하기 어려울 만큼 넓고 오묘하다. 양조 과정에서 화학적 첨가물을 넣지 않기 때문에 마신 후 두통이 생기거나 배탈이 나는 현상 등도 상대적으로 적어 건강에도 좋다.

그러나 내추럴 와인은 선이고 일반 와인은 악이라는 식의 이분법적 사고는 대단히 위험하다. 기존 일반 와인 옹호론자들의 주장이 아니더라도 '내추럴'이라는 형용사는 매우 기만적인 면이 있어 와인 품질에 대한 평가를 은연중에 오도할 수 있다. 10년, 20년, 30년 숙성이 돼야 제맛을 내는 와인에 무수아황산을 넣는 것은 불가피한 측면도 있다.

이런 위험과 부작용 때문에 아직도 개별 국가 단위나 유럽연합 차원에서는 와인 병 라벨에 내추럴 와인이라는 문구를 명기하지 못하도록 하고 있다. 단지 최근 프랑스에서 내추럴 와인조합 차원에서 '뱅 메또드 나뛰흐(Vin Méthode Nature)'라는 라벨을 만들었고, 프랑스 공정거래국의 승인을 받아 조합원들끼리 부착하는 정도다.

내추럴 와인이 2000년대 들어 급부상하는 것은 맞지만 시장점유율은 2~3%에 그치고 있다. 그러나 내추럴 와인이 기존 와인산업에 미치는 영향은 대단히 크다. 자연, 환경, 지속가능성, 탄소중립 등이 지구적 화두로 등장하면서 기존의 일반 와인 생산자들 사이에서도 유기농법이나 생체역학적 농법이 확산되고 있다. 인공적인 가당은 하지 않고 실험실 균주보다는 천연 효모를 사용하는 와인 메이커들도 크게 늘고 있다.

내추럴 와인 메이커들은 그런 점에서 와인산업에 없어선 안 될 메기 같은 존재이며, 와인을 물보다 순수한 음료로 거듭나게 만드는 1등 공신이다. 그야말로 내추럴 와인과 일반 와인이 서로 긍정적 시너지를 발휘하고 공존하는 시대가 도래했다.

종교와 고전1

오대산 미륵암에 가 보셨나요?

2007년 10월 21일

토요일 이른 아침 훌쩍 집을 나섰다. 나이를 먹을수록 주말조차 자유롭지 못하다. 구속하는 게 자꾸 늘어난다. 차에 올라 운전대를 잡을 때까지만 해도 어디로 갈까 결정을 못하다 문득 생각이 났다. 오대산으로 가자. 월정사와 상원사 그리고 부처님의 진신사리를 모신 적멸보궁을 둘러보기로.

영동고속도로를 타고 가다 진부에서 빠져 월정사까지 4시간 남짓 걸렸다. 전나무 길을 지나 법당에 들러 삼배를 했다. 차를 몰아 상원사로 향한다. 이제부터 차는 짐이다. 옛 고향 동네 신작로 같은 비포장도로를 천천히 달린다. 주변 경관이 좋은 곳이면 차에서 내려 구경을 한다. 9월 말이어서 여름의 끝과 가을의 초입에 서 있는 계절은 녹음도 아니지만 그렇다고 단풍도 아닌 것이 그 빛깔이 나름대로 좋다.

상원사에 들러 다시 삼배를 올렸다. 학교 다닐 때부터 여러

번 다녀간 아내는 불사를 너무 많이 해 예전의 그 호젓하고 조용한 산사가 아니라며 자꾸 뭐라 말을 한다. 적멸보궁으로 발길을 돌린다. 중간에 물 한 모금 마시고 1시간 정도 걸려 도착했다. 부처님의 진신사리를 모신 곳, 생과 멸이 없어진 경계, 열반의 자리 적멸보궁은 생각했던 것보다 작고 아담했지만 그 기운을 느끼기엔 부족함이 없다. 아내가 108배를 하는 동안 삼배만 올리고는 육산 오대산의 아늑함에 젖어 들었다.

내려오는 길에 불자는 아니지만 그래도 삼배는 해야겠다는 마음에 중대 사자암에 들렀다. 그러나 법당 안으로 들어가지도 못했다. 이미 사자암 법당 안에는 발 디딜 틈도 없이 많은 불자가 예불을 드리고 있었다. 밖에서 들여다본 법당은 휘황찬란했다. 금빛으로 화려하게 도금한 1천여 기 정도 될 듯한 불상이 보는 사람을 압도했다. 법당만이 아니다. 사자암 전체가 화려한 불사로 빛이 났다. 얼른 발길을 돌렸다.

다시 차를 끌고 상원사에서 신작로 같은 산길을 따라 아주 천천히 홍천군 내면 명개리 쪽으로 갔다. 1시간쯤 가다 보니 길옆으로 미륵암이라는 작은 암자가 보였다. 오대 중 하나인 북대 미륵암인데 그렇게 화려했던 중대 사자암과는 딴판이었다.

북대 미륵암은 수행처여서 일반인들에겐 개방되지 않았지만 결례를 무릅쓰고 조용히 안으로 들어갔다. 암자에는 그날따라 수행하는 스님도 보이지 않았고 법당도 문이 닫힌 채 촛불조차 꺼져 있었다. 마침 불심이 아주 깊어 보이는 중년의 한 등

산객이 암자 샘물에서 물을 길어다 부처님께 올리는 게 보였다. 그는 촛불을 켜고는 절을 하고 불경을 외웠다. 아내와 나도 그 등산객을 따라 했다. 고개를 들어 미륵암 부처님을 바라보았다. 화려한 금빛 도금의 눈부신 부처님이 아니라 나무로 깎아 만든 보잘것없는, 몸은 마르고 얼굴은 찡그린 고행상의 부처님이다. 가벼운 전율이 느껴졌다. 더이상 고행상의 부처님 앞에 있을 수가 없어 얼른 법당에서 나왔다. 북대 미륵암 마당에서 바라본 오대산이 그렇게 정겨울 수가 없었다.

신정아-변양균 스캔들 덕분에 우리의 관음증은 넉넉히 충족됐지만 한국 불교를 대표하는 조계종은 심한 몸살을 앓고 있다. 조계종단과 재가불자를 대표할 만한 위치에 있는 사람들이 스캔들의 조연 아닌 주역으로 등장했다는 점이 부끄럽고 충격적이다. 조계종단이 오죽했으면 60년 전 성철, 우봉, 청담, 자운 스님 등이 주도했던 봉암사 결사정신으로 돌아가자고 다시 그 자리에 모여 차가운 가을비를 맞으면서 결의를 했을까. 누굴 탓하겠는가.

이 가을이 다 가기 전에 다시 한번 오대산 북대 미륵암에 들러 고행상의 못생긴 나무 부처님을 뵙고 싶다. 30~40년 전 산중 암자의 너와지붕이 그대로 남아 있는 스님들의 토굴 수행처 서대 염불암(수정암)도 들러야겠다.

종교와 고전2

법정스님의 무봉탑

2010년 3월 14일

중국 당나라 시대 숙종 황제가 죽음을 앞둔 혜충국사를 문병 와서는 “만약 국사께서 세상을 떠나시면 무엇을 해드릴까요.” 하고 물었다. 혜충국사는 생로병사를 다 끝내고 삶의 완성을 보려는 찰나여서 귀찮기도 했지만 정 그렇다면 무봉탑(無縫塔, 꿰맨 흔적이 없는 돌덩어리 1개로 만든 탑)이나 만들어 달라고 했다. 황제가 그 말이 무슨 뜻인지를 몰라 자꾸 묻자 국사는 나중에 자신의 제자에게 물어보라고 했다.

혜충국사가 입적하자 황제는 곧장 제자를 불러 무봉탑에 대해 물었다. 그러자 제자는 “상강의 물은 남으로 흐르고, 담강의 물은 북으로 흐른다.”며 알 듯 말 듯한 대답을 했다. 이 말은 우주 천하가 다 무봉탑이고 황금덩어리이며 빛인데, 무슨 탑이 달리 필요하고 무슨 의식이 필요하겠느냐는 뜻이다. 낡은 육신을 그냥 갖다버리면 되지 번거로운 장례의식이 왜 필요하겠느냐는 뜻으로도 해석할 수 있다.

혜충국사의 무봉탑 이야기는 선불교의 진수 『벽암록』에 나온다. 무봉탑 이야기가 보여주듯이 『벽암록』의 핵심 사상은 불교의 도(道)라는 것, 진리라는 것은 특별한 게 아니라 눈앞에 펼쳐진 모든 게 바로 진리이고 도라는 것이다. 아울러 뭐든 밖에서 구하지 말고 스스로 찾아야 한다고 강조한다. 심지어 『벽암록』의 마지막 장에서는 "지금까지 한마디도 하지 않았다. 뱀이 쌀 한 톨을 먹으려다 항아리 속에 빠져 버린다."며 『벽암록』에 눈멀지 말라고 경고를 하고 있다. 『벽암록』에서 설파한 내용들이 거꾸로 많은 사람을 눈멀게 하고 진리를 오히려 어둡게 만들어 버린다는 것이다. 진리를 깨닫는 데는 석가도 달마도 어찌할 수 없으며, 각자 스스로 갈고 닦을 수밖에 없다는 냉엄한 현실을 일깨워 준다.

법정스님의 마지막 말씀이 가슴을 울린다. "장례식은 하지 말라. 관도 짜지 말라. 평소 입던 무명옷을 입혀라. 대나무 평상에 내 몸을 올리고 다비해라. 사리는 찾지 말고, 탑도 비도 세우지 말라. 재는 오두막 뜰의 꽃밭에 뿌려라." 스님의 당부는 계속된다. "그동안 풀어놓은 말빚은 다음 생으로 가져가지 않겠다. 내 이름으로 출판한 모든 출판물을 더이상 출간하지 말라." 수의도 관도 준비하지 말고, 장례식도 하지 말라는 스님의 유언은 혜충국사가 황제에게 무봉탑이나 만들어 달라고 부탁한 것과 같은 맥락이다. 나아가 일체가 완전하니 우리 중생들도 완전하다는 당부이자 가르침이다.

어느 집에나 한두 권씩 있는 『무소유』, 『산방한담』, 『오두막 편지』 등 속가의 베스트셀러 책들을 더이상 출간하지 못하도록 한 것은 『벽암록』 마지막 장의 "지금까지 한마디도 하지 않았다. 책과 글은 오히려 눈알 속에 모래를 집어넣는 것과 같이 사람들의 눈을 멀게 한다."는 참회를 생각나게 한다. 따라서 스님의 말, 스님의 글에 속지 말고 스스로를 천난만고(千難萬苦) 속에 집어넣어 자기를 바로 보고, 자기를 밝히라는 엄청난 메시지를 던지는 게 아닐까.

진리를 깨닫게 하는 것은 석가도 달마도 못 하는 일인데, 어찌 내가 해주겠냐는 스님의 토로와 고백은 중생들에 대한 자비심의 또 다른 표현이다. 삼가 법정스님 영전에 『벽암록』에 나오는 게송(偈頌) 하나를 올린다. 천지가 한 뿌리요, 만물과 내가 하나라는 의미가 담겨 있다.

듣고 보고 느끼고 아는 것이 따로따로가 아니고
산과 물의 경관이 거울 속에 있지 않다.
서리 내린 하늘에 달은 지고 밤은 깊은데
누구와 함께하랴, 맑은 연못에 차갑게 비치는 그림자를.

종교와 고전3

새해 팔자를 고치려면

2011년 1월 3일

해가 바뀌어도 마음이 편치 않은가? 불만으로 속이 부글부글 끓는가? 그렇다면 독서를 하시라. 책을 읽되 『주역』과 같은 고전을 읽으면 마음이 편안해질 것이다.

혹한의 새해 첫날, 『주역강의』를 다시 꺼내 들었다. 흔히 '역경'이라고 부르는 것은 『주역』으로서 주나라 문왕과 주공이 정리한 것이지만 현대의 우리가 읽기에는 공자가 '역경'을 읽고 연구해서 썼다는 「계사전」이 좋다. 「계사전」의 저자에 대해 논란이 없는 건 아니지만 나는 개인적으로 공자가 해설했다는 「계사전」을 읽고 나서 비로소 왜 공자가 대학자 수준을 넘어 예수나 부처처럼 성인의 반열에 들었는지 이해가 되었다.

『주역』은 흔히 인간의 운명과 팔자를 예언하는 점복술의 원전으로 알려져 있지만 처세의 지혜와 우주의 원리를 설명하는 철학서로 보는 것이 타당하다. 어떤 학자들은 『주역』을 "경전

중의 경전이요, 학문 중의 학문이요, 철학 중의 철학"이라고까지 말한다. 『주역』이 우리에게 말해주는 것은 우선 변화의 원칙이다. 우주에는 변하지 않는 일이 없고, 변하지 않는 사람이 없으며, 변하지 않는 물건이 없다는 것이다. 밤이 낮이 되고, 낮이 밤이 되듯이 말이다. 영원한 권력이 없고, 사랑과 젊음도 영원하지 않다. 세상에 죽지 않는 것은 없으며, 죽음 역시 변화의 한 과정으로 봐야 한다. 그렇기 때문에 지금 우리가 설령 고통과 시련, 실패에 빠져 있다 해도 분노하고, 절망하고, 낙담할 필요가 없다.

마찬가지 원리로 『주역』은 세상에는 절대로 좋은 일도, 절대로 나쁜 일도 없다고 말한다. 만약에 좋다고 생각하면 곧 골칫거리가 생기는 게 인생이다. 실제로 우리는 최고의 정치 권력자에게서 이런 현상을 자주 본다. 한국의 역대 대통령 가운데 불행하지 않게 인생을 마감한 사람이 몇이나 되는가. 경제활동의 최정점에 서 있는 기업의 총수들이 겪는 불행과 고통은 또 얼마나 큰가. 『주역』은 그 어떤 것도 그 자체가 절대적으로 귀하거나 천한 것은 아니라고 한다. 귀천은 놓이는 위치에 따라 자리에 따라 달라진다는 것이다. 우리가 흔히 "자리가 사람을 만든다."고 말하는 것과 비슷한 이치다.

공자는 한발 더 나아가 「계사전」에서 인간의 길흉이 우리들의 생각에 달려 있다고 말한다. 공자는 '역'에는 어떤 고정된 게 없다고 지적한다. 쉽게 말해 운명이나 팔자는 정해진 게 아니고 얼마든지 고칠 수 있다는 뜻이다. 공자가 직접 한 말은 아니겠지만 옛 중국에서는 운명과 팔자를 바꾸는 방법으로 몇 가지를 제시하고 있다. 덕(德)과 명(命), 풍수(風水) 그리고 독서다. 덕이란 덕을 쌓고 적선을 하는 것이고, 명은 자신의 운명과 팔자를 알아서 과욕을 부리지 않는 것이며, 풍수는 바람과 물을 피하는 것인데, 묘자리나 집터를 잡는 데 유의하라는 뜻이다. 그리고 독서를 많이 하는 것도 운명을 바꾸는 길이라고 강조한다.

팔자를 바꾸는 수단으로 독서가 제시된 것은 단순히 책을 많이 읽어 새로운 지식을 습득하라는 것만은 아니다. 독서를 통해 자신을 읽고, 스스로를 성찰하라는 뜻이다. 사람은 충분히 하늘을 극복할 수 있고, 스스로 운명을 바꿀 수 있다. 새해 어딜 가서 점을 쳐 좋지 않은 괘가 나오더라도 걱정하지 마시라. 팔자는 스스로 고치는 것이다. 여러분이 스스로 팔자를 고치는 신묘년 새해가 되길 기도한다.

종교와 고전4

깨달음에 대하여

2011년 5월 9일

중국 남북조 시대에 혜가라는 선승이 있었다. 선불교의 시조인 달마대사로부터 법을 이어받은 선불교의 2대조다. 무릎이 빠질 만큼 눈이 내리는 겨울날 달마가 면벽수도하던 동굴 밖에서 3일을 기다리고, 그것도 모자라 자신의 팔을 하나 잘라 바쳐서 비로소 법을 구한 이가 바로 혜가다. 혜가는 서른이 넘어 출가하기 전에 이미 유학과 노장에 밝았던 대학자였다. 특히 『주역』 강의로 이름을 날렸다. 혜가에 대해 주목할 것은, 그가 풍병을 앓던 3대조 승찬에게 법을 전한 뒤의 행적이다.

혜가는 가사를 벗어던지고 대중 속으로 들어갔다. 술도 마시고 사창가를 전전하기도 하고 못하는 짓이 없었다. 당연히 주변 사람들이 수군거렸다. "선종의 조사였던 당신이 어찌하여 술집으로 사창가로 달려가느냐."고 물었다. 혜가는 "나는 스스로 내 마음을 다스리거늘 그대는 상관하지 말아라."라고 답했다.

혜가는 말년에 사람들과 어울려 술도 마시고 품팔이도 하면서 틈나는 대로 저잣거리에서 법문을 했다. 사람들이 몰려들었다. 그러자 다른 불교도들이 그를 모함하기 시작했고, 세상을 어지럽히고 백성들을 선동한 죄로 극형에 처해지게 되었다. 혜가는 "이제야 전생에 지은 묵은 허물의 빚을 갚는다."며 묵묵히 극형을 받아들였다. 이 장면에선 예수의 삶이 생각난다.

대중과 함께했던 혜가의 삶은 불법은 경전 속에 있는 것도 아니고, 사찰 안에 있는 것도 아니며, 오로지 세상살이의 한가운데에 있다는 선불교의 가르침을 몸으로 보여준 것이다. 한편 마음에 편안함을 얻는 것, 또는 깨달음을 얻는 것이 얼마나 어려운지 보여주는 대목이기도 하다. 어떻게 해야 마음에 편안함을 얻을 수 있는지 묻는 혜가에게 달마대사는 "외부의 모든 연이 잦아들고, 마음속 숨이 사라져 담벼락처럼 된다면 도에 들어갈 수 있을 것"이라고 말한다. 이렇게 달마로부터 안심법문을 받았음에도 혜가는 죽을 때까지 마음을 다스려야 했다. 깨달음을 얻는 것은 이론적으로는 쉬울지 몰라도 이처럼 어려운 일이다.

선교 일치의 입장에서 불교 교리를 체계화한 영명연수 선사의 『종경록』에는 깨달음을 점검하고 체크하는 10가지 기준이 제시되고 있다. 예를 들면 이런 것이다.

"일체의 사물에 대해 뚜렷이 안다. 사람을 만나고, 일하고, 다른 사람의 방해를 받아도 마음이 일절 동요하지 않는다. 경전을 한

번만 펼쳐보아도 모두 이해하고, 어떤 학문에 대해 물어와도 막힘이 없다. 한 생각 한 생각이 모두 원만하고, 어떤 법에도 방해받지 않는다."

『종경록』은 이런 10가지 기준 가운데 조금이라도 미치지 못하는 것이 있다면 자신이 옳다고 생각해선 안 되며, 그렇게 한다면 이는 자신과 남을 속이는 짓이라고 말한다. '건혜(乾慧)'라는 말이 있다. 이론적으로는 논리정연하지만 직접 수행을 하지 않아 몸으로 체득하지 못한 아무 쓸모 없는 지식과 지혜를 일컫는 말이다. 깨달음에 대해 말하는 것 자체가 바로 '건혜'다.

어쩌다 세상이 오히려 종교를 걱정하는 시절이 되었을까. 부처님오신날을 맞이하여 깨달음에 대해 나름 정리를 해 봤다. 끝으로 당나라 시대 동산스님의 선시를 여러분께 소개한다.

절대 남에게서 구하지 말지니
나와는 점점 멀어진다네
나는 지금 홀로 가지만
곳곳에서 그를 만나네
그는 지금 바로 나이고
나는 지금 그가 아니네
바로 이렇게 알아야
참 이치를 알 수 있으리라

종교와 고전5

당신 자신을 점령하라

2011년 11월 12일

붓다와 제자 수보리가 묻고 답하는 형식으로 대승불교의 근본인 공(空)사상을 설파하고 있는 불교 초기경전 『금강경』에는 붓다가 거듭해서 강조하는 게 있다. 붓다가 다른 사람들을 구제하거나 제도한다고 절대 생각하지 말라는 것이다.

"수보리야, 절대 착각해서는 안 되네. 제발 그렇게 생각하지 말게. 내가 일체중생을 제도하려 했다고 생각하면 절대 안 되네. 왜냐하면 실제로 여래가 구제한 중생은 한 사람도 없기 때문이지."

붓다가 거듭 절대 착각하지 말라고 수보리에게 강하게 주문하는 것을 보면 이 구절은 단지 붓다의 겸양으로만 볼 수 없다. 실제로 붓다는 『금강경』에서 자신을 구제하는 것은 다른 누구도 아니고 바로 자신이라고 강조한다. 신심을 갖고 스스로 닦아서 해탈하고 구제받으라는 것이다. 스스로 깨닫고 스스로 긍정하는 것, 이게 『금강경』의 핵심사상이고 전부다.

한 외신은 올해 전 세계 언론과 인터넷에서 가장 자주 등장한 단어로 미국 반(反)월가 시위를 상징하는 단어 '점령하라(Occupy)'를 선정했다. 이와 함께 적자, 분노와 격분, 대공황, 99 등도 매우 자주 등장한 단어라고 한다. 지금 세계 경제 상황이 어떤지, 사람들이 느끼는 불안이 얼마나 큰지 짐작이 간다.

한국도 예외가 아니다. 대학생들은 등록금이 너무 비싸다며 집단행동을 하고, 중소 자영업자들은 신용카드 수수료 인하를 촉구하는 시위를 벌이고 있다. 은행들의 수수료나 백화점의 판매 및 입점 수수료에 대한 불만과 비난 목소리도 높다. 뿐만 아니라 젊은이들은 기성세대에 분노하고, 고졸 출신은 대졸자에 분노하고, 비정규직은 정규직에 분노하고, '비(非)강남'은 '강남'에 분노하는 등 나라 곳곳이 분노의 도가니다. 아무리 노력해도 희망이 보이지 않고 성공하지 못한다는 좌절감, 미래에 대한 불안감, 경제·사회 전반의 공정하지 못한 게임의 룰 등이 '99%가 분노하는 시대'를 만들어 버리고 말았다. 사회 구성원의 다수가 불안해하고, 분노하고, 절망하는 데는 역설적으로 인터넷, 페이스북, 트위터 같은 소셜네트워크서비스의 발전에 따른 절망의 공유와 분노의 공감이 그 배경에 있는 현실도 부인할 수 없다.

희망이 없는 미래에 대한 좌절과 불안감, 특히 20~30대 젊은 층의 분노를 충분히 이해한다. 또 상당한 책임이 사회와 국가, 기성세대에 있다는 것을 인정한다. 그렇지만 좌절과 불안, 분노의 탈출구를 사회와 국가, 기성세대가 찾아줄 것으로 기대하지는 말라. 그건 착각이다. 무상교육, 무상급식에 국가 예산을 통한 취업과 노후보장까지 구성원의 삶을 국가와 사회가 제일 많이 책임졌던 유럽 국가들의 실패는 무엇을 말하는가.

붓다가 제자 수보리에게 거듭 강조하듯이 스스로 구제해야 한다. 스스로 깨닫고 긍정하고 노력해야 한다. 분노의 에너지를 자기 파괴적으로 소모하지 말고, 자신을 분발시키는 동인으로 활용하고 생산적인 곳으로 돌려야 한다. 분노하고 절망하는 당신이 점령해야 할 대상은 정치권이 아니다. 재벌기업도 아니다. 여의도와 명동의 금융권도 아니다. 점령해야 할 대상은 바로 당신 자신이다. 당신 스스로를 점령하라. 불교 초기경전 『숫타니파타』에 나오는 다음 구절이 분노한 당신에게 작은 위로라도 되었으면 좋겠다. 삶의 지침이 되었으면 참 좋겠다.

홀로 행하고 게으르지 말며
비난과 칭찬에도 흔들리지 말라
큰 소리에 놀라지 않는 사자같이
그물에 걸리지 않는 바람같이
물에 젖지 않는 연꽃같이
저 광야에 외로이 걷는 무소의 뿔처럼 혼자서 가라.

종교와 고전6

나마스테 2021

2021년 10월 10일

"나마스테." 인도나 네팔 등에서 주고받는 인사말이다. 두 손을 모아 합장하고 가볍게 목례를 한다. 코로나19 사태로 언택트(비대면) 시대가 되면서 다른 문화권 사람들도 좋아하는 인사법이 됐다. 나마스테는 원래 당신 내면의 신성함을 존중한다는 뜻이다. 우리의 참모습인 내면의 불성 또는 신성을 믿는다는 의미다.

안타깝게도 사람들은 자신에게 심오한 고귀함이 있다는 것을 거부하고 스스로 형편없게 여기는 경향이 강하다. 요즘 코로나19 바이러스로 사업에 실패하거나 직장을 잃는 경우가 많다. 특히 550만 자영업자의 고통은 이루 말하기 어려울 정도다. 잘나가던 사업을 접거나 직장을 그만두게 되는 일은 우리가 삶을 잘못 살아서가 아니다. 코로나19 사태라는 누구도 예상치 못한 일이 터졌기 때문이다. 더 근원적으로는 삶 자체가 힘들기 때문이다.

사업에 실패하거나 직장을 잃더라도 "나는 실패자고 패배자야. 다시는 일어서지 못할 거야."라고 자학해서는 안 된다. 대신 "그래도 괜찮은 인생이야. 건강하고 가족도 있고"라며 실패와 좌절을 우아하게 받아들이는 자세가 중요하다. 마음에 썩고 부정적인 생각이 일어나면 즉시 생각을 돌려야 한다.

복권 당첨자들에 대한 행복연구 결과에 따르면 복권 당첨자는 거액의 당첨금을 받은 뒤 처음 2년 동안은 행복지수가 크게 올라가지만 그 이후에는 처음 수준으로 돌아간다고 한다. 복권에 당첨되기 전 행복했던 사람은 몇 년 후에도 여전히 행복했지만 원래 불행했던 사람은 큰돈을 갖더라도 얼마 후 다시 불행에 빠지고 만다는 것이다. 행복을 결정하는 것은 외부요인이 아니고 자신의 마음 상태에 달렸다.

요즘 화나는 일이 한두 가지가 아닐 것이다. 다른 나라에서는 코로나19 백신을 확보해 많은 사람이 예방접종을 받는데 우리는 아직도 더 기다려야 한다. 부동산 문제로 눈을 돌리면 울화가 치민다. 집값을 안정시키겠다는 정부 말만 믿고 집 사는 일을 미뤘는데 이제 집값이 너무 올라 평생 내 집 마련을 못 할 것 같은 불안감이 엄습한다. 뉴스에서 누구누구의 이름을 들으면 더 화가 치밀어 오른다. 포털사이트에 들어가 '화나요'를 누르고, 그들을 욕하는 댓글도 달지만 화가 풀리지 않는다.

티베트의 영적 지도자 달라이 라마에게 물었다. 티베트의 사원을 파괴하고 성전을 불태우고 마을까지 파괴한 중국 공산당이 밉지 않냐고. 달라이 라마가 답했다.

"저는 그들을 미워하지 않습니다. 왜냐하면 내 마음의 평화까지 중국 공산당이 빼앗아 갈 수는 없기 때문입니다."

화를 자주 내면 그것이 일상이 되고 우리의 신경계까지 변화시킨다고 의사들은 경고한다. 누군가에 대한 증오로 늘 화내고 격분하면 결국 자신의 파멸로 이어질 수밖에 없다. 마하트마 간디는 영국으로부터 독립운동을 하던 시기에도 1주일에 하루는 침묵으로 보냈다고 한다. 자기 가슴의 순수한 의도에 귀를 기울이고 스스로 성찰하기 위해서였다.

뉴스 산업 종사자로서 안타까운 얘기지만 균형 있는 삶을 살고자 한다면 1주일에 최소 하루만이라도 뉴스를 끄고 모든 의견과 견해에서 자신을 자유롭게 두길 바란다. 유튜브, 네이버, 카카오 등에서 얻는 공짜 정보와 공짜 뉴스는 당신을 상품으로 여기고 이용하고 있는 것이다. 신문, 방송 등 제도권 언론이라고 해서 크게 다르지 않다.

우리가 무자비한 테러를 일삼는 IS(이슬람국가) 근본주의자들을 비난하지만 자신의 견해와 의견에 집착하면 그게 바로 근본주의자이다. 우리 내면에 혹시 있을지 모를 '우파 근본주의' '좌파 근본주의'를 경계해야 한다. 근본주의자들은 세상을 돌아다니며 사람들을 서로 싸우게 하고 분열시킬 뿐이다.

해외에서 더 알려진 숭산(崇山)스님은 늘 '오직 모를 뿐' '오직 할 뿐'을 강조하셨다. "말과 단어는 단지 생각이다. 이 생각이 고통을 만들어 낸다. 이 모든 것을 쓰레기통에 버려야 한다. '오직 모를 뿐'으로 정진하라."고 법을 묻는 제자들에게 말씀하셨다.

2021년 새해에는 어떤 갈등에도 한쪽 편을 들지 않는 중도의 삶을 살기를 바란다. 당신 마음의 밝고 환한 본성을 잃지 않기를 바란다. 당신은 스스로 생각하는 것보다 훨씬 큰 존재다. 당신의 행복과 기쁨이 커지고 몸과 마음이 늘 평안하기를.

종교와 고전7

당신은 보석입니다

2022년 1월 9일

세계에서 가장 큰 황금불상은 태국 방콕 왓 트라이밋 사원에 있는 '프라 붓다 마하 쑤완 빠띠마꼰'으로 기네스북에 올라 있습니다. 높이가 3m가 넘고 무게는 무려 5.5톤에 이릅니다. 13~15세기 수코타이 왕조시대에 만들어진 것으로 추정되는데 예술성까지 뛰어나 가치를 인정받습니다.

이 황금불상은 수백 년 동안 찬란하고 아름다운 진짜 모습을 숨긴 채 방치됐습니다. 전쟁 등으로 불상들이 수난을 겪자 황금불상을 지키기 위해 석회와 진흙으로 불상을 덮어씌워 위장했기 때문입니다. 그러다 불상을 옮기는 과정에서 실수로 겉부분이 깨지면서 그 찬란하고 아름다운 본래 모습이 드러났습니다.

흙 속에 숨겨진 황금불상처럼 우리도 자신의 타고난 고귀함을 모르거나 덮어 가린 채 사는 게 아닌지 돌아봐야 합니다. 태국 사람들이 황금불상의 존재를 몰랐던 것처럼 우리는 대개 내면의 존귀한 본성을 잊어버리거나 심지어 방어막을 치고 삽니다. 이상할 정도로 사람들은 자기의 고귀한 면을 거부하고 보지 못하는 경향이 있습니다. 삶이 힘들고 괴롭기 때문인데 삶이 힘든 것은 우리가 삶을 잘못 살아서가 아니고 애초 삶 자체가 그렇기 때문입니다.

2022년 새해 시작은 우리가 의도적으로라도 자신을 존중하는 데서 출발해야 합니다. 스스로 사랑하지 않는데 어느 누가 우리를 존중하고 인정해 주겠습니까. 자신을 향한 사랑하는 마음이야말로 다른 모든 사랑을 키우는 출발점이고 바탕입니다. 그렇게 하면 다른 사람도 우리를 사랑하고 존중하게 되고 상호작용을 일으켜 서로가 발전하고 변하게 되는 것입니다.

종교인이 아니더라도 우리에게 필요한 것은 스스로를 형편없이 여기는 것 같은 건강하지 못한 생각은 내려놓고 긍정적이고 바람직한 생각을 선택해서 반복하는 것입니다. 사람들은 자신의 삶을 긍정하지 못하기 때문에 권력, 부, 지위, 학위 같은 외적인 무엇인가를 통해 가치를 인정받으려 하고, 이 과정에서 밸런스를 잃어 불행에 빠지고 맙니다.

야심차게 사업을 해서 큰돈을 벌든 정치에 뛰어들어 권력을 잡든 실제로 성취하고 보면 겉모습과 달리 속내는 매혹적이지 않습니다. 아무리 성공한 인생이라도 특별하지 않고 근심과 노고가 필연적 동반자임을 그제야 깨닫습니다.

작가 알랭 드 보통의 지적처럼 행복과 불행은 조건이 아니라 선택입니다. 행복은 추구의 대상이 아니고 발견의 대상입니다. 행복이나 풍요로움은 돈이나 권력, 학위에서 오는 게 아니고 우리의 마음과 감수성에서 나오는 것입니다. 가장 부유한 사람은 권력자나 기업가가 아니라 겨울날 생굴요리에 화이트 와인 한 잔을 기분 좋게 마시는 사람입니다. 우리가 불행에 빠지는 원인 중 하나는 주위에 늘 있는 것의 소중함을 알아차리지 못하기 때문입니다.

2022년 새해는 스스로 긍정하고 사랑하는 데서 출발하기를 바랍니다. 당신 자신이 바로 황금불상이며 진주고 보석입니다. 하나님은 당신 가슴속에 있고, 당신이 보살이고 부처가 되는 것입니다. 그리하여 당신을 행복하게 하는 일이 더욱 많아지기를 기도합니다.

당신은 스스로 생각하는 것보다 훨씬 큰 존재입니다.

종교와 고전8

무유호이(無有乎爾)

2022년 3월 6일

"나라는 작고 사람은 적어서 뛰어난 재능이 있어도 사용하지 않는다. 죽음을 무겁게 여겨 멀리 옮겨 다니지 않는다. 배와 수레가 있어도 타고 갈 곳이 없고 갑옷과 무기가 있어도 진을 칠 곳이 없다. 사람들은 복잡하게 계산하지 않고 끈으로 매듭을 지어 사용할 뿐이다. 음식을 달게 먹고 편하게 살며 풍속을 즐긴다. 나라가 서로 마주 보고 닭과 개 울음소리가 들려도 늙어 죽을 때까지 굳이 왕래하지 않는다."

2천 5백여 년 전 노자 『도덕경』의 마지막에 그려진 유토피아 이상향은 지금 같은 팬데믹(대유행)·전쟁의 시기에 더 가슴에 와닿는다. 그러나 현실세계에 이상향은 없다. 평화롭고 풍요로운 세상을 만들기 위해 노력하지만 마지막에 남는 것은 회한뿐이다.

고전 『맹자』를 보면 그가 중년 시절에는 "천하를 태평하게 다스리고자 한다면 나말고 그 누구이겠는가."라며 호기를 부렸지만, 마지막으로 한 말은 '무유호이(無有乎爾)', 아무것도 없다는 것이었다. 고전 『맹자』는 "무유호이(無有乎爾), 무유호이(無有乎爾)"라는 두 번의 탄식으로 끝을 맺는다. 성인에 버금가는 아성(亞聖)으로까지 추앙받았지만 평생 헛살았고 인류사에 아무 공헌도 못했다며 탄식한다.

맹자만이 아니다. 공자도 변란의 시대를 구하고 태평성대를 이루기 위해 애썼지만 이미 자신에게 시간이 얼마 남지 않은 것을 알고는 탄식한다. 『논어』에는 "봉황새도 날아오지 않고 황하에서는 하도(河圖)도 나오지 않으니 이제 나도 끝났다."며 한탄하는 구절이 있다.

'획린절필(獲麟絶筆)', 기린이 잡혀 죽자 글 쓰는 것을 중단했다는 뜻이다. 공자가 죽기 2년 전의 일이다. 당시 노나라 권력자의 수레를 모는 사람이 사냥을 나갔다가 괴이한 짐승 한 마리를 잡아 죽이고는 무슨 짐승인지 몰라 공자에게 물었다. 바로 기린이었다. 태평시대에 나타나는 상서로운 동물인 기린이 죽었으니 공자는 장차 세상이 어지러워지고 자신의 운명이 기린과 마찬가지로 곧 끝날 것을 알아차렸다. 공자는 역사서 『춘추』의 집필을 중단한다. 『춘추』의 마지막은 '획린'으로 끝이 난다.

불교 경전 『금강경』의 마지막은 "일체의 유위법은 꿈이나 환상 물거품이나 그림자와 같고 이슬과도 같고 번개와도 같으니 마땅히 그렇게 보아야 한다."로 끝난다. 마음속 번뇌, 집착, 분별을 부수고 깨달음으로 가기 위해서는 어디에도 기대거나 집착하지 말라는 의미지만 삶은 마지막 순간에 돌이켜보면 모든 게 물거품이고 그림자고 이슬이다.

우리나라 게임산업의 선구이자 시장을 이끌어온 김정주 넥슨 창업주가 54세의 나이에 황망하게 우리 곁을 떠났다. 이틀 뒤면 새 대통령이 선임되고 두 달 뒤엔 현 대통령도 물러난다. 총리, 장·차관, 공기업 CEO(최고경영자) 등도 줄줄이 자리를 내려놓는다. 기업에서도 3월 주총을 마치면 많은 CEO가 회사를 떠날 것이다. 옛 성현들의 깨달음처럼 인생은 늘 유토피아를 꿈꾸며 시작하지만 마지막은 무유호이, 획린, 물거품, 그림자, 이슬로 끝을 맺는다.

코로나1

신의 이름을 함부로 부르지 말라

2020년 3월 1일

코로나19는 단순한 전염병이 아니고 팬데믹(pandemic)이다. 사스(중증급성호흡기증후군)·메르스(중동호흡기증후군) 때와는 비교도 되지 않는다. 경제적 파장도 외환위기나 글로벌 금융위기에 못지않을 것이다. 그럼에도 우리는 진영싸움만 하고 있다. 중국인 입국 금지를 둘러싸고, 문재인 대통령 탄핵 청원을 놓고, 주말 광화문 집회를 놓고도 보수와 진보로 갈라졌다.

이제는 중국을 탓하고 대통령을 탓할 게 아니라 바이러스와 싸워야 한다. 첫 타깃은 코로나19 숙주로 등장한 신천지예수교다. 슈퍼전파자인 신천지 교인들에 대한 방역과 관리를 어떻게 하느냐에 코로나19 사태의 승패가 걸려 있다. 신천지예수교는 2차례 성명을 통해 신천지는 코로나 바이러스를 만들지 않았고 자신들 역시 피해자라고 한다. 비난과 증오, 저주와 협박을 멈춰 달라고도 한다. 이만희 총회장은 "이번 사태는 신천지의 급

성장을 막으려는 마귀의 짓이며 하나님과 예수님이 지켜주실 것"이라고 주장한다. 신천지 교인들이 코로나 바이러스의 슈퍼 전파자라 해서 그들 역시 피해자인데 증오하고 위협해서는 안 되겠지만 왜 신천지 교단을 중심으로 바이러스가 급속히 확산됐는지, 당사자인 신천지는 물론 개신교 등 종교계, 나아가 사회 전체가 되짚어 봐야 한다.

애초에 바이러스는 가장 취약한 곳을 공격하고 침투한다. 코로나 바이러스가 신천지예수교와 대형교회 등 종교단체를 매개로 대단히 빠르게 확산하는 것은 대한민국 공동체에서 가장 취약한 곳이 종교라는 점을 시사하고 있다. 이는 단순히 좁은 공간에 밀착해 앉아 노래 부르고 '아멘'을 외치는, 바이러스가 전파되기 좋은 환경을 제공하는 신천지 교단의 독특한 예배방식만 지적하는 것은 아니다. 근원적으로 최근 드러나고 있지만 상식으론 납득되지 않는 신천지 교단의 초법적·탈법적인 선교방식을 말하는 것이다. 신천지예수교는 세를 확장하기 위해 포교를 하면서 아이들이 학업을 포기하고 가출하게 했으며, 자식이 부모를 고발하게까지 만들었다. '추수꾼'이라는 이름 아래 기성교회에 침투해 신도들을 빼내 갔다. 이만희 총회장과 전직 2인자가 벌이는 싸움은 종교적 신성함과는 거리가 너무 멀다.

'조국 사태' 당시 인턴 경력 조작에 대해서조차 그렇게 분노한 우리 사회가 오랜 기간에 걸친 신천지의 탈법·불법적 행태엔 눈을 감았다. 정치권도 검찰도 언론도 모두 수수방관했다. 심지어 그들을 비호했다. 이만희 총회장이 말했듯이 지금도 신천지예수교는 반성과 회개는커녕 하나님과 예수님이 자신들을 지켜줄 것이라고 호언한다.

성경에 나오는 십계명의 세 번째는 "신(하나님)의 이름을 함부로 부르지 말라."이다. 특정 집단이나 개인이 경제적 이익, 정치적 야심, 특정 대상에 대한 증오를 정당화하기 위해 하나님과 예수님의 이름을 팔지 말라는 뜻이다. 십계명의 이 경고는 비단 신천지예수교와 이만희 총회장에게만 해당하는 것은 아니다. 개신교 일부 목회자는 "바이러스에 걸린 사람들이 주말에 교회에 나오면 하나님이 다 고쳐주실 것"이라고 공언하고 있다. 이 역시 신의 이름을 망령되이 부르는 행위다.

팬데믹 수준으로 악화일로인 코로나19 감염사태는 우리 공동체의 가장 취약한 부분 중 하나가 종교라는 점을 일깨워줬다는 점에서 나쁘지만은 않다. 특히 분산과 탈중앙화라는 4차 산업혁명 시대의 정신과 반대로 한국 교회, 나아가 대한민국 종교의 대형화와 쏠림, 집단화에 대한 최후의 경고라는 생각도 든다. 이웃과 전쟁을 벌이고 그들의 땅을 뺏을 때, 공동체를 분열시키고 파괴할 때, 제발 신은 제외해 주길 부탁드린다.

이번 사태를 겪으면서 "도덕적인 삶을 사는 데 굳이 신의 이름을 부를 필요는 없으며, 세속주의만으로도 우리는 우리에게 필요한 가치를 모두 얻을 수 있다."는 유발 하라리의 말에 공감하게 되었다.

코로나2

코로나바이러스가 가르쳐준 것들

2020년 3월 29일

세상사 늘 반전(反轉)이다. 지난 연말 중국에서 신종 코로나바이러스 감염증(코로나19)이 시작됐을 때만 해도 지금과 같은 팬데믹(세계적 대유행) 상황을 상상이나 했을까. 글로벌 경제가 하루아침에 붕괴될 줄 누가 예상했을까. 지난 주말 확진자 수가 12만 명을 넘어선 미국에서는 앞으로 8만 명 이상이 목숨을 잃을 것이라는 전망까지 나온다.

그렇지만 코로나19가 우리에게 가르쳐준 게 없지는 않다. 전문가들은 바이러스가 생존을 위해 세포생물을 감염시켜야 하는 것은 사실이지만 그 역할이 반드시 파괴적이고 해로운 것만은 아니라고 한다. 바이러스가 지구의 균형을 유지하는 데 중요한 역할을 한다는 것이다. 어떤 생태계에서나 바이러스는 '독점 파괴자' 역할을 함으로써 생태계의 다양성이 유지되도록 하는 긍정적 역할도 한다는 것이다. 지구생태계의 독점자는 단연 60억 명의 인간이다. 코로나19는 이번에 독점자 인간을 파괴함으로써 지구생태계의 다양성과 균형을 유지하려 하는지도 모르겠다.

우리가 불행에 빠지는 원인 중 하나는 주위에 늘 있는 것들의 소중함과 가치를 알아보지 못하고 매혹적인 것은 다른 데 있다고 생각하면서 엉뚱한 갈망을 품는 데 있다. '헬(hell)조선', 지옥 같은 대한민국이라는 뜻이다. 학교에서부터 경쟁이 너무 치열하고, 취업도 결혼도 어렵고, 내 집 마련은 더더욱 힘들고, 그래서 지옥 같은 이 나라를 기회만 되면 하루라도 빨리 떠나고 싶다는 생각을 한다. 여론조사 결과를 보면 특히 절대다수의 젊은 세대가 '헬조선'과 '탈(脫)조선'에 동의하는 것으로 드러났다. 탈조선을 해서 가고 싶은 곳이 어딜까. 선진국인 미국이나 유럽의 프랑스, 독일, 이탈리아, 스페인 등이 압도적이다.

미국으로 먼저 가 보자. 코로나19의 핫스폿이 돼버린 뉴욕주의 앤드루 쿠오모 지사는 이런 말을 했다. "우리는 3만 개의 인공호흡기가 필요한데 연방정부로부터 지원받은 것은 4천 개뿐이다. 연방정부가 죽을 사람 2만6천 명을 골라 보라." 미국은 의료기술 선진국이지만 상상초월의 비싼 의료비로 악명이 높다. 의료보험이 없는 수천만 명의 저소득층은 감염되면 병원도 가지 못한 채 죽어갈 수밖에 없다. 그렇다면 더욱이 50만 명 넘는 미국 노숙자들은 어떻게 될까.

이제 '파라다이스(paradise) 유럽'으로 가 보자. 스페인의 경우 감염자 가운데 10% 이상이 의료진이다. 마스크나 장갑 등 의사와 간호사들을 보호할 기초 의료물품조차 공급되지 않기 때문이다. 이탈리아나 프랑스도 스페인과 크게 다르지 않다. 유럽에서는 사망자가 폭증한 결과, 교회나 성당, 체육시설 등을 임시 영안실로 사용한다고 한다. 이탈리아, 스페인은 물론 프랑스와 영국도 공공의료 비중이 높고 안정적 의료보험체계를 갖췄지만 의료서비스 수준이 매우 낮고 병상, 의료장비, 전문인력 등이 턱없이 부족하다. 독일을 제외한 유럽의 나라들은 국가 의료시스템이 사실상 붕괴된 것으로 봐야 한다. 선진국이라는 유럽의 치명률이 우리나라와는 비교할 수 없을 정도로 높은 데는 다 이유가 있다.

스스로 '헬조선'이라고 자학하며 비아냥거리던 대한민국은 어떤가. 외신은 우리나라의 뛰어난 방역체계와 검사능력, 투명한 정보공개, 공짜에 가까운 검사비용 및 치료비 등에 감탄하고 있다. 거의 모든 공공장소마다 비치된 손 세정제, 마스크 착용의 일상화 같은 공동체 의식도 높이 평가한다. 총기류까지 사재기하는 자신들과 달리 마트마다 가득 찬 물건과 빠른 택배서비스 등도 신기한 눈으로 바라본다.

물론 우리도 아직 갈 길이 멀다. 지속적인 의료개혁이 따르지 않으면 유럽이나 미국의 길을 가지 말라는 법도 없다. 이번 사태가 언제 끝날지 예측조차 어렵지만 우리 주위에 늘 있는 것들의 소중함을 깨닫는다면 그것만으로도 지금의 고통이 아깝지 않을 것이다. 내 가족이 있는 우리 집, 동료들과 함께 일하는 우리 회사, 주변 식당과 찻집, 우리 동네, 그리고 우리나라 대한민국이 우리의 천국이다. 당신의 천국은 멀리 있지 않다. 행여 딴데서 찾지 마시길.

코로나3

요즘 많이 우울한 당신께

2020년 10월 11일

『사피엔스』와 『호모 데우스』의 저자 유발 하라리는 매일 2시간씩 명상을 하고, 매년 한두 달은 명상수련도 떠난다고 한다. 그는 이런 행동이 현실에서 도피하는 게 아니라 현실에 더 가까이 가는 길이라고 말한다. 하라리는 명상수행을 통해 얻은 집중력과 명정함이 없었다면 『사피엔스』 같은 저작들은 쓰지 못했을 것이라고 말한다.

유발 하라리처럼은 아니더라도 미국이나 유럽에는 명상하는 사람이 많다. 오래전부터 명상 열풍이 불어 곳곳에 명상센터가 있고 마음챙김, 명상수련회도 자주 열린다고 한다. 명상수련회에서는 '레인(RAIN)'이라는 머리글자를 가지고 마음챙김의 네 가지 원리를 가르친다고 한다. 그것은 바로 인지함(Recognition), 받아들임(Acceptance), 살펴봄(Investigation) 그리고 동일시하지 않음(Non-identification)이다. 명상수련에서는 이 네 가지를 통해 고통을 내려놓는 작업이 완성되고 마침내 자유로움에 이른다고 가르친다.

우리에게 '코로나 블루'는 익숙한 말이 된 지 오래다. 한 설문 조사에서는 응답자의 70%가 코로나 우울증을 경험해 봤다고 답했다. 우울함의 내용도 코로나19 사태 초기에는 외출을 마음대로 하지 못하는 데서 오는 답답함이나 지루함이었다면 사태가 장기화된 지금은 취업난과 해고, 매출 급감과 생계 불안 등에서 오는 우울함 내지 분노로 변했다.

모든 우울증이 그렇지만 '코로나 블루' 역시 예방과 치료가 불가능한 것은 아니다. 약물치료를 제외하고도 이럴 때일수록 운동을 많이 하고 햇볕을 충분히 쬐는 게 필요하다. 감미로운 음악과 맛있는 음식, 반려동물과 함께하기, 친구와의 우정 그리고 사랑과 섹스도 당연히 큰 도움이 될 것이다.

여기에 한 가지 추가한다면 바로 명상과 마음챙김이다. 이것은 가장 근원적인 예방책이자 치료법이다. 앞에서 말한 레인(RAIN)이라는 명상의 4단계 원리를 통해 코로나 블루를 극복할 수 있다. 우선 첫 번째로 이번 코로나19 감염 사태를 인지하는 것이다. 모든 병이 그렇지만 자신의 병을 부정해서는 그 병에서 자유로울 수 없다. 코로나19도 우리가 부정할수록 더 고통당하게 된다.

다음으로는 코로나19 사태를 받아들이는 것이다. 받아들인다고 해서 현 상황을 개선하는 노력을 하지 말라는 것은 아니다. 받아들이는 것은 수동적인 태도가 아니고 변화의 한 과정으로서 용기 있게 발을 들이는 것이다. 세 번째는 코로나19를 깊이 살펴보는 것이다. 코로나19 사태를 깊이 들여다보면 이 전염병이 전 지구적 현상이며 백신이 개발되더라도 극복하기까지 많은 시간이 걸리는 등 상황이 간단치 않음을 알게 될 것이다.

마지막 단계가 제일 중요한데, 내가 지금 겪는 코로나19 사태를 나 또는 나의 것으로 취하지 않고 나와 동일시하지 않는 것이다. 이것은 자신을 내려놓는 것이기도 하다. 예를 들어 설령 내가 지금 코로나19에 걸렸다고 하더라도 이것은 일시적이고 임시적일 뿐이다. 기저질환이 없고 건강한 사람이라면 99% 완치된다.

마찬가지로 자영업을 영위하는 사람이 매출이 급감해 어려움을 겪는다고 할 때 이것 역시 일시적, 임시적 현상일 뿐이다. 길어야 1년 뒤에는 상황이 크게 호전될 것이기 때문이다. 따라서 코로나19에 걸리거나 생계가 어려운 지금의 내가 나의 본모습이 아니고, 나의 본질도 아니라는 것을 깨달아야 한다.

우리는 제한된 자아, 임시적인 자기경험의 일부를 나와 동일시함으로써 고통을 겪는다. 이 동일시에서 벗어나 자아관념에 집착하는 정도가 적을수록 더 행복하고 더 자유롭게 되고, 이때 비로소 코로나 블루에서도 벗어나게 될 것이다.

"당신의 적은 누구인가. 마음이 당신의 적이다. 당신의 친구는 누구인가. 마음이 당신의 친구다. 마음이 움직이는 방식에 대해

알라. 당신의 마음을 주의 깊게 살펴라."

부처님 말씀이다. 지금 당신 우울함의 근원은 코로나19 사태라는 외부세계가 아니고 당신 마음이다. 숲에서 길을 잃는 것은 진짜 길을 잃는 것이 아니다. 당신이 누구인지 잊을 때 진짜 길을 잃은 것이다.

코로나4

당신은 행복합니까

2022년 7월 9일

지난 4월 코로나19 확진 판정을 받고 1주일간 격리생활을 했다. 당시에는 목이 따가운 것말고는 증세가 심하지 않아 식사도 잘하고 쉽게 넘어가는 듯했다. 문제는 격리에서 해제돼 정상생활을 하면서 나타났다. 미각과 후각의 미세한 상실이 문제였다. 그냥 식사할 때는 모르겠는데 좋아하는 와인을 마실 때 맛과 향을 느끼지 못했다.

비슷한 시기에 코로나19를 앓은 친구가 격리 해제를 자축하자며 저녁이나 먹자고 해서 갔더니 와인을 한 병 가지고 나왔다. 내가 좋아하는 보르도 레드 와인이었다. 평소 하던 대로 와인을 따르고 시계 반대 방향으로 몇 바퀴 돌린 뒤 코를 와인 잔에 깊숙이 박고는 향을 맡았다. 카베르네 쇼비뇽 품종에 메를로를 조금 섞은 것이어서 연필 부스러기 냄새나 흙 냄새, 담배 냄새 같은 게 나는 게 정상인데 아무 냄새도 나지 않았다. 이상하다 싶어 두 번 세 번 맡아 봤지만 마찬가지였다.

이번에는 맛을 봤다. 와인을 한 입 물고는 3~5초 정도 머금고 있다가 조용히 삼켰다. 그리고는 1분, 2분, 3분을 기다렸다. 단맛, 신맛, 떫은맛 등 아무 맛도 느낄 수 없었다. 불량 코르크에 오염돼 문제가 생긴 '코르키드' 와인이 아닐까도 의심했지만 나보다 앞서 코로나를 앓은 친구가 기대한 대로라며 와인을 맛있게 마시는 걸 보고는 나한테 문제가 있다는 것을 알았다. 아차 싶었다. 인생의 작은 행복이 날아가 버린 순간이었다.

『그리스인 조르바』의 작가 니코스 카잔차키스의 말처럼 우리 인생의 순간순간을 온전하고 행복하게 살려면 촉수를 예민하게 만들어야 한다. 그 예민한 촉수로 작은 것 하나에도 감동을 받으면 우리의 삶은 풍요롭고 행복해진다. 작은 나뭇잎 하나에도 감동하고, 와인 한 잔을 마시면서도 행복해하고, 짧은 음악을 들어도 좋다고 느낀다면 그 인생은 이미 성공한 것이다. 아는 게 많고 논리적인 사람보다 감동을 잘 받는 사람이 일도 잘한다.

사람들은 흔히 돈이 많으면 행복하게 살 수 있다고 생각하지만 그렇지 않다. 한 푼도 없던 사람이 부자가 되면 행복의 수치가 급격히 상승하지만 여기에는 수확체감의 법칙이 작용한다. 어느 순간부터는 아무리 부가 늘어나도 더이상 행복해지지 않는다. 금욕주의자나 종교인 중에는 고행이나 단식 같은 것을 통해 진정한 행복을 누릴 수 있다고 주장하지만 그것도 아니다. 실제로 붓다는 눈 덮인 추운 산에서 6년이나 고행을 하고 난 뒤에야 고행 또한 길이 아님을 깨닫고 내려왔다. 그 후 충분히 영양을 섭취하고 건강을 회복한 뒤에야 도를 깨쳤다. 인간의 본질은 영혼이 아니고 육체다.

코로나19로 잃은 후각과 미각은 다행히 2~3주 뒤부터 회복되기 시작했고 두 달쯤 지나서는 정상을 되찾았다. 그리하여 화이트 와인의 풋풋한 과일 향이나 토스트 냄새, 레드 와인의 낙엽 냄새와 흙·커피·훈연향 등을 다시 즐기게 됐다. 작은 행복을 되찾았다.

무더운 여름에 행복하시길 바란다.

2부

살며 일하며

금융1

예술은 사기, 금융도 사기

2007년 8월 20일

비디오아트의 창시자인 백남준은 생전에 "현대예술은 고등사기꾼 놀음"이라고 말하곤 했다. 예술이 사기라는 주장은 집에서 쓰던 변기통을 전시회에 출품한 마르셀 뒤샹이나 담배 파이프를 그려놓고는 "이것은 파이프가 아니다"라고 한 르네 마그리트의 작품을 보고 있으면 실감이 간다. 야채수프 깡통이나 콜라병 등을 그린 미국 팝아트 계열의 앤디 워홀 작품이 수백만, 수천만 달러에 팔리는 현상도 이해되지 않는다. 사기 놀음이라는 생각이 들 때가 많다.

그렇지만 누구도 뒤샹이나 마그리트, 워홀을 사기꾼이라고 하지 않는다. 뒤샹의 변기통 작품은 기존 고급예술에 반기를 든 다다이즘의 대표작으로 평가받고 있고, 팝아트 계열의 화가들은 미술을 소수의 사치품에서 대중들도 손쉽게 이해하고 즐길 수 있게 만든 업적으로 인정받기도 한다.

예술과 사기 놀음을 구분하는 게 쉬운 일은 아니다. 내가 집에서 쓰던 변기통을 미술작품으로 내놓는다면, 그건 분명히 사기다. 내가 내 골프채를 그려 놓고 "이건 골프채가 아니다"라고 한다면, 역시 웃기지 말라는 소리를 들을 것이다. 어디까지가 예술이고, 어디까지가 사기일까. 새로운 것에 대한 추구 없이 남이 한 것을 따라한다면 예술이 아니라 사기일 것이다. 역사적 고민과 성찰이 없다면, 그건 예술이 아니다.

다다이즘은 1차 세계대전에 대한 반성에서 출발했고, 팝아트는 미술을 대중의 품으로 돌려보낸 역사적 의미를 담고 있다. 또한 스스로의 삶에 대한 치열한 고민도 예술과 사기를 구분하는 기준이 된다. 그것이 때로는 동성애 등으로 표현되기도 하지만 예술가의 삶은 치열하고 불행하기까지 하다.

예술계 저명인사들을 중심으로 하루가 멀다 하고 터지는 우리 사회의 학력 위조 파문을 보면서 또다시 의문이 생긴다. 어디까지가 예술이고 어디까지가 사기일까. 누가 예술가이고 누가 사기꾼일까. 백남준은 마치 예언자처럼 현대예술이 사기 놀음으로 흐를 수 있다는 점을 경고했지만 그의 경고가 예술에만 해당하는 것은 아니다.

서브프라임과 엔캐리트레이드(Yen Carry Trade)로 요동치는 세계 금융시장을 보면 '금융은 사기'라는 경고성 말이 생각난다. 세계적으로 인구가 줄어들고 성장잠재력이 떨어지는 현실에서 금융은 성장률을 높이고 고부가가치를 창출하는 유망한 산업이지만 금융은 사기성이 좀 있다. 특히 파생상품과 같은 현대의 첨단 금융상품에 들어 있는 사기성에 유의해야 한다.

서브프라임 대출이 미국의 전체 모기지 대출에서 차지하는 비중은 기껏 12%에 불과하다. 미국의 전체 금융자산에서 차지하는 비중은 1% 미만이다. 이게 세계 금융시장을 뒤흔들고 있다. 엄청난 전염성과 폭발성을 갖고 있기 때문이다. 모기지 대출이 일어나면 첨단 금융기법을 통해 기하급수적으로 매우 다양하게 증권화가 이루어진다. 이를 통해 하나의 모기지 대출이 수백 가지의 자산담보부증권과 채권으로 거듭난다. 그 결과 뿌리인 모기지 대출이 부실화되면 수백 개 금융상품이 줄줄이 부실화되고 만다.

서브프라임에 세계 경제가 흔들린 것은 차입매수(LBO)라는 것을 통해 원금보다 훨씬 많은 외부자금을 끌어들인 것도 큰 원인이다. 현대금융의 기본이 된 레버리지(leverage)가 부실의 폭발적 증가를 초래했다. 자기 돈은 몇 푼 되지 않으면서 엄청난 외부자금을 끌어들이고, 하나의 상품을 쪼개고 붙이고 변형시켜 수백 가지의 복합상품을 만드는 게 현대의 첨단금융이지만 그 안에 포함된 사기성으로 인해 지금과 같은 예상치 못한 글로벌 위기가 발생한 것이다. 이번 위기가 각국 중앙은행의 금리 인하와 충분한 유동성 공급으로 진화되더라도 주기적으로 재연될 것이라는 전문가들의 예상은 현대 첨단금융이 갖는, 현대 금융자본주의가 갖는 그 사기성 때문이다.

금융2

부처를 죽이고 미네르바도 죽이고

2009년 1월 11일

요즘 한동안 교류가 없던 친구나 선후배, 친인척들에게서 전화가 오거나 만나자는 연락을 자주 받는다. 반가운 마음에 한걸음에 달려 나가지만 곤혹스러운 경우가 대부분이다. 경제기자만 20년 이상 했다는 이유로, 언론사 간부라는 이유로, 상대방은 아주 진지하게 투자상담을 해 오지만 딱히 제시할 게 없기 때문이다. 반토막난 펀드를 단기간에 만회할 수 있는 방법은 없다. 대박 나는 주식 종목에 어떤 게 있는지는 더더욱 모른다. 무리하게 대출받아서 산 집을 팔고 다른 부동산에 투자해 큰돈을 벌고 싶다는데, 그런 수는 나도 모른다.

친구는 그렇다면 주변의 믿을 만한 전문가를 소개해 달라고 한다. 그러면 나는 경제기자를 오래 했지만 진짜로 믿을 만한 그런 전문가는 보지 못했다고 대답한다. 유명 펀드 중에 '인사이트펀드(insight fund)'라는 게 있지만 진짜로 통찰력을 가진 투자자는 아직 보지 못했다며 돌려보낸다. 시무룩하게 떠나는 친구에게 나는 한마디 덧붙인다. 돈과 투자에 관한 결정을 할 때는 정치인이나 경제관료, 경제기자는 물론이고 유명 애널리스트나 펀드매니저도, 경제학 교수의 말도 믿지 않는 게 좋다, 믿을 건 오직 너 자신뿐이고, 투자를 결정하는 주체도 너 자신이니 돈을 벌고 싶다면 스스로 투자 공부를 열심히 하라고.

경제대통령, 국민들의 경제스승, 시민지성으로까지 불리던 '지혜의 신' 미네르바의 실체가 검찰 수사로 드러났다. 허탈 아니면 통쾌, 여러분은 어느 쪽인가. 볼기짝 몇 대 때린 다음 집으로 돌려보내면 될 일을 구속까지 한 건 좀 지나친 일인가. 그를 시대의 영웅으로 만드는 건 아닌가.

그렇지만 미네르바의 실체를 밝히는 건 중요하다. '인사이트 펀드'가 가상세계에서는 몰라도 현실세계에선 있을 수 없듯이, 지혜의 신 미네르바는 신화에는 나올 수 있어도 현실에선 존재할 수 없다. 그런데도 많은 사람이 지혜의 신이라고 자처하는 인터넷상의 논객 한 사람에게 열광한다면 이번처럼 실체를 밝혀주는 것도 한 방법일 것이다.

미네르바가 이번처럼 30대 무직에 학력이 변변치 않아서 하는 말이 아니다. 해외 명문대 출신의 저명 펀드매니저나 애널리스트, 외환딜러 같은 제2, 제3의 미네르바가 나타나더라도 그들 역시 사기꾼에 불과하다고 말하고 싶다. 스스로 지혜롭다고 말하는 사람치고 지혜로운 경우를 아직 보지 못했다. 미래 주가를 예측하고, 미래 환율을 예측하고, 미래 경제 상황을 자신 있게 예측하는 사람치고 그들의 전망이 아주 가끔은 몰라도 늘 맞는 경우를 아직까진 보지 못했다.

당나라 때의 선승인 임제의현의 말씀을 엮은 『임제록』에 '살불살조(殺佛殺祖)'라는 말이 있다. 부처도 죽이고 조사도 죽인다는 말이다. 안으로나 밖으로나 만나는 것마다 죽이는데, 그게 부처든 스승이든 아버지든 어머니든 예외가 있을 수 없다는 말이다. 부처와 스승과 부모의 위대한 가르침도 하나의 수단이고 방편인데, 거기에 얽매여선 해탈할 수 없다는 뜻이다. 나는 이 말을 이렇게 풀어 보고 싶다. "참다운 의견을 얻고자 한다면 세상의 어떤 속임수에도 걸려들 미욱함을 버려라."라고.

그렇다면 부처도 죽이고 조사도 죽이는데, 하물며 미네르바는? 당연히 죽여야 한다. 물론 기자도, 정치인도, 관료도, 학자도, 애널리스트도, 펀드매니저도 예외가 아니다. 『임제록』에는 '수처작주 입처개진(隨處作主 立處皆眞)'이라는 말도 있다. 어딜 가든 내가 주인으로 우뚝 선다면 그 자리가 모두 진리의 자리라는 뜻이다. 그 자리가 바로 돈을 버는 자리다. 나의 주인은 나 자신이지 미네르바가 아니다. 주변의 무수한 미네르바에게 속지 말길. 길을 밖에서 찾지도 말길.

금융3

기업은행이 답이다

2010년 11월 22일

KB금융그룹의 신임 회장이 직원들에게 일독을 권했다는 짐 콜린스의 『좋은 기업을 넘어 위대한 기업으로』에는 상식과 배치되는 몇 가지 실증분석이 나온다. 세계적으로 위대한 기업들을 분석해 보니 경영진에 대한 고액의 보수가 어떤 기업이 위대한 회사가 되는 데 아무런 기여도 하지 않는다는 사실이다. 위대한 기업으로 도약한 회사들은 대체로 거대한 업종의 회사가 아니며 오히려 보잘것없는 업종의 기업들이라는 분석도 있다.

또 인수합병(M&A)은 좋은 회사가 위대한 회사로 전환하는 데 아무런 역할을 하지 않는다는 사실도 소개한다. 짐 콜린스는 명망가 리더들은 좋은 회사가 위대한 회사가 되는 데 부정적 상관관계가 있다는 분석까지 제시한다.

이와 같은 실증분석이 우리나라 은행산업에도 적용될 수 있을까. 있다면 과연 어떤 은행이 이런 분석에 가장 근접했을까.

바로 IBK기업은행이다.

기업은행은 아직 '위대한 기업'은 아닐지라도 분명 좋은 은행, 우량한 은행임에 틀림없다. 경영지표가 입증한다. 올해 순익 면에서 기업은행은 비은행 계열사까지 포함된 KB금융이나 우리금융, 하나금융을 앞지를 전망이다. 지난 5년간 기업은행의 총자산 평균 증가율은 4대 시중은행 평균치를 넘어섰다. 올들어 9월 말까지 우리나라 은행권 신규대출의 85% 정도를 기업은행이 담당했다.

자산건전성 면에서는 어떤가. 우리, 국민, 하나, 농협 등 대형은행들이 돌아가면서 부동산 프로젝트파이낸싱(PF)이나 자산담보부증권(CDO) 같은 파생상품, 심지어 키코 관련 부실로 몸살을 앓았지만 기업은행은 거의 손실을 입지 않았다. 지난 10년간 자산건전성 관리를 가장 잘한 은행이 기업은행이다.

좋은 은행이냐 아니냐는 수익성이나 건전성, 성장성 등의 기준으로만 볼 수 없다. 은행업은 여기에다 공공성, 공익에 대한 기여가 반드시 고려돼야 한다. 이 대목에서 국내 은행권은 물론 금융사 가운데 기업은행을 능가할 곳이 과연 있을까. 우리가 주목할 것은 기업은행은 이런 성과들을 경쟁 은행들과 비교해 현저히 낮은 보상체계 속에서 이뤄냈다는 점이다. 기업은행 임원들의 급여 수준은 경쟁 시중은행들의 절반 수준에 불과하고, 일반 직원들도 85%에 그친다.

기업은행은 또 외형을 키우기 위한 M&A 한 번 하지 않고 이런 결과들을 성취했다. 화려한 대기업 금융도 아니고 마진이 좋은 가계금융도 아닌, 금융사들이 기피하는 그야말로 보잘것없는 중소기업금융을 통해 얻어냈다는 점에도 주목해야 한다.

'구조조정의 달인'이니 '한국 금융산업을 상징하는 인물'이니 '승부사'니 하는 많은 명망가 금융 CEO가 현직에 있을 때는 거액의 연봉과 엄청난 스톡옵션을 챙기고, 퇴직 후에는 자기가 몸담았던 은행에 천문학적 부실을 안기거나 조직을 사분오열시킨 게 최근 우리 금융계의 자화상이다.

이에 비해 기업은행 CEO는 평균 이하의 연봉에 만족하고, 공기업으로서 경영실적이 좋아 해당 부처 장관이 인사권자에게 연임을 건의해도 자리에 관심이 없다. 더욱이 외국인 투자자들이 연임하지 않으면 오히려 CEO 리스크가 발생하는 게 아니냐고 따져도 미련 없이 단임을 선언하고 은행을 떠난다.

신한금융 사태 이후 금융계도 금융당국도 '금융산업의 표준'이 사라졌다고 아쉬워하지만 그렇지 않다. 기업은행이 표준이고, 기업은행이 답이다. 기업은행은 외환위기 극복 이후 최근 10년간 한국의 금융계가 얻어낸 꽤 괜찮은 성과물이다.

금융4

금융은 공공의 적이 아니다

2011년 10월 15일

금융은 늘 탐욕적으로 비춰진다. 금융은 태생적으로 사기성을 갖는 것처럼 보인다. 금융업의 본질이 돈놀이이기 때문이다. 제조업처럼 가시적으로 드러나는 게 없는 무형의 서비스이기 때문이다. 주말과 휴일에도 꼬박꼬박 이자와 수수료를 챙기기 때문이다. 이런 특성 때문에 금융업 종사자들은 늘 스스로 경계해야 한다. 잠잘 때도 눈을 뜨고 있는 물고기처럼 말이다. 그렇지 않으면 타도의 대상이 되고 공공의 적이 된다. 금융은 운명적으로 이런 업보를 안고 산다.

거대 금융사들과 금융사 최고경영진의 탐욕에 저항하는 월가 시위가 오늘로 꼭 한 달째를 맞았다. 지난 주말에는 뉴욕은 물론 세계 80여 개 나라 900여 개 도시에서 동시다발적으로 시위가 일어났다. 우리나라도 예외가 아니다.

월가 시위대의 1차 공격대상은 2008년 서브프라임 금융위기를 초래하고도 아무 책임을 지지 않는 금융 자본가들이다. 위기

다음해인 2009년 대형 투자은행 등 23개 금융사는 직원들에게 수당 등의 형태로 무려 1천4백억 달러를 지급했다. 구제금융을 통해 가까스로 살아남은 미국 최대보험사 AIG는 그해 1억6천 5백만 달러의 보너스를 지급해 오바마 대통령의 분노를 사기도 했다. 그렇다 보니 월가 시위대가 타도대상으로 꼽는 사람들 중에는 제이미 다이먼 JP모건 회장이나 헤지펀드의 대부 존 폴슨 같은 사람의 이름이 제일 먼저 나온다. 그 점에서 금융업과 금융 자본가들에 대한 시위대의 분노는 지극히 당연하다.

하지만 한편에서는 월가 시위대가 뭔가 크게 잘못 짚고 있다는 느낌을 지울 수 없다. 몇몇 이유 때문이다. 우선 2008년 위기와 2011년 위기는 동일선상에 있지만 큰 차이가 있다. 2008년 위기는 거대 금융사들의 무모한 투자와 리스크 관리 실패에서 초래됐지만 2011년 위기는 정치권의 리더십이 제대로 발휘되지 않는 데서 야기됐기 때문이다. 금융시스템과 통화 안정을 도모하고 기업들이 안심하고 투자할 수 있는 여건을 만들어야 하는데도 유럽도 미국도 정치 리더십의 부재로 그 역할을 하지 못하고 있다.

더욱이 유럽도 미국도 대통령선거를 앞두고 있어 경제안정보다는 권력 쟁취가 우선이다. 미국도 유럽도 현재의 위기는 대통령을 포함한 정치 지도자와 의회의 탓이 크지 금융의 탓으로 돌릴 일이 아니다. 미국과 유럽 모두 최대 현안은 일자리 창출이고, 특히 청년실업 문제 해결이 과제인데, 이는 금융에서 풀

수 있는 사안이 아니다.

금융에 대한 시위대의 공격을 국내로 돌려보면 뭐가 잘못된 것인지 보다 확실해진다. 전반적으로 경제가 어려운 상황에서 올해 은행권의 순익이 사상 최대인 20조원에 육박하고 있는 것에 대해 탐욕스럽다는 비판을 하지만 이는 올해와 같은 금리인상기에 나타나는 특수상황이다. 게다가 거래기업들의 구조조정이 대부분 마무리돼 추가로 대손충당금을 쌓을 게 없고, 현대건설 매각이익과 같은 특별이익까지 겹친 결과다. 특별히 은행권이 탐욕적이어서 나타난 결과는 아니다.

은행원의 연봉과 보상체계에 대해서도 말이 많은데, 이것도 논란의 소지가 있다. 금융권은 중소제조업에 비해서는 확실히 많이 받지만 삼성, 현대차, SK, LG, 포스코 같은 대기업들에 비해선 절대 높지 않다. 또 최근 몇 년 새 국내 금융권 임원들이 월가의 경영진처럼 스톡옵션이나 성과급 등으로 천문학적인 돈을 챙겼다는 소리는 아직 듣지 못했다. 한국에서 금융은 100% 당국의 통제 아래 있다.

금융은 공공의 적이 아니다. 타도대상도 아니다. 월가 시위대도, 여의도와 서울광장 시대위도 뭔가 크게 잘못 짚었다. 금융이 공격받는 것을 보면서 웃는 빅브라더는 따로 있다.

금융5

기업은 자선단체가 아니다

2011년 10월 29일

요즘 그를 빼면 얘기가 되지 않는 사람, 스티브 잡스는 살아생전 기부에는 인색했다. 1986년 잡스는 공익재단을 만들기도 했지만 1년 만에 문을 닫았다. 1997년 애플에 복귀해서는 이익을 더 내기 위해 이미 있었던 회사 내 자선 프로그램을 없애 버렸다. 애플 역시 글로벌 기업이면 누구나 갖고 있는 자선재단이 없다. 2007년 애플은 '미국에서 가장 자선사업을 하지 않는 기업'으로 선정되기도 했다.

잡스의 이 같은 태도는 빌 게이츠나 워런 버핏과는 대조적이다. 잡스는 구두쇠였을까. 사회의 아픈 곳에 눈도 돌리지 않는 이기주의자였을까. 그렇지 않다. 기부도 하지 않았고, 자선사업에는 관심도 없었지만 창의적이고 혁신적인 제품으로 인류사회에 기여한 공은 어떤 자선사업가도 따라갈 수 없다. 애플 역시 마찬가지다.

만약 스티브 잡스가 한국인이고, 애플이 한국 기업이었다면 어땠을까. 세계적인 갑부가, 세계에서 가장 이익을 많이 내는 기업이 기부를 하지 않고 버틸 수 있었을까. '점령(Occupy)'이라는 단어가 유행이지만 아마 수십 번 '점령당했을' 것이다. 정치권력에 '점령'당하고, 시민단체에 '점령'당하고, 신문과 방송에 '점령'당하고, 트위터, 페이스북, 싸이월드에 '점령'당하고 마침내 흔적도 없이 사라지지 않았을까.

국내 대기업 오너들이 잊을 만하면 적게는 수백억 원에서 많을 땐 조 단위의 돈을 공익재단이나 자선단체에 기부하더니 이제는 금융권 협회장들까지 나서 1조원 이상을 사회공헌에 쓰겠다고 한다. 이뿐이 아니다. 대기업들은 중소기업을 배려해야 한다며 이런저런 업종에서 사업을 접고, 금융사들은 서민들을 위한다며 수수료를 인하한다. 은행은 자동화기기 이용 수수료를 내리고, 신용카드사는 가맹점 수수료를 내린다. 어느새 한국 기업들은 자선단체가 돼 버렸다. '상생'과 '동반성장'도 모자라 이제는 '자본주의 4.0'까지 실행하라고 하니 '점령'당하지 않으려면 자선사업을 병행하지 않을 수 없다.

다시 스티브 잡스로 돌아가 보자. 잡스 하면 떠오르는 단어는 연봉 1달러에 청바지와 터틀넥, 선불교, 미니멀리즘 이런 것들이다. 모두 돈이나 탐욕과는 멀다. 그런 잡스가 왜 자선사업이나 기부활동에는 관심이 없었을까. 자신의 에너지를 기업활동에만 집중시키는 게 세상을 혁신하고 사회에 가장 크게 기여할 수 있다고 판단했기 때문이다. 기업경영을 최고로 잘하는 것,

최고의 제품을 생산해 내는 것, 가장 많은 이익을 내는 것이 어떤 자선활동이나 기부행위보다 더 소중하고 의미 있는 것이라고 생각했다는 뜻이다.

이건희, 정몽구 회장이 조 단위의 돈을 공익재단에 기부하는 것보다 100배 중요한 것은 삼성전자와 현대차가 지금처럼 글로벌 위기에서도 굳건하게 버티는 것이다. 삼성전자가 애플까지 꺾고 세계 스마트폰 시장에서 1위를 지키는 것이며, 현대차가 도요타를 넘어 미국과 중국에서 시장 점유율을 계속 높여 나가는 것이다.

은행과 카드사들이 지금처럼 글로벌 금융위기 상황에서도 과거의 외환위기나 카드 사태 같은 데 휘말리지 않고 많은 이익을 내는 게 수수료 내리고 조 단위의 사회공헌 자금을 내놓는 것보다 훨씬 가치 있고 의미 있다. 금융사들은 어떤 상황에서도 정부의 공적자금 지원을 받는 일이 없도록 건전성과 수익성을 강화하는 게 최고의 사회공헌이다.

기업은 자선단체가 아니다. 기업가는 자선사업가가 아니다. 금융사의 주업이 사회공헌은 아니다. 착각하지 말자. 어설픈 논리로 기업과 금융사에 자선이나 기부를 강요하지 말라.

금융6

금융의 삼성전자는 없다

2013년 12월 14일

분기마다 매출액이 아닌 영업이익으로 10조원 이상을 거두는 삼성전자가 버티고 있는 삼성그룹에도 고민은 많다. 그중 하나가 바로 금융 부문이다. 소니에 이어 애플까지 꺾은 삼성전자와 달리 삼성 금융계열사들은 글로벌 1등은커녕 국내에서조차 1등을 못 하고 있다. 삼성증권과 삼성카드가 대표적이다.

전자 그룹과 함께 삼성의 양대 축인 금융 부문의 부진은 이건희 회장에게도 고민이다. 이 회장은 사장단 회의 등을 통해 기회 있을 때마다 "금융에는 왜 삼성전자 같은 글로벌 1등 기업이 나오지 않느냐."고 독려한다. 2010년 3월 경영에 복귀한 이 회장이 내린 특명 중 하나도 금융 등 비전자 계열사의 글로벌화였다. 삼성은 오래전부터 '금융일류화추진팀'도 만들어 운영하고 있다. 삼성의 금융 부문에 대한 고민은 매년 12월 단행되는 계열사 사장단 인사에서도 드러난다. 올해도 삼성생명, 삼성화재,

삼성카드 등 금융계열사 사장들이 줄줄이 바뀌었다. 삼성전자의 성공 DNA를 금융계열사에 전파하기 위한 것이라지만 금융부문을 글로벌 일류로 키우기 위한 몸부림이 아닌가 싶다.

최근 금융위원회는 '금융의 삼성전자'를 만들겠다며 '금융비전'을 발표했다. 현재 6% 수준에 머물고 있는 금융업의 부가가치 비중을 앞으로 10년간 10% 수준으로 높이겠다는 게 주요 골자다. 신제윤 금융위원장은 "지금 당장은 기대하기 어렵지만 차근차근 준비한다면 5년, 10년 뒤에는 '금융의 삼성전자' 등 새로운 역사를 써 갈 수 있을 것"이라고 말한다. 이건희 회장과 삼성의 고민도, 신제윤 위원장과 금융위의 고민도 모두 '금융의 삼성전자'다. '금융의 삼성전자'는 삼성전자의 성공 DNA를 금융사들에 전파하고, 5년, 10년을 내다보고 준비하면 과연 가능할까. 결론부터 말하자면 '금융의 삼성전자'는 불가능하다는 것이고, '금융의 삼성전자'는 없다는 것이다.

금융은 규제산업이고 슬로(Slow) 비즈니스다. 금융은 또 네트워크 비즈니스다. 게다가 원화는 달러처럼 기축통화도 아니다. 언어 문제도 생각보다는 간단치 않다. 한국 금융사들은 죽었다 깨어나도 삼성전자 같은 세계 일류 글로벌 기업이 될 수 없다. 삼성생명이나 삼성화재, 아니면 신한은행이나 국민은행이 삼성전자의 핸드폰이나 텔레비전처럼 세계 일류 금융상품을 만든다고 해서 세계시장을 제패할 수는 없다. 바로 그 이유, 금융이 규제산업이고 네트워크 비즈니스이기 때문이다.

국제금융시장은 미국이나 유럽계 투자은행들이 주무르는 그들만의 리그다. 여기에 국내 금융사들이 파고 들어갈 여지는 없다. 글로벌 1등 금융사를 만들어 보겠다며 제일 먼저 나선 곳은 리먼을 인수한 노무라증권 등 일본계 금융사들이다. 중국 금융사들도 거대한 자금력을 배경으로 글로벌화에 적극적이다. 그러나 아직까지 일본이나 중국 금융사들 중 삼성전자 같은 세계 1등 기업은 나오지 않고 있다.

삼성은 글로벌 일류 금융사를 추진하기 전에 전자의 권오현, 윤부근, 신종균 같은 금융의 대표선수부터 키워야 한다. 삼성 금융계열사에는 현대카드캐피탈의 정태영이나 한국투자증권의 유상호 같은 오랫동안 자리를 지키는 간판 경영자가 없다. 삼성전자의 1등 DNA를 금융계열사들에 전파하는 것도 중요하지만 제조업 DNA와 금융 DNA가 다른 점도 인정해야 한다. 일류 글로벌 투자은행(IB)의 깃발을 내걸고 도전했던 삼성증권 홍콩 현지법인의 실패는 제조 분야와 달리 금융의 글로벌화가 얼마나 어렵고 힘든 과제인지를 말해주지 않던가.

'금융의 삼성전자'는 없다. 삼성은 불편하겠지만 이 냉엄한 명제부터 인정하고 받아들여야 한다. 또 5년, 10년이 아니라 50년, 100년을 내다보고 전문가를 키우고 한 걸음 한 걸음 나가는 수밖에 없다. 분명한 것은 삼성전자가 글로벌 1등 기업이 된 것보다 삼성 금융계열사들이 글로벌 1등 기업이 되는 게 훨씬 더 어렵다는 사실이다. 금융이 원래 그렇다.

금융7

KB윤종규의 석과불식(碩果不食)

2014년 11월 1일

요즘 같은 늦가을에는 감나무 끝에 달린 홍시를 자주 보게 된다. 까치밥 또는 씨 과실로 남겨두는 감 홍시는 대개 크고 잘생긴 것이다. 고전 『주역』에도 씨 과실과 관련된 구절이 나온다. 바로 '석과불식(碩果不食)'이다. "큰 씨 과실은 먹히지 않는다."는 뜻이다.

석과불식은 『주역』 64괘 가운데 23번째인 '산지박(山地剝)'괘에 나온다. 이 괘는 64괘 가운데 가장 어려운 상황을 나타내고 있다. 한겨울 꽁꽁 얼어붙은 땅 위에 해가 잠시 비췄다가 곧바로 서산으로 넘어가고 마는 그런 국면이다. 음산한 기운이 너무 많아서 서로 헐뜯고 깎아내리는 형국이다.

그러나 『주역』에서는 가장 어려운 상황에서도 희망을 말하고 있다. 바로 산지박괘의 마지막 대목에 나오는 구절이다.

"씨 과실은 먹히지 않는다. 어진 사람은 간악한 무리도 끝내 해치지 못한다. 군자는 오두막집에서 나와 수레를 타게 되고, 사악 한 무리는 지금까지 살던 집에서 쫓겨난다.”

KB금융과 국민은행의 지난 1년은 『주역』의 64괘에 비유하자면 산지박에 해당될 것이다. 카드 개인정보 유출과 국민주택채권 위조사건, 도쿄지점 부당 대출 건에 이어 전산시스템 교체를 둘러싼 갈등과 반목에 이르기까지 서로 헐뜯고 깎아내리기에 바빴다. 정작 주인들은 숨소리도 못 낸 채 숨어 지내고 소인배들이 판을 쳤다.

집안이 어려워지면 착한 아내가 생각나고, 세상이 어려워지면 누가 충신인지 알게 된다. KB금융과 국민은행은 그 혼란함이 극에 이르면서 2만여 구성원들이 이제는 스스로 다스려야겠다는 염원을 갖게 되었다. 그런 구성원들의 간절한 마음이 윤종규 씨가 회장으로 선임되는 결과로 이어졌다. 드디어 군자가 수레를 얻은 것이다. 윤종규 회장 내정자는 KB금융과 국민은행의 씨 과실이다. 용케도 떨어지지 않고 홀로 남아 영글고 먹히지도 않았다.

『주역』의 64괘 중에서 산지박 다음 괘는 ‘지뢰복(地雷復)’이다. 지뢰복은 집을 떠난 나그네가 돌아오는 운세다. 새로운 진로를 열어나가고 새로운 포부를 갖고 매진하는 괘이기도 하다. 어둡고 춥고 바르지 못한 것으로 꽉 차 있던 하늘과 땅 사이에 비로소 밝고 따뜻하고 바른 싹이 돋아나는 형국이다.

이제 KB금융과 국민은행은 오랜 산지박의 상황에서 벗어나 지뢰복의 괘로 접어들었다. 따라서 윤종규 회장 내정자가 강조하는 것처럼 조직을 추스르고 고객 신뢰를 회복하고 리딩뱅크로 복귀함으로써 자존심을 되찾아야 한다. 성과와 역량만으로 인사를 하고 안정적인 승계 시스템과 지배구조를 마련해야 한다. 이와 관련해서는 신한금융이 현실적인 대안이 될 수 있다. 물론 KB금융이나 윤종규 회장 내정자 입장에서는 조심해야 할 것도 많다. 지뢰복은 아직은 양의 기운이 미미하므로 어려움이 많아 뜻을 같이하는 벗들이 함께 힘을 모아야 하는 괘이기 때문이다.

윤 회장 내정자는 국내 유일의 호남 출신 금융지주 수장이다. 우리의 정치 현실에서 그것이 무엇을 의미하는지는 말하지 않아도 잘 알 것이다. 내부출신으로서 금융당국과 원만하고 우호적인 관계를 회복하고 유지하는 것도 매우 중요하다. 이를 위해서는 2만여 KB맨들이 윤 회장 내정자에게 힘을 실어줘야 한다. KB금융 사외이사들도 자신들의 거취와 관련해 이제 용단을 내려야 한다. 그들이 윤종규 씨를 회장으로 선임하는 결단을 한 것처럼 말이다.

금융8

신한금융 '팩커드의 법칙'

2015년 3월 8일

'팩커드의 법칙'이라는 게 있다. 어떤 기업도 위대한 회사를 만들어 갈 적임자를 충분히 확보하는 것 이상으로 매출이나 수익을 늘릴 수 없다는 것이다. 기업의 성장은 인재를 키워내는 것과 비례한다는 뜻으로 휴렛팩커드(HP)의 공동 창립자 데이비드 팩커드가 한 말이다.

신한금융그룹 한동우 회장이 은행장을 뽑는 과정을 보면 팩커드의 법칙이 생각난다. 행장으로 선임된 조용병 내정자 외에도 계열사들에는 위성호 신한카드 사장, 이성락 신한생명 사장, 강대석 신한금융투자 사장 등 인물이 많다. 지주사에는 김형진·이신기 부사장이 있고, 은행에도 행장 대행을 맡았던 임영진 부행장과 이동환 부행장 등 다수가 포진해 있다. 이들 중 누가 은행장을 맡든 충분히 조직을 끌어갈 능력과 리더십을 갖췄다.

이들 가운데 조용병 자산운용 사장이 행장으로 발탁된 것은 그의 다양한 이력이 시대 요구와 맞아떨어졌기 때문이다. 지금은행업의 화두는 리테일, 자산운용, 글로벌이다. 조용병 내정자는 영업점장 시절 발군의 실적을 올렸고 뉴욕지점장도 거쳤다. 자산운용사 경험도 남들과는 다른 강점이다.

한동우 회장은 신한생명 사장을 그만두고 2년여 야인생활을 했다. '신한사태'가 없었다면 회장으로의 복귀는 꿈도 꾸지 못했을 것이다. 한 회장은 2017년에는 신한금융을 떠난다. 그래서 사사로움이 없다. 사사로움이 없으면 명석한 판단이 가능하다. 이번 신한은행장 인사에서 이를 입증했다. 한동우 회장은 전임자들처럼 정치권력이나 관가 주변을 서성이지도 않는다. 자신을 홍보하는 데도 관심이 없다. 그룹 산하 계열사 경영에 간섭하지도 않는다. 경영성과만 확실히 평가하고 이를 토대로 사심 없는 인사를 한다.

한동우 리더십의 핵심은 무사(無私)와 공정한 인사다. 그는 다른 금융회사들처럼 정치권력과 관치에 휘둘리지 않았고, 사외이사들에게 끌려다니지도 않았다. 사사로움을 버림으로써 노조도, 심지어 신한사태와 관련해 아직도 각을 세우는 사람들조차 시비를 걸지 못하게 만들었다. 한동우 회장은 이번에 쟁쟁한 후보군 중에서 조용병 카드를 선택했지만 그에게 모든 걸 주지는 않았다. 조용병 신임 행장의 임기를 자신의 임기에 맞춰 2년으로 제한한 것은 '신의 한 수'다. 승자는 자만하지 않게 하고 경쟁자들에게는 다시 한번 기회를 줬다.

2017년 조용병 행장 내정자를 포함한 신한금융그룹의 키맨들은 지주 회장과 은행장 자리를 놓고 다시 경쟁한다. 핵심 인재들 간의 건전한 경쟁과 공정한 인사가 전제된다면 조직은 발전할 수밖에 없다. 글로벌 일류까지는 모르겠지만 그들이 신한사태처럼 반복해서 자기 파괴적 행동을 하지 않는 한 신한금융의 독주는 계속될 것으로 보인다.

훌륭한 리더는 미래를 예측하는 선지자도 아니고, 더 많이 위험을 무릅쓰려고 하지도 않으며, 창의적이지도 않다고 했다. 오히려 더 절제하고, 경험에 의존하고, 피해망상을 보인다고 한다. 한동우 회장이 이번 은행장 인사를 통해 후배 경영자들에게 가르쳐주는 교훈이다.

온종일 찾아도 봄을 보지 못해
짚신 신고 구름 덮인 산까지 헤매다
돌아와 매화꽃 따다 향내 맡으니
봄은 가지 끝에 이미 가득하도다.

진리는 가까운 곳에 있고, 정답은 조직 내부에 있다. 한동우 회장은 신한금융의 답을 찾은 듯싶다. 그는 2년 뒤 매화꽃 찾아 떠나는 꿈을 벌써 꾸고 있는 건지도 모르겠다. 한동우는 라응찬, 신상훈처럼 내려오는 걸 두려워하지 않는 것 같다.

금융9

은행 채용비리 사태가 남긴 것

2018년 6월 24일

역사상 가장 명석한 판단을 했던 사람으로 인정받는 중국 삼국시대 촉한의 정치가 제갈량. 그의 명석함은 어디서 비롯됐을까. 학자들은 제갈량의 '무사(無私)'에서 그 원인을 찾는다. 위대한 정치가이자 전략가였음에도 천하를 지배하려는 야망도, 황제가 되겠다는 욕심도 없었다. 사사로움이 없었기 때문에 제갈공명은 매사에 공평했고, 공평했기 때문에 이치에 밝아 명석한 판단을 내릴 수 있었다.

지난해 10월부터 시작된 '은행 채용비리 사태'가 최근 검찰의 수사 결과 발표로 9개월여 만에 일단락됐다. 결과적으로 문재인정부 출범 후 1년여 동안 은행권은 채용비리에서 시작해 채용비리로 모든 시간을 보내고 말았다. 금융당국이나 검찰 입장에서는 금융권의 '적폐'인 채용비리를 뿌리 뽑은 1년이었다고 자평할지 모르지만 많은 금융인들은 은행권 채용비리 사태를 사사로움에서 시작해 사사로움으로 끝난 사건으로 기억할 것이다. 은행 채용비리에 대한 감독당국의 검사는 출발부터 공정하지 못했고 검사과정도 공평하지 않았다. 그렇다 보니 결과는 많은 폐해와 부작용이 우려되는 정책으로 귀결되고 말았다.

채용비리 사태의 시발점인 지난해 10월 야당의원의 우리은행 채용비리 의혹에 대한 폭로는 우리은행 내부에서 옛 한일은행과 상업은행 출신 간의 갈등에서 시작됐다. 음모와 사사로움은 우리은행에 국한되지 않았다. 하나금융에서는 김정태 회장에 반대하는 전 회장과 가까운 인사들이 움직였다. 더욱이 이 과정에서 최흥식 금융감독원장까지 개입하는 일이 벌어졌다. KB금융도 비슷했다. 현 경영진에 반대하는 전직 고위 임원 중 일부가 최근까지도 곳곳에서 일을 꾸미고 다녔다. 막판에 채용비리 사태에 휘말리고 만 신한금융도 이번 일이 과거 '신한사태'의 후속판이라는 게 정설이다.

채용비리 사태가 은행 내부의 갈등과 음모에서 시작됐다면 감독당국은 중심을 잡고 사사로움 없이 조사를 하는 게 마땅하다. 그런데 금융당국은 공평무사하기는커녕 기름을 붓는 역할을 했다. 전임 정부 시절에 선임됐다는 이유만으로 하나금융과 KB금융 회장의 연임을 못마땅하게 생각했던 금융당국은 채용비리 사태가 일어나자 이를 퇴진 압박 수단으로 이용했다.

오랜 검사를 통해 마침내 김정태, 윤종규 회장이 직접적으로 채용비리에 연루됐다고 발표하기에 이른다. 더욱이 최흥식 금감원장이 채용비리에 연루돼 물러나자 고위 당국자는 국회에 나가 하나금융에 대한 보복성에 가까운 무기한 검사를 선언하기까지 했다. 검찰이 최근 발표한 은행권 채용비리 수사 결과, 두 금융그룹 회장이 모두 기소대상에서 제외됨으로써 애초부터 금융당국의 검사가 무리수였음이 확인됐다. 사사로움이 많이 개입됐다는 것을 검찰이 입증한 것이다.

문제는 여기서 끝나지 않는 데 있다. 공정한 채용을 내걸고 은행연합회가 만든 '채용절차 모범규준'에 따라 앞으로는 출신학교·남녀·출신지역별로 안배를 하는 게 모두 어렵게 되고 말았다. 게다가 앞으로 은행 신입직원 채용은 필기시험을 거쳐야 하고 선발과정에서 외부 전문가나 외부 전문기관을 반드시 참여시켜야 한다.

4차 산업혁명시대에 은행이 자기들이 필요한 인재를 스스로 뽑지 못하는 게 말이 되는가. 창의적이어야 할 은행원을 공무원 뽑듯이 하는 게 과연 합당한가. 문재인정부 출범 후 지난 1년간 금융산업은 뒤로 후퇴한 게 분명하다. 이 같은 사실을 모든 금융인들은 알고 있는데 감독당국만 모르는 것 같다.

금융10

KB윤종규 회장의 화수미제(火水未濟)

2020년 9월 28일

묘이불수 수이부실(苗而不秀 秀而不實), 싹이 자라서 모두 꽃을 피우는 것은 아니며, 꽃을 피운다고 모두 열매를 맺는 것도 아니다. 마찬가지로 뛰어난 사람이 많지만 역사에 남을 정도의 큰 성취를 이루어내는 것은 매우 어렵다.

국민은행과 주택은행이 합병해 출범한 KB금융그룹은 20년 넘는 역사 속에서 초대 김정태 통합은행장부터 강정원, 황영기, 어윤대, 임영록, 이건호 씨 등을 거쳐 지금의 윤종규 회장까지 이르렀지만 큰 성과를 낸 사람은 드물다. 회계법인에 있던 윤종규 씨를 발탁해 국민은행으로 부른 김정태 행장조차 혁신적 경영으로 합병은행의 기틀을 마련했지만 건강이 악화돼 미완에 그쳤다. 나머지 CEO는 모두 이런저런 사고에 연루돼 임기조차 채우지 못하고 물러났다.

KB금융은 윤종규 회장에 이르러 비로소 리딩뱅크로서 국내 최고의 금융그룹이 됐다. 윤종규 회장 본인은 라응찬, 김승유, 김정태 회장 등에 이어 한국금융사에서 보기 드문 '3연임 회장' 반열에 올랐다. 윤 회장의 3연임에 대해서는 이견이 없다. 지난 6년의 성과와 실적이 모든 것을 말해주고 있기 때문이다.

윤종규 회장은 3연임을 한 다른 전·현직 회장들과 스타일이 다르다. 마당발, 큰형님, 보스, 카리스마 같은 정통적 리더의 이미지와는 거리가 멀다. 겸손하다 못해 샤이하고 소박하다. 늘 소통하고 학습하고 절제하며 디테일에도 강하다. 인사에서는 공정의 원칙을 지킴으로써 병폐였던 조직 내 파벌이나 갈등을 없앴다. 윤 회장에 대한 평가는 그동안 이뤄낸 계량적 성과보다 이처럼 눈에 보이지 않는 것들에 더 주목해야 한다. 그는 디지털 시대 리더십의 표본이다.

항룡유회 영불가구야(亢龍有悔 盈不可久也), 너무 높이 올라간 용이 후회하고 불운하다는 것은 가득 찬 상태가 오래 지속될 수 없기 때문이다. 금융그룹 회장 자리는 최고의 자리지만 매우 고단한 자리이기도 하다. 윤 회장 역시 KB금융 회장이라는 이유로 본인은 물론 가족까지 모욕을 당했다. 또 윤 회장은 3연임에 성공했지만 영원히 그 자리에 있을 수는 없다.

KB금융도 마찬가지다. 윤 회장 같은 리더를 만나 최고의 금융그룹이 됐지만 영원히 정상의 자리를 지킬 수는 없다. '위대한 기업'도 몰락한다. 몰락과 쇠퇴의 원인은 성공을 당연한 것으로 받아들이는 자만일 수도 있고, 아니면 과거 KB금융처럼 내부 분열과 갈등일 수도 있다. 게다가 요즘처럼 급변하는 금융환경에서는 무슨 일이 일어날지 아무도 모른다. 3연임에 성공한 윤종규 회장도, 리딩뱅크가 된 KB금융도 지금처럼 큰 성과를 내고 일이 잘 풀릴 때 더 경계하고, 마지막 길을 미리 살펴야 한다.

가여립 미가여권(可與立 未可與權), 함께 세울 수는 있어도 권력을 물려줄 수 없는 사람이 있다. 후생가외(後生可畏)라고, 후배들을 두려워하고 심혈을 기울여 인재를 양성해야 한다. 기업의 운명을 결정하는 것은 환경이 아니고 사람이다. 후계자 그룹을 키우고 최종적으로 후임자를 결정하는 것은 윤종규 회장의 남은 임기 내 최대 과제이다.

이미 KB금융에는 몇몇 후보가 있다. 허인 국민은행장, 양종희 손해보험 대표, 이동철 카드사 대표 등이다. 모두 회장 후보군에 한 번은 올랐다. 윤 회장은 이들 중 권력을 물려줄 사람이 누군지, 물려줘서는 안 될 사람이 누군지를 결정해야 한다. 조직이 근심하기 전에 먼저 근심하고, 조직 구성원들이 모두 즐거워하고 난 뒤에 즐기는 그런 사람을 골라야 한다.

요임금이 순임금에게 자리를 물려주면서 강조한 말은 윤집기중(允執其中)이다. 사사로운 이해나 정에 치우치지 말고 공정의 원칙인 중도를 굳게 지키라는 것이다.

『주역』 64괘의 마지막은 화수미제(火水未濟)다. 미제는 미완성이다. 역사도 기업도 인생도 모두 미완성이고, 완성이 아닌 미완성이 정상이다. 윤종규 회장도 남은 3년간 모든 것을 다 이루려고는 하지 말길 바란다. 계지재득(戒之在得)이라 했다. 나이 들어 가장 경계할 것은 이미 얻은 것을 놓지 않으려는 욕심이다. 3연임한 전직 금융그룹 회장들이 모두 이 때문에 무너졌다.

금융11

옵티머스 사건의 진실

2020년 10월 25일

정영채 NH투자증권 사장은 IB(투자은행)업계의 '대부'다. 이 분야에서만 30년 넘게 일했고 성과도 탁월하다. 그가 최근 옵티머스펀드 사기 사건에 휘말려 곤욕을 치르고 있다. 정 사장은 오랜 기간 IB업무를 하면서 알게 된 김진훈 전 군인공제회 이사장(옵티머스펀드 고문)으로부터 지난해 4월 NH투자증권을 통해 금융상품을 팔고 싶다며 사람을 소개해 달라는 부탁을 받고 관련 부서장에게 김진훈 고문의 연락처를 전달했다. NH투자증권 실무진은 옵티머스 측 관계자를 만났고 상품판매승인위원회를 연 후에 펀드를 팔기 시작했다. 처음에는 300억 원 정도만 팔려고 했는데 관급공사 매출채권에 투자해 리스크가 없는 데다 단기상품이고 금리도 3%나 돼 인기가 많았다. 지난 6월 옵티머스펀드 환매가 중단된 시점에는 4,000억 원을 넘어섰다.

정 사장이 본인이 연결해 준 옵티머스펀드에 문제가 생겼음을 안 것은 지난 6월이었다. 김진훈 고문의 부탁으로 실무자를 연결해 준 이후 아무것도 보고받은 게 없었다. 1년에 1조7,000억 원의 이익을 내는 회사에서 0.1%에 불과한 17억 원의 수익을 가져다주는 옵티머스펀드까지 챙길 이유는 없었기 때문이다. 게다가 NH투자증권은 지난해에만 500종 넘는 펀드를 팔았다.

정 사장은 펀드에 문제가 생긴 것을 보고받고는 곧바로 사태 수습에 나서 지난 6월 16일 옵티머스 측으로부터 서류가 위조됐으며 갚을 돈이 없다는 실토를 받아냈다. 그는 법인들이 해외로 도피할 수 있다고 판단해 서울중앙지검에 고발했다.

그러나 옵티머스펀드 사건의 미환매금액 5,151억 원 가운데 80% 넘게 물린 NH투자증권과 정영채 사장에 대해 여러 의혹이 제기되었다. 첫 번째는 외압논란이다. 그러나 정 사장에게 옵티머스펀드 판매를 부탁한 김진훈 고문은 평소 알고 지낸 사이긴 하지만 그가 정 사장을 압박할 정도의 권력자는 아니다. NH투자증권이 옵티머스펀드를 판매하기 시작할 때 이미 시장에서 8,000억 원 이상 팔린 인기 상품이었다는 사실도 애초 외압과 무관함을 보여준다.

두 번째 의문은 그야말로 자본시장의 '선수'인 정 사장이나 NH투자증권이 왜 사전에 사기를 인지하지 못했느냐 하는 것이다. 옵티머스펀드가 공기업 매출채권에 투자한다고 했지만 실제로 공기업들은 현금결제를 하는 경우가 많아 조 단위의 공기업 매출채권은 존재할 수 없었는데 왜 이런 상식조차 몰랐느냐는 것이다.

이 의문에 대해선 반론이 가능하다. 옵티머스펀드의 3년간 누적 판매금액은 총 1조7,000억 원이고 만기는 3~6개월이다. 따라서 평잔으로 3,000억 원 정도의 공기업 매출채권만 있으면 얼마든지 가능한 일이 된다. 게다가 옵티머스는 인감과 천공 등을 가짜로 만들어 매출채권 관련 서류까지 위조했다.

세 번째 의문은 오뚜기, 넥센, LS메탈, 안랩, JYP엔터테인먼트 등 60여 개 상장기업들까지 사기펀드에 왜 가입했느냐는 것이다. 역시 외압이 있었던 게 아니냐는 것이다. 은행에 맡기면 1%도 못 받는 저금리 시대에 단기상품이면서 공기업 매출채권에 투자해 안전하고 3%의 이자가 보장되는 상품이 요즘 어디 있을까. 사기만 아니라면 옵티머스펀드는 안전을 추구하는 기업 입장에서는 최고의 투자상품이다.

검찰 수사가 끝나봐야 알겠지만 옵티머스펀드 사건의 핵심은 사기다. 옵티머스에 비해서는 그래도 양질인 라임펀드 사태도 크게 다르지 않다. 정치권이나 금융당국 주변에서 자잘한 비리들은 나오겠지만 '최순실 사태'와 같은 '권력형 게이트'와는 거리가 멀어 보인다.

지금 필요한 것은 특별검사도 아니고 여야의 응원 속에 법무장관과 검찰총장의 목숨을 건 정치싸움, 진영싸움도 아니다. 사기꾼들을 엄벌하고 드러난 사모펀드제도의 허점을 보완하는 게 급선무다. 단적으로 자산운용사-판매사-수탁은행이 크로스

체크만 할 수 있게 했어도 이번 사태는 막을 수 있었다.

그렇다고 규제를 다시 강화해 시장을 죽여서도 안 된다. 이미 국내 사모펀드 시장은 고사 직전이다. 펀드시장이 죽으면 모두가 동학개미, 서학개미가 되어 직접투자에 나서야 한다. 얼마나 위험한 일인가. 20~30년 전처럼 저축의 시대로 돌아갈 수도 없지 않은가.

금융12

회사후소(繪事後素), 함영주

2022년 4월 9일

회사후소(繪事後素)는 『논어』에 나오는 말이다. 그림 그리는 일은 흰 바탕이 있어야 채색을 해 아름답게 된다. 그림이 완성된 후에야 흰색의 중요함이 드러난다는 뜻이다. 어떤 그림이 훌륭한 작품이 되려면 화려한 색채만 있어선 안 되고 반드시 여백의 흰색이 균형을 이뤄야 한다.

회사후소에서 핵심은 '소(素)'다. 철학적 관점에서 해석하면 소는 평범하고 담백한 것을 의미한다. 인생은 화려하기보다 평범하고 소박하고 담백해야 한다. 한발 더 나가면 영웅은 본래 모습이 평범한 사람이라는 의미를 담고 있다. 가장 평범한 사람이 가장 훌륭한 사람이고, 어리석은 듯 보이는 사람이 사실은 매우 총명한 사람이다. 쩡궈판(曾国藩, 1811~1872)이라는 청나라 말기의 유명한 정치가는 사람을 쓸 때는 약간 촌티 나는 사람을 중용하라고 했다. 이런 사람은 권력을 갖더라도, 큰 업적을 세우더라도 자랑하지 않고 평범한 모습을 지니기 때문이다.

함영주 하나금융그룹 회장이 우여곡절 끝에 취임했다. 금융권 안팎에서 그의 회장 취임을 예상한 사람은 많지 않았다. 신입사원 채용비리 재판은 물론 해외금리 연계 DLF(파생결합펀드)와 관련한 금융당국의 문책 경고까지 장애물이 한둘이 아니었다. 관례대로라면 국민연금과 외국인 주주들은 주총에서 반대표를 던져야 했다. 하나금융 내부에서도 김정태 전 회장이 전폭 지지했지만 함영주 회장의 이런저런 법적 흠결 때문에 그를 후임자로 정하는 게 쉬운 일은 아니었다.

물론 함영주 회장은 채용비리와 관련해서는 주총 2주 전에 1심 무죄판결을 받았다. 당국의 문책 경고와 관련해서도 주총 전날 서울고법으로부터 금융당국의 중징계 처분효력을 2심 선고 때까지 정지한다는 선고를 받아내 사법 리스크가 해소됐다. 내부적으로도 김정태 전 회장이 용퇴를 선언한 상황에서 실력과 경륜, 리더십 등 모든 면에서 달리 대안이 없었다.

그럼에도 그가 회장직에 오른 데는 이런 요인만으로는 설명이 부족하다. 함영주 회장은 회사후소의 전형이다. 그의 평범함, 소박함, 담백함과 그의 촌스러움이 난관을 뚫고 회장직에 오르는 데 결정적 역할을 했다.

함영주 회장은 늘 스스로 '시골 촌놈'이라고 말한다. 전기도 들어오지 않는 산골 마을에서 태어나 집안이 어려워 상고에 들어갔고, 은행에 들어간 후에야 야간대학을 다녔다. 입행 후에도 본점 주요 부서나 해외 근무는 언감생심, 늘 야전 영업점을 전

전했다. 금융권에서 옛 하나은행과 외환은행은 귀족문화로 유명하다. 화려한 스펙을 자랑하는 사람이 한둘이 아니다. 고졸의 서울은행 출신 함영주 회장은 늘 아웃사이더였다. 대한민국 금융사에서 회장이나 은행장에 오른 사람 중 함영주 회장처럼 겉으로 내세울 게 없는 사람도 드물다.

> "스스로 자기를 드러내지 않으므로 널리 드러나고, 스스로 옳다고 주장하지 않으므로 인정받고, 스스로 뽐내지 않으므로 공을 남기고, 스스로 자랑하지 않으므로 우두머리가 된다."

노자 『도덕경』에 나오는 말이다. 함영주 회장이 딱 이렇다. 만약 당신이 리더가 되길 바란다면 함영주 회장 사례는 참고할 만하다.

재계1

에버랜드의 안내견

2005년 10월 10일

요즘 정기국회 국정감사장에서 단연 논란의 중심에 서 있는 삼성그룹의 지주회사격인 경기도 용인 에버랜드 한 귀퉁이에는 안내견학교가 있다. 이곳 안내견학교 출신으로 시각 장애인들의 눈이 되어 활동하고 있는 안내견은 현재 50여 마리에 이른다. 지금 에버랜드 안내견학교는 견사 확장공사가 한창이다. 시각 장애인들의 안내견 수요가 계속 늘어나고 있기 때문이다.

제대로 된 안내견을 키워내는 것은 쉬운 일이 아니다. 2년여에 걸쳐 전문 인력과 '퍼피워커'로 불리는 자원봉사자들이 온갖 정성을 쏟아야 한다. 이렇게 해도 훈련견이 정식 안내견이 되는 비율은 고작 20% 정도에 그친다. 비용으로만 따져도 안내견 한 마리를 키워내려면 수천만 원이 든다. 이 과정에서 쏟아붓는 안내견학교 직원들과 자원봉사자들의 정성과 헌신은 돈으로는 계산이 불가능하다.

안내견 사업이 갖는 이 같은 특성 때문에 일본 등 다른 나라의 경우, 정부나 지방자치단체가 직접 나서거나 재정적 지원을 아끼지 않는다. 한국처럼 특정 기업이 안내견 사업을 전적으로 맡아서 하는 곳은 어디에도 없다. 물론 안내견 사업은 돈으로만 되는 건 아니다. 반려견 500만 마리, 반려견 인구 1,000만 명 시대에, 두 집 걸러 한 집꼴로 개를 키우는 나라에서 안내견 사업을 하지 않는다면 국제적 망신거리가 될 것이다. 서울올림픽을 전후해 한국이 개를 먹는 '식견국'이라는 오해 때문에 곤욕을 치렀듯이 말이다.

지금 세계적으로 안내견 사업을 하는 나라는 27개 국에 이른다. 선진국치고 안내견 활동이 없는 나라는 없다. 우리처럼 정부나 자치단체와 같은 공공부문에서 이 일에 전혀 관심을 보이지 않고 있고, 개인이나 기업의 기부활동이 여기까지 미치지 못하는 현실이라면 그나마 묵묵히 헌신적으로 안내견 사업을 하는 곳을 지원하고 격려해 주는 게 상식이고 도리일 것이다. 삼성이 싫고 밉더라도 중요한 건 시각 장애인들이 좀 더 편하게 생활하도록 도와주는 것이기 때문이다.

그런데 요즘 같은 분위기라면 삼성이 안내견 사업까지 하고 있다는 비난이 쏟아질까 봐 걱정이다. '삼성공화국론'을 넘어 '삼성제국론'이 등장하고, 국회의 행정부에 대한 국정감사가 '삼성감사'로 변질되고, 삼성을 변호하면 재벌체제에 대한 옹호요, 족벌경영에 대한 찬사로 해석되는 현실 때문이다.

그렇지만 이 사실만은 분명하다. 에버랜드와 금융산업 구조 개선에 관한 법률로 상징되는 삼성그룹 지배구조 개편이나 이건희-이재용 체제의 해체로 덕을 보는 건 역설적이게도 노동자도 중소기업도 일반서민도 아니고, 소버린이나 헤르메스, 론스타 같은 국제 투기자본일 뿐이라는 점이다. 시가총액이 100조 원에 육박하는 삼성전자가 삼성그룹에서 분리된다고 가정할 경우, 지분을 대량으로 사들여 대주주로 등장할 세력이 국내에는 과연 있을지 궁금하다.

그렇다면 대통령도 의미 있게 읽었다는 두 젊은 학자의 한국경제에 대한 진단과 처방처럼 과거 자본도 기술도 자원도 없었던 한국의 상황에서 재벌체제는 불가피한 선택이었다고 받아들이고, 재벌 해체를 주장하기보다는 인정해 주고, 대신 이들로부터 세금도 많이 걷고 사회공헌 활동도 많이 하게 하는 그런 사회적 합의는 할 수 없을까. 그게 외국자본에 한국경제를 넘겨주는 것보다는 낫지 않을까.

소버린이나 론스타가 삼성의 지배주주가 된다면 에버랜드의 안내견들은 어떻게 될까. 그들도 삼성이나 이건희 회장처럼 안내견에 대해 그렇게 애정과 정성을 쏟을까. 쓸데없는 상상을 해본다.

재계2

우리가 잃어버린 것들

2005년 12월 5일

이제는 까마득한 옛일이 돼버린 8년 전 1997년 11월 21일은 우리나라가 국제통화기금(IMF)에 구제금융을 신청한 날이다. 이에 따라 그해 11월 23일에는 IMF 실무협상단이 국내에 들어와 우리 정부와 본격 협상에 들어가고 마침내 12월 3일 구제금융 합의서를 체결하기에 이른다. 주말 저녁 온 국민이 불안한 눈빛으로 TV를 지켜보는 가운데 경제부총리가 이름조차 생경하던 캉드쉬 IMF 총재와 기자회견을 하던 일이 생각난다.

8년 전 일이 까마득하게 느껴지는 것은 당시의 화급했던 경제 상황에 비춰 지금의 현실은 너무 달라졌기 때문일 것이다. 무엇보다 국가부도 사태의 직접적 원인이 됐던 외환보유액은 이제 2,000억 달러를 넘어 세계 4위에 올라 있다. 외환위기의 또 다른 원인으로 지목됐던 기업들의 과도한 차입도 지금은 찾아보기 어렵다. 기업 부채비율은 당시 400%에 육박했지만 지금은

85% 수준에 불과하다. 경상수지 흑자도 올해의 경우 180억 달러에 이를 전망이고, 주가는 사상 최고치인 1,300선을 뛰어넘었다. 국가신용도 A등급으로 회복됐다.

그러나 우리는 외환위기를 계기로 너무 많은 것을 잃어버렸다. 경제위기를 초래한 자괴감 때문에 스스로 원망하고 학대하기까지 함으로써 남들은 가지지 못한 우리의 소중한 자산을 너무 쉽게 폐기해 버렸다. 이것이 지금 우리 경제의 발목을 잡고 있다. IMF나 경제협력개발기구(OECD)는 위기의 원인을 한국 재벌기업들의 과잉차입과 과잉투자로 몰아갔고, 우리가 이를 그대로 수용함으로써 재벌기업은 해체 대상이 됐고, 반기업정서가 확산됐다.

한국의 대표적 시민단체가 해외 투기자본과 손잡고 경영 투명성이라는 미명 아래 한국의 대표기업을 공격한 사례는 단적인 예에 불과하다. 또 재벌기업의 금융산업 지배를 막는다는 명분 아래 집권여당과 시민단체가 소급 입법까지 하면서 또 다른 대표기업을 공격하는 일까지 지금 벌어지고 있다. 이같은 상황에서도 기업할 의욕이 난다면 오히려 그것이 비정상일 것이다.

외환위기는 우리 기업들의 적극적인 외부자금 차입과 이를 통한 사업다각화에 대한 과도한 규제를 가져왔다. 게다가 주주자본주의라는 미국식 이념이 지나치게 강조됨으로써 기업은 미래에 대한 투자보다 수익이 나면 단기배당으로 돌리고 주가를 높이기 위해 자사주를 매입하는 데 자금을 투입해야 했다.

포스코와 현대자동차와 삼성전자를 세우고 건설하던 때의 기업가정신이 실종되는 건 당연했다. 특히 이는 설비투자의 만성적 부진과 성장잠재력의 약화로 이어졌다. 기업가정신의 상실과 투자 부진은 우리가 잃어버린 것 중 가장 뼈아픈 대목이다. 자본도 없고 기술도 없고 원자재도 없고 오로지 해보겠다는 신념 하나로 한국경제의 고도성장을 이끌었던 기업가정신은 사라지고 글로벌 스탠더드라는 미명 아래 "미국적인 것은 무엇이든 다 좋다."는 논리가 우리의 의식을 지배하고 말았다.

그래서 재벌은 해체돼야 했고, 제조업과 굴뚝산업은 구닥다리로 인식됐다. 국영기업은 하나도 남김없이 민영화돼야 했고, 은행조차 공공성을 고민하는 것은 웃음거리가 됐다. 정부는 작을수록 좋고, 규제는 무엇이든 악으로 간주됐다. 경영자 시장에서는 토종 CEO가 쫓겨났고, 미국계 기업 언저리에서 물만 먹어도 글로벌 스탠더드로 무장한 일류 경영자로 추앙받았다. 그들은 스톡옵션이라는 이상한 제도를 통해 별로 한 게 없는데도 수십억, 수백억 원씩 챙겨 갔다. IMF 외환위기 8년, 우리는 소중한 것을 너무 많이 잃었다. 우리는 스스로 너무 학대했다.

재계3

서울구치소 4011번

2006년 5월 8일

경기도 의왕시 포일동의 서울구치소는 1987년까지만 해도 지금의 서대문 독립공원 터에 자리잡고 있었다. 일제 때인 1908년 경성감옥소로 출발했으니 100년의 역사다. 교도소가 아닌 구치소인만큼 형이 확정되지 않은 미결수들이 주로 수용되지만 사형 확정자들과 외국인 수감자들도 함께 생활하고 있다.

요즘은 사형이 확정되더라도 실제 집행은 아주 제한적이지만 군사정권 시절만 해도 서울구치소에서 직접 사형이 집행되는 것을 목격하는 일은 어렵지 않았다. 대부분의 재소자가 미결수로 아직 감옥과 징역문화에 익숙지 않은 상태에서 하루에도 몇 번을 마주쳤던 옆방의 마음씨 좋아 보이는 이웃이 어느 날, 그야말로 형장의 이슬로 사라지고 나면 그곳이 감옥임을 실감한다. 아무리 강심장이라도 며칠 동안은 입맛을 잃는다.

서울구치소가 미결수 중심의 초대형 교정시설이라면 대전

대정동에 자리잡은 대전교도소는 주로 형이 확정된 기결수들이 살고 있는 동양 최대 교도소다. 이곳의 옛 지명이 '도적골'이었다고 하니 그 모진 인연이 차라리 섬뜩하다.

지금의 대정동 교도소는 1984년 새로 지어 이사한 곳이고, 그 전에는 대전 중촌동에 자리했다. 중촌동 교도소에는 전설이 있다. 옛날에 어느 노스님이 이곳을 지나가다가 훗날 큰 절이 서게 될 것이란 예언을 남겼다는 것이다. 수천 명의 사람이 푸른 옷을 입고, 삭발을 하고, 아침 6시에 일어나 잠자리에 들 때까지 하루 종일 수양과 고행을 하니 노스님의 예언이 틀리지는 않은 듯싶다.

구치소든 교도소든 그곳은 단절과 고독의 장소다. 또 구치소도 교도소도 과거의 장소고, 음지의 장소며, 밑바닥이다. 그래서 징역을 살면 감정이 날카로워지고 안목과 생각이 좁아진다. 또 과거만을 회상하게 되며 창의적 활동이 일절 중단된다. 육신이 구금되고 엄청난 스트레스를 받는 까닭에 몸이 망가지는 것은 오히려 부차적이다. 그래서 나이가 들면 징역살이는 특히 할 게 못 된다. 물론 하고 싶어 하는 사람은 없겠지만 말이다.

이런 점에서 정몽구 현대 기아차 회장이 아들 정의선 사장 대신 차라리 자기를 구속하라며 감옥으로 갔지만, 이는 아버지의 부정(父情)으로선 당연할지 몰라도 국가경제 측면에서는 큰 손실이 아닐 수 없다. 정몽구 회장도 선친이 28년 전 그랬듯이, 스스로 그 길을 가기보다 아들을 보내는 게 아버지의 도리는 아니지만 옳았을 것이다. 한국의 재벌가에서 1세나 2세들에 비해 3세들은 구조적으로 인생의 음지를 모르고 자라왔다는 점을 감안하면 더욱 그렇다.

일흔을 바라보는 나이에 1.07평짜리 쇠창살 안의 독방생활을 견디는 건 결코 쉬운 일이 아니다. 양복을 벗고 수번 4011이 달린 수의로 갈아입을 때의 모멸감이라든지, 서울구치소와 서초동 검찰청사를 오갈 때마다 포승줄에 묶여 밖이 보이지 않는 호송차에 몸을 실을 때마다 느끼는 좌절감도 노 회장이 감당하기엔 힘겨울 것이다.

투명경영과 시스템경영이 중요하고, 황제경영, 1인경영을 탈피하는 것도 필요할 것이다. 또 전문경영인 체제를 구축하는 것도 절실히 요구된다. 그러나 이건 나중의 일이다. 적어도 현대기아차그룹에 당장 필요한 것은 리더십이고 추진력이다. 세계 자동차시장을 놓고 벌어지고 있는 혈투를 감안하면 더욱 그렇다. 차분한 경영, 시스템경영, 전문경영인 체제 도입은 아직은 말의 유희일 뿐이다.

현대 기아차그룹에 있어서 지금의 대안은 안타깝지만 정몽구 회장밖에 없다. 그래서 그의 조기 복귀만이 변수가 된다. 여전히 열쇠는 검찰과 법원이 쥐고 있다.

재계4

현자 버핏

2006년 7월 3일

동양사상의 양대 축은 두말할 것도 없이 유가와 노장이다. 『논어』와 『맹자』가 주축인 유가사상이 지배의 철학이라면 『노자』와 『장자』의 철학은 비판과 저항의 담론이다. 옛 선비들은 젊어서는 공맹을 읽고, 중년 이후엔 노장을 읽었다고 한다. 개인 경험에 비추어서도 노장은 철들고 읽어야지 세상 경험이 없이는 그 깊은 뜻을 이해하기 어려운 것 같다.

유가와 노장이 동양사상의 양대 축이긴 하지만 그중에서도 서구사상에 대비되는 동양사상으로서의 핵심은 아무래도 유가가 아니라 노장에서 찾아볼 수 있을 것 같다. 동양사상의 핵심으로서 『노자』와 『장자』, 다시 그중에서도 겨우 5천여 자로 구성된 『노자』는 동양사상의 정수다. 『노자』 제45장에는 이런 구절이 있다.

“크게 성공한 것은 모자라는 것이요, 가득 찬 것은 비어 있는 것이요, 뛰어난 기교는 서툰 것이요, 최고의 웅변은 더듬는 것이다.”

정치인, 그중에서도 특히 말 잘하는 정치인들이 요즘처럼 고전하는 때가 있을까. 우리의 일상에서도 능수능란한 말로 무언가를 해결하려다 오히려 오해만 사는 경우가 자주 있다.

서예에 전문적 식견이 있는 사람들에 따르면 최고의 글씨는 유려한 글씨가 아니라 마치 어린아이가 쓴 것 같은 비뚤비뚤한 글씨라고 한다. 어린아이의 글씨체는 모든 기교와 형식을 뛰어넘기 때문이다.

세계에서 두 번째 부자인 투자의 귀재 워런 버핏이 재산의 85%에 해당하는 374억 달러를 자선재단에 기부키로 한 사실이 알려지면서 파문과 감동이 일고 있다. 네브래스카주 오마하에서 1958년에 구입한 3만 달러짜리 집에 살면서 20달러짜리 스테이크를 즐기고, 12달러짜리 이발을 하고, 2001년식 중고차를 손수 운전할 정도로 검소한 생활을 하며 돈을 제대로 쓰는 게 버는 것보다 훨씬 어렵다고 하는 워런 버핏은 21세기의 살아 있는 현자다. 크게 성공하고도, 가득 찬 것은 역설적으로 모자라는 것이요, 비어 있는 것이라는 진리를 알기 때문에 그는 진정한 현인이다.

‘오마하의 현인’ 버핏은 374억 달러의 재산을 기부하면서도 자신의 이름을 딴 '버핏재단' 같은 것을 만들지 않았다. 대신 빌 게이츠재단 등에 기부하고 말았다. 덕을 베푸는 것도 어렵지만 명예욕을 버리는 것은 더더욱 어렵다. 버핏은 자선가로서의 명예욕이나 허영심마저 버렸다. 버핏 이상으로 자신이 평생 모은 재산을 기부한 카네기나 록펠러는 사후에 유언을 남겨 가족들을 통해 기부활동을 했다. 이에 비해 버핏은 살아생전에 자신이 직접 기부하고 자선단체에서 봉사활동을 하는 등 자선 그 자체를 즐기고 있다.

자선의 의미를 아는 데 그치지 않고, 또 자선활동을 좋아하는 데 그치지 않고 자선과 기부를 즐기는 워런 버핏, 그는 우리 시대의 진정한 현자다. 버핏은 자신의 재산을 기부키로 한 빌 게이츠 부부와의 공동 기자회견장에서 부시 대통령이 추진하고 있는 상속세 폐지 시도를 강하게 비판하기도 했다.

"기회균등을 보장하고 부유층에게 특혜를 주지 않기 위해서도 상속세는 필요하다. 유산보다는 성과에 의해 개인의 성공이 좌우되는 사회가 돼야 한다."

버핏을 현자로까지 부르는 것은 그가 흔적을 남기지 않으려 하기 때문일 것이다. 그야말로 무기(無己), 무공(無功), 무명(無名)의 경지에 이른 자유인이다. 투자의 귀재로만 알려진 버핏은 과연 『노자』나 『장자』를 접해 봤을까. 우물 안 개구리와 한철에 매여 사는 메뚜기 같은 존재에 불과한 기자는 그게 궁금하다.

재계5

위대한 지도자는 어디 있나

2006년 10월 30일

1998년 세계 자동차 시장을 석권할 것이라는 기대 속에 독일의 다임러벤츠는 무려 400억 달러를 투자해 미국 크라이슬러를 합병했다. 8년이 흐른 지금 다임러크라이슬러는 세계시장 제패는커녕 서로 결별을 심각하게 고민하고 있다고 외신은 전한다. 크라이슬러의 경영난이 좀처럼 해결될 기미가 보이지 않기 때문이다. 다임러크라이슬러는 합병 후 시너지 효과를 내지 못하고 시가총액이 반토막 나고 말았다.

다임러크라이슬러의 위기에 눈길이 가는 것은 크라이슬러의 전직 CEO며 '전설적 경영자' '샐러리맨의 신화' 등으로 널리 알려진 리 아이아코카 때문이다. 리 아이아코카는 1978년 최악의 적자상태와 노사분규에 휘말려 있던 크라이슬러 자동차의 사장으로 취임했다. 그로부터 5년이 흐른 1983년 크라이슬러는 사상 최대 흑자를 기록했다. 미국 정부로부터 지원받은 보증대

출 12억 달러를 조기 상환하기도 했다. 당연 크라이슬러의 주가도 치솟았다. 아이아코카는 미국 비즈니스 역사상 가장 유명한 CEO의 한 사람으로 우뚝 섰다.

그렇지만 아이아코카 신화는 이게 끝이었다. 아이아코카는 크라이슬러가 위기에서 벗어나자 스스로를 홍보하고 알리는 데 관심을 더 쏟았다. TV 토크쇼에 수시로 출연하고, 80여 개 광고에 나가는가 하면 대통령 후보로 거론되기도 했다. 그의 자서전은 무려 700만 부가 팔려 스타의 반열에 올랐다.

아이아코카가 화려한 스타 CEO의 반열에 오른 것과 반비례해 크라이슬러의 실적은 그의 재임 후반기로 갈수록 자꾸 떨어졌다. 결국 아이아코카 퇴임 후 크라이슬러는 독일 다임러벤츠에 팔려 가야 했고, 여기서도 재기에 실패해 또 한 번 새 주인을 찾아야 하는 비극적 운명을 맞고 있다.

아이아코카는 분명 화려한 CEO다. 그렇지만 그가 한동안 경영을 맡았던 회사가 지금 비극적 상황을 맞는 것을 보면 그는 위대한 CEO는 아니었던 것 같다. 위대한 CEO, 위대한 지도자는 어떤 사람일까.

우리나라에도 소개돼 반향이 컸던 『좋은 기업을 넘어 위대한 기업으로(*Good to Great*)』라는 책에서 해답을 찾아봤다. 저자는 1,400여 개 미국 기업에 대한 실증적 분석을 통해 위대한 기업이라고 할 수 있을 정도로 실적이 탁월한 11개 기업을 고르고, 이들의 기업문화와 CEO를 분석했다. 이 책이 제시한 위대한

CEO의 자질은 대략 다음과 같다.

"더할 수 없는 겸손함을 보이고 나서기를 싫어하며 말수가 적다. 일꾼 같은 근면함을 보인다. 외부에서 영입된 화려한 명성의 소유자가 아니라 내부 출신으로 외부에 거의 알려져 있지 않다. 회사의 성공을 개인적 위대함보다 행운 탓으로 돌린다. 보수와 인센티브에 상관없이 일을 하기 때문에 초일류의 성과를 내고도 보수가 동종업계 평균에 조금 못 미친다. 열정과 야망을 자기 자신이 아니라 회사에 우선적으로 바친다. 시간이 나는 대로 하위 직급의 사람들과 허물없이 어울리고 휴가는 시골농장에서 땅을 일구며 보낸다."

우리의 현실로 돌아와 주변의 기업 CEO와 정치·사회 지도자들을 둘러본다. 신문과 방송에 하루가 멀다 하고 등장해 자신을 홍보하는 CEO와 정치 지도자는 넘쳐난다. 자신의 치적을 책으로 만들어 돌리는 것도 이제 일반화됐다. 거액의 보수에다 천문학적인 스톡옵션을 노골적으로 요구하고 가져간다. 결과가 좋으면 모두 자기가 열심히 일한 때문이지만 성과가 떨어지면 경기 때문이고 해외 변수 때문이라고 우긴다. 우리의 숨은 위대한 CEO, 숨은 위대한 지도자는 지금 어디 있을까.

재계6

나는 클림트가 좋다

2009년 2월 15일

현대미술사에서 가장 예쁜 그림을 그린 화가를 들라면 오스트리아 출신의 구스타프 클림트를 꼽을 수 있겠다. 예술의전당 클림트 전시회에 가서 특히 〈유디트I〉을 보면서 그런 생각이 들었다. 유디트는 구약성서에 나오는, 우리나라의 논개 같은 인물이다. 적장 홀로페르네스를 유혹해 그가 곯아떨어진 틈을 타 무자비하게 목을 자르는 무서운 여인이다.

클림트가 그린 유디트는 그러나 전혀 잔인하지도, 끔찍하지도 않다. 한쪽 가슴은 드러내고 다른 쪽 가슴은 훤히 들여다보이는 천에 아슬아슬하게 감춘 채 상대방을 유혹한다. 게슴츠레 눈을 감고, 입은 반쯤 벌리고 있다. 나라를 구한 영웅적 여성상이 아니라 치명적으로 유혹하는 여인, 팜므파탈이다. 〈유디트I〉만이 아니라 그의 대표작 〈키스〉가 그렇고, 〈아담과 이브〉도, 〈에밀리 플뢰게〉도, 심지어 그가 그린 풍경화들조차 하나같이 예쁘다.

클림트의 삶은 예쁜 작품들과는 정반대였다. 그가 살았던 19세기 말과 20세기 초 제1차 세계대전이 일어나기 전의 오스트리아 빈은 세기말 열병을 앓았다. 동시대의 화가 에곤 실레와 오스카 코코슈카, 음악가 쇤베르크와 철학자 비트겐슈타인도 그랬다. 클림트는 14명의 사생아를 낳았고, 사후 친자확인 소송에 휘말리기도 했지만 만성적인 정신질환에 시달린 누이동생과 어머니를 돌보며 평생을 독신으로 살았다. 심장발작으로 죽음을 앞두고 애타게 찾은 평생의 연인 에밀리 플뢰게와는 정신적 관계 이상의 선을 넘지 않았다. 무수한 여성을 사랑한 카사노바였지만 평생 고독했다. 그의 미술작품들이 예쁘고 아름다운 것은 고통 속에서 피어났기 때문이다.

삼성의 후계자 이재용 전무가 이혼소송을 당했다. 해외 출장 중에 일이 벌어진 것을 보면 본인도 예상치 못한 듯싶다. 삼성 특검에 대한 대법원 판결을 앞두고 있고, 이건희 회장의 건강도 좋지는 않다는 점을 감안하면 부담이 이만저만 아닐 것이다. 이 전무 개인적으로는 앞으로 경영 능력을 점검받아 후계자로서 자리를 굳혀야 하는 시점이어서 더욱 그렇다.

호사가들의 주장과 달리 전문가들은 이번 소송에서 재산분할이 이루어져 삼성의 지배구조에 영향을 주는 일은 없을 것으로 보는 것 같다. 하지만 늘 반듯하고 겸손하고 예의 바른 청년이 이혼소송을 당하게 됐다는 점에서 세인들의 입방아에 계속

오르내릴 수밖에 없고, 이게 이 전무에겐 큰 짐이 될 것이다.

그렇지만 어쩌겠나. 인생에서는 현관문을 두드리는 우편배달부가 손에 든 게 좋은 소식보다 나쁜 소식인 경우가 훨씬 많은 것을. 이 전무는 그의 할아버지나 아버지 세대와 달리 어렵게 창업하지도 않았고, 그룹을 물려받고 기업을 확장하는 과정에서 크게 고생한 경험도 없다. 지금 한국의 3, 4세대 경영자들은 거의 다 그렇다. 의외로 취약한 곳이 많고 집중력과 지구력도 부족하다.

이런 점을 감안하면 특히 젊은 최고경영자의 시련은 기업 입장에서는 오히려 보약이다. 한국의 경영자들이 밥 먹듯이 하는 감옥살이나 사생활에서의 시련이 결과적으로는 오히려 엄청난 에너지로 작용한 게 사실이다. 기업경영에서는 모범생보다 산전수전 다 겪은 풍운아가 낫다. 한국의 대표 경영자들은 대부분 이런 과정을 거쳐 성숙해 왔다.

미술사에서 가장 예쁜 클림트의 작품이 그의 아픈 개인사를 토양으로 했듯이 이 전무의 가족사적, 개인적 시련들은 그가 한층 성숙된 최고의 경영자로 거듭나는 자양분이 될 것이다. 다만 잊지 말아야 할 것은 부모들이 당하는 고통이며, 이것은 그가 평생의 부채로 짊어져야 한다.

재계7

이건희 회장이 띄운 시

2010년 3월 29일

"지금이 진짜 위기다. 글로벌 일류기업이 무너지고 있다. 삼성도 언제 어떻게 될지 모른다. 앞으로 10년 내에 삼성을 대표하는 사업과 제품은 대부분 사라질 것이다. 다시 시작해야 한다. 머뭇거릴 시간이 없다. 앞만 보고 가자."

지난 24일 삼성이 그룹 공식 트위터에 '이건희 회장 복귀 멘트'라는 제목으로 올린 글은 멘트나 메시지라기보다 한 편의 시에 가깝다. 잠언이라고 할 수도 있겠다. 가장 짧고도 절묘한 표현, 그게 바로 시다. 시인 최영미는 어떤 시가 좋은 시냐는 물음에 저절로 외워지는 시, 소리 내어 읽을수록 맛이 살아나는 시, 세월이 가도 신선함을 잃지 않는 시가 정말 좋은 시라고 했다.

이 회장의 복귀 멘트는 '좋은 시'로서 손색이 없다. 이건희 회장이 지은 시의 제목은 '머뭇거릴 시간이 없다' 정도가 좋겠다.

이제 소리 내어 경영 대가의 시를 한번 읽어 보자. 다만 '삼성'이라는 말 대신 각자 몸담고 있는 회사 이름을 넣자. 세 번만 소리 내어 읽자. 그러면 분명 당신 가슴에 와닿는 게 있을 것이다. 당신이 지금 기업 현장에서, 경영 현장에서 승패를 예상할 수 없는 치열한 싸움을 벌이는 사람이라면 울컥할지도 모르겠다.

진실한 것은 아름답다. 어떤 시가 아름답다면 그건 진실하기 때문이다. 이건희 회장의 '머뭇거릴 시간이 없다'는 시도 아름답다. 그것은 진실한 그의 마음을 담고 있다. 진부한 말이지만 그러나 고통 없는 창조는 없다. 진실한 언어로 아름다움을 잉태하기까지 그는 여러 번 부서지고 만신창이가 되었다.

이건희 회장의 시련은 2007년 10월의 비자금 폭로사건과 후속으로 이뤄진 검찰 특검으로 시작됐지만 멀리 보면 2005년 7월 안기부 엑스파일 사건으로 거슬러 올라간다. 5년여 동안 이 회장도, 삼성도 인고의 세월을 보냈다. 이 와중에 사상 초유의 글로벌 금융위기까지 겪었다. 2008년 봄, 이 회장은 "모두 내 불찰이고, 모든 책임은 내가 다 지겠다."는 말을 남기고 은퇴했지만 세상은 그를 쉬게 놔두지 않았다. 체육계가 평창 동계올림픽 유치를 위해 도움을 요청했고, 이를 위해 정부는 특별사면까지 해주었다.

삼성 사장단도 가세했다. 세계 초일류기업 도요타가 리콜사태로 흔들리고, 애플이 '아이폰'과 '아이패드'를 내세워 공세를 펼치는 것이 사장단에겐 엄청난 위협으로 다가왔을 것이다. 세계 경제의 불확실성이 가중되는 상황에서 글로벌 사업 기회를 선점하기 위해선 이 회장의 경륜과 리더십이 필요하다는 사장단의 건의문을 받아들고 이 회장은 한 달을 고민했다고 한다.

외견상으로는 주력기업 삼성전자가 지난해 136조원의 매출에 10조원 넘는 영업이익을 냈지만 꼼꼼히 들여다보면 불안하기 짝이 없었다. 2년여 오너 공백에서 오는 그룹의 약화된 구심점은 차치하더라도 딱히 내세울 만한 신제품, 신사업, 신시장 등 이른바 차세대 성장 동력이 없다는 것은 치명적 위기라고밖에 할 수 없었다.

이런 상황에서 이 회장이 달리 선택할 길은 없다. 만신창이가 된 몸이지만 다시 달리는 수밖에. 회장직 복귀를 위해 위기론을 들고나왔다느니, 황제경영이 부활했다느니, 투명경영과 사회적 공헌을 먼저 약속해야 한다느니 하는 비판과 주장들은 따라서 그에게는 모두 부차적인 것에 지나지 않는다. 지금 중요한 것은 누가 뭐라든지 혼신을 다해 다시 한번 달리는 것이라고 판단한 것으로 보인다. 당신이 만약 위대한 기업가가 되고 싶다면 당신의 사무실에 이 시를 걸어두면 어떨까.

재계8

돈 버는 게 예술이다

2010년 8월 28일

여름휴가 중 뉴욕을 거쳐 미국 중부의 피츠버그를 다녀왔다. 뉴욕에서 피츠버그로 들어갈 때는 암트랙(Amtrak) 기차를, 나올 때는 그레이하운드 버스를 8시간씩 탄 긴 여행이었다. 덕분에 광활한 옥수수밭이 펼쳐진 시골 풍경을 구경했고, 흑인과 히스패닉이 손님의 전부인 심야 버스에선 미국 서민들의 삶을 엿볼 수 있었다.

피츠버그는 두 사람을 빼고선 말할 수가 없다. 한 사람은 앤디 워홀이고, 또 다른 한 사람은 철강왕 앤드루 카네기다. 이공계 전문대학인 카네기멜론을 비롯해 자연사 박물관, 카네기 음악홀, 앤디 워홀 박물관 등 피츠버그를 상징하는 대부분이 두 사람과 관련되어 있다.

피츠버그 시내 외곽에 있는 7층짜리 앤디 워홀 박물관은 그에 대한 모든 것을 보여준다. 코카콜라 병이나 캠벨 수프 통조림, 꽃 그림 같은 회화작품들은 물론 '엠파이어' 같은 영화와 비디오 작품, 그가 발간한 《인터뷰》 잡지 등도 전시되어 있다. 대학을 다니면서 그렸던 풋풋한 인물화나 풍경화는 앤디 워홀 박물관이 아니면 볼 수 없을 것이다. 친구가 선물했다는 아프리카 사자 박제품도 인상적이었다.

박물관 곳곳에는 작품에 대한 설명과 함께 워홀의 철학과 사상이 담긴 글들이 적혀 있다. "사람들은 나를 팝아트의 '사제(priest)'라고 말하지만 나는 한 사람의 '노동자(worker)'일 뿐"이라는 고백이 먼저 눈에 들어왔다. 워홀의 고백은 계속된다.

"가장 매혹적인 예술은 사업에서 성공하는 것이다. 돈을 버는 것은 예술이고, 일을 하는 것도 예술이다. 성공적인 사업은 최고의 예술이다."

스스로의 부인에도 불구하고 앤디 워홀이 팝아트의 사제로, 대가로 추앙받는 것은 예술이 별게 아니라 우리들 삶이 바로 예술이라는 것을 일깨워줬기 때문이다. 워홀은 여기서 한발 더 나아가 예술과 사업, 예술과 돈벌이의 경계까지 허물어 버렸다. 실제로 워홀은 누구보다 사업에 관심이 많아 악착같이 돈을 벌었다. 독일 총리 빌리 브란트나 디자이너 조르지오 아르마니, 피아트 자동차 회장 조반니 아그넬리 등의 초상화를 열심히 그려 돈을 벌었고, 잡지 《인터뷰》를 창간해서는 한 푼이라도 아끼기 위해 애를 썼다. 그는 앤디 워홀 엔터프라이즈 주식을 월스트리트에 상장할 궁리까지 했다.

달마, 혜가, 혜능 같은 선불교의 할아버지들이 부처의 법은 딴 데 있는 게 아니라 바로 세상 속에 있다고 했듯이 워홀은 우리의 삶이 예술이고, 일하는 게 예술이고, 돈벌이가 예술이고, 비즈니스가 예술이라고 강조한다. 워홀은 동성애자였고, 부모의 장례식에도 참석하지 않았지만 어쩌면 현대판 달마대사인지도 모르겠다.

21세기를 움직이는 핵심 가치가 무엇인가. 다양성과 창의성, 컨버전스(융합), 이런 게 아닌가. 이런 가치를 가장 잘 시현하고 있는 기업이 아이폰을 만들고 있는 스티브 잡스의 애플일 것이다. 애플 같은 기업이 되려면 워홀이 주장했듯이, 예술과 사업의 경계를 먼저 허물어야 한다.

그런데 우리는 사업과 예술의 경계를 허물기는커녕 '친서민' 같은 분열적 사고에 매달려 있다. 비즈니스 영역에서의 상상력과 창의력이 짓밟히고 있다. 다행인지 불행인지 총리와 장관 후보자들에 대한 인사청문회를 통해 '친서민'의 실체가 드러나긴 했지만 말이다.

비즈니스가 예술이라면 비즈니스맨은 예술가다. 21세기에는 기업하는 사람들이, 돈 버는 사람들이 예술가가 되어야 한다. 아울러 사회는 기업가들을 예술가들처럼 대우해 줘야 한다. 기업가들의 영혼과 상상력을 파괴해선 안 된다.

재계9

우리는 반(反) 삼성일까

2012년 8월 25일

스위스 태생의 소설가 알랭 드 보통의 소설 『우리는 사랑일까』는 사랑에 대한 상식을 뒤집는다. 사랑을 하게 되면 대개는 특정인 누구를 사랑한다고 생각하는데 그렇지 않다는 것이다. 특정인을 사랑하는 게 아니라 '사랑'을 사랑한다는 것이다. 누구와 연애를 하는 것은 상대의 짙은 눈빛이나 세련된 정신세계 때문이 아니라 저녁 내내 혼자 일기수첩이나 들여다보고 몇 달째 주말에 할 일이 없어 벽만 바라보는 게 싫어서 사랑을 한다는 것이다. 그렇기 때문에 사랑의 상대가 이 사람도 되고, 저 사람도 될 수 있으며 특정 남자, 특정 여자를 사랑하는 게 아니라 우리는 '사랑'을 사랑한다는 것이 그의 주장이다. 따라서 내가 사랑하는 것은 그 상대방이 아니라 바로 '나'라는 것이다.

케임브리지 대학에서 역사학을 수석으로 졸업한 그답게 불안과 행복에 대한 분석도 탁월하다. 우리는 인류 역사에서 가장 풍요로운 시대에 살고 있는데도 왜 그렇지 않다고 생각할까. 심지어 99%는 가난하고 힘들게 살고 1%만이 풍요롭게 산다고까지 생각할까.

작가의 분석은 이렇다. 풍요롭다 가난하다 등의 개념은 상대적이라는 것이다. 사실 어느 정도 풍요롭게 사는데도 상대방이 좀 더 여유 있게 산다면 스스로 박탈감을 느끼고 자신을 빈곤층이라고 생각한다는 것이다. "실제적 궁핍은 급격하게 줄었지만 그래서 역설적이게도 궁핍감과 궁핍에 대한 공포는 외려 늘었다."는 것이 그의 지적이다.

글로벌 경제 위기 속에서도 한국경제는 그나마 상대적으로 양호하다. 미국, 유럽, 일본 어디도 부럽지 않다. 최악의 대내외 상황에서도 한국경제가 선전하고 있는 것은 삼성전자, 현대차 같은 한국 대표기업들이 강한 글로벌 경쟁력을 갖고 있기 때문이다. 한국 대표기업들의 역할은 여기에 그치지 않는다. 예를 들어 여수 엑스포사업을 주도한 것도 바로 이들 대기업이다. 런던 올림픽의 뛰어난 성과도 삼성, 현대차, SK, 한화그룹 등의 헌신적 뒷받침이 없었다면 가능했을지 의문이다.

그런데도 왜 국내 대표기업들은 늘 공격을 받을까. 정치권은 삼성전자 같은 기업의 경영권까지 위협하는 금산분리 방안을 왜 내놓을까. 법원은 왜 대기업 총수의 횡령 및 배임 시 집행유예를 금지하겠다는 정치권의 법 제정 움직임에 화답이라도 하듯 김승연 한화그룹 회장을 1심판결에서 법정구속까지 시켰을까. 왜 우리나라 국민들은 절반 이상이 반기업 정서를 가질까. 심지어 왜 삼성이 대통령보다 더 강하다는 생각까지 할까.

이런 의문들에 대한 답은 정치에서 찾아야 한다. 지금의 글로벌 경제위기는 자본주의의 위기가 아니라 민주주의의 위기다. 지금의 경제위기는 시장의 실패가 아니라 정부의 실패가 근본 원인이다. 새누리당이 앞장서고 있는 경제민주화 요구는 연말 대선을 앞둔 정파적 득표 전략이다. 삼성, 현대차, SK, 한화 같은 대기업을 때려서 99%의 표를 끌어모으기 위한 것이다.

삼성은 대통령보다도 더 강한 괴물이 아니라 글로벌 시장에서 경쟁자 애플과의 소송으로 천문학적 숫자의 돈을 물어내야 하는 고단한 처지의 한국기업일 뿐이다. 실제로 우리들은 반기업, 반삼성, 반현대차, 반SK, 반한화가 아닌데 그렇게 생각하도록 세뇌당하고 있다. 경제가 죽으면 민주주의도 죽는다는 사실은 말하지 않고 경제민주화만 외친다.

다시 알랭 드 보통의 이야기로 돌아가면 작가는 "이 세상에서 부유한 사람은 상인이나 지주가 아니라 밤에 별 밑에서 강렬한 경이감을 맛보는 사람"이라고 단언한다. 당신은 누구 말에 공감하는가. 한국의 선동 정치인, 아니면 알랭 드 보통. 행복이냐 불행이냐는 전적으로 당신 선택에 달렸다. 1%를 때리는 것으로 당신의 행복은 오지 않는다.

재계10

10X기업 '삼성전자'

2012년 11월 4일

살아있는 가장 영향력 있는 경영학자 짐 콜린스가 최근 또 다른 신작을 발표했다. 『위대한 기업의 선택(*Great by Choice*)』이다. 이 책도 『성공하는 기업의 8가지 습관』(1994년), 『좋은 기업을 넘어 위대한 기업으로』(2001년), 『위대한 기업은 다 어디로 갔을까』(2009년) 등 전작들과 같이 위대한 기업이 어떤지를 역사적으로 비교 분석한다.

"위대한 기업은 사람이 먼저고 일은 그 다음이다. 교육, 지식, 경험보다 더 중요한 것은 품성과 소양이다. 저명한 리더보다 겸손한 리더가 위대한 기업을 만든다. 위대한 기업이 몰락하는 것은 혁신을 거부해서가 아니라 과도한 욕심을 부리기 때문이다. 실패하는 기업은 변화의 의지가 부족한 게 아니라 만성적으로 일관성이 없다."

짐 콜린스를 경영학자, 경영컨설턴트를 넘어 경영의 '구루(guru)'로 만든 이런 탁월한 통찰력은 『위대한 기업의 선택』에서도 발견된다. 콜린스는 이 책에서 1960~70년대부터 2002년까지의 기간 중 전체 주식시장이나 해당 업계와 비교해 15년 이상 놀라운 성과를 유지한 기업 가운데 통제할 수 없는 매우 격동적인 상황에서 큰 성과를 이룬 미국 기업들을 찾아냈다. 암젠, 인텔, 마이크로소프트, 프로그레시브, 사우스웨스트항공 등 7개사가 이에 해당한다. 이들을 분석했더니 하나같이 동종업계의 주가지수를 최소 10배 이상 앞질렀기에 '10X기업'이라고 이름 붙였다.

짐 콜린스는 10X기업들에 대한 실증적 분석을 기초로 몇 가지 중요한 결론을 끄집어낸다.

> "가장 중요한 덕목은 규율, 즉 일관된 행동방식이다. 규율을 잃어버리고 혁신만 하면 위험하다. 창의성은 중요하지만 실증적이어야 한다. 지나칠 정도로 위기 상황을 미리 준비하는 '생산적 편집증'이 매우 긴요하다. 스피드만을 강조해 변화할수록 좋다는 생각은 위험하다."

한국 기업들 가운데서 '10X기업'을 찾아낸다면 어디일까. 아마 삼성전자가 거의 유일하지 않을까 싶다. 삼성전자는 조정주가 기준 1980년부터 2012년 현재까지 대략 325배 정도 올랐다.

이 기간 중 삼성전자를 뺀 코스피는 대략 15배 정도, 전기·전자 업종은 42배 정도 올랐으니 한국과 미국의 증시 구조 차이나 상대적 저평가 문제 등을 고려하지 않고도 10X기업에 근접한다고 할 수 있다. 특히 삼성전자는 2012년 현시점에서 보면 짐 콜린스가 10X기업으로 지목한 인텔이나 마이크로소프트보다 더 강하다고 할 수 있겠다.

더욱이 삼성전자의 이런 실적은 IMF 외환위기와 글로벌 금융위기라는 통제할 수 없는 격동적인 상황에서 이루어진 성과들이어서 놀랍다. 올들어서만 봐도 삼성전자는 세계 최고 기업 애플을 상대로 특허 소송을 벌이면서도 전혀 밀리지 않고 있다. 스마트폰 판매에서 세계 1위 자리를 지키는 것은 물론 유일하게 뒤지고 있는 순익 부문에서도 차이를 좁혀 가고 있다. 특히 애플의 안방인 미국에서의 1심 평결 패배에도 불구하고 유럽에선 연승하고 있고, 미국 시장에서도 배심원단의 평결을 오히려 삼성 제품의 판매를 늘리는 계기로 활용하고 있다.

일본의 도요타가 리콜사태 이후 미국 자동차업계의 공격에 밀려 엄청난 대가를 치렀음을 감안하면 삼성전자의 선방은 기적이다. 혁신은 하되 규율과 일관성, 절제를 더 우선시하고, 지나칠 정도로 위기 상황을 강조하는 생산적 편집증 등은 삼성이 갖고 있는 가장 특징적인 기업문화이자 이젠 유전인자로까지 자리잡았다.

세계적 경영 구루는 현시점에서 보면 삼성전자보다 나을 게 없는 인텔이나 마이크로소프트까지 위대한 기업으로서 연구하고 추켜세우는데, 한국에는 온통 '타도'와 '해체'의 소리만 들리니 이를 어찌할거나.

재계11

'운명'과 '팔자'

2013년 9월 20일

개인이 아무리 노력해도 시대 상황 또는 시절 운이라는 게 뒷받침되지 않으면 일이 성사되지 못하는 경우가 많다. 그래서 "인생은 개인의 노력과 재능이라는 씨줄과 시대 흐름 또는 운이라는 날줄이 합쳐서 직조된다."는 말에 공감이 간다. '운칠기삼(運七技三)'이라는 말도 있지만 살아보면 노력이나 재능 같은 씨줄보다 시대 상황이나 운, 팔자 같은 날줄의 위력이 더 강할 때가 많다는 것을 알게 된다.

요즘 대한민국 대기업 총수들의 시련과 고난을 보면서도 그런 생각이 든다. 최태원 SK그룹 회장이 8개월째 감옥살이를 하고 있는 것을 비롯하여 한화의 김승연 회장, CJ 이재현 회장, 태광 이호진 회장, 그리고 LIG 구자원 회장과 구본상 부회장이 구속 기소되어 감옥살이를 하고 있거나 병보석 중이다. 앞으로 몇몇 총수들이 이 대열에 더 합류할 가능성도 있다.

대한민국 기업사에서 정치적 비상시국을 빼면 이렇게 많은 대기업 오너들이 구속 기소된 적은 없다. 세계 다른 나라들과 비교해 봐도 그렇다. 이런 상황에서 경제 살리기니 기업 투자 촉진이니 하는 얘기들은 공허하기만 하다. 유독 몇 년 새 대한민국 대기업 총수들의 비행이 늘어났거나 그들이 더 사악해진 게 아니라면 이는 결국 시절 탓이라고밖에 할 수 없다.

상황이 이렇다 보니 총수들도 자신의 운명이나 팔자를 언급하게 된다. 최태원 SK 회장은 이달 초 열린 항소심 결심 공판에서 자신의 결백을 입증할 방법이 없음을 답답해하면서 "이게 운명이라면 받아들이겠다."고 토로했다. 이에 앞서 김승연 한화 회장도 비자금 의혹으로 검찰에 소환되면서 자신의 팔자가 세서 이렇게 됐다고 말하기도 했다.

운명은 무엇이고, 팔자는 무엇인가. 이에 관한 최고의 고전은 『주역』이다. 『주역』의 괘 중에 '택수곤(澤水困)'괘가 있다. 돌멩이가 나뒹굴고 가시덤불투성이의 들판에 갇혀 있는 괘이다. 공자는 이 괘를 "갇히지 않아도 될 곳에 갇혀 있으니 이름에 욕됨이 있으며, 머물지 않아도 될 곳에 머무르고 있으니 몸이 위태롭다."고 해석했다. 욕되고 위태로워 죽기에 이르렀고 아내조차 볼 수 없는 상황이다. 지금 감옥살이를 하거나 병보석 중인 대기업 총수들의 신세가 바로 이렇지 않을까.

본래 곤란에 직면하지 않을 수도 있었는데 곤란에 빠진 것은 스스로 자초한 것으로, 지혜가 없기 때문이다. 지혜는 없으면서 도모하는 것이 크면 예외 없이 불행을 겪을 수밖에 없다. 어떻게 해야 하나. 『주역』에서는 우선 참으라고 한다. 화를 참아야 할 뿐 아니라 어떤 수모도 다 견뎌내야 한다. 그래야 상황에 제대로 대응할 수 있다. 아울러 사나운 운수를 알아채고 일단 숨으라고 한다. 다음에 기회를 엿봐 일을 도모하기 위해서다.

『주역』의 기본 원리는 '궁즉변 변즉통(窮則變 變則通)'이다. 최선을 다해 노력하면 변화가 생기고 해법이 나온다는 것이다. 지금의 수모를 참고 견디고 노력하다 보면 살길이 생긴다는 뜻이다. 여기서 중요한 것은 스스로 일어서고, 스스로 분발하는 것이다.

공자가 『주역』을 공부한 뒤 내린 결론은 세상에는 절대적인 길흉도, 절대적인 선악도, 절대적인 좋고 나쁨도 없다는 것이다. 불행이 지나면 행운이 온다는 뜻이다. SK, 한화, CJ, 태광, LIG 등 그룹 총수가 가시덤불투성이의 들판에 갇혀 있는 기업들에도 이 원리는 예외 없이 적용될 것이다. 광풍은 오래 가지 못한다.

재계12

우리가 버린 남자 최태원

2014년 3월 9일

베르디의 오페라 〈라 트라비아타〉는 18세기 유럽의 도시들이 근대화되는 과정에서 소외된 여성들이 매춘부로 전락할 수밖에 없는 시대 상황과 그들을 잔인하게 버리는 부르주아지의 비정함을 고발한다. 〈라 트라비아타〉는 이탈리아어로 '버려진 여자'를 뜻한다. 상고심이 기각돼 10대 그룹 총수로서는 20여 년 만에 처음으로 징역 4년의 실형이 확정된 최태원 SK그룹 회장을 보면서 비극적 오페라 〈라 트라비아타〉의 주인공 비올레타를 떠올려 본다.

그는 이제 형이 확정됨으로써 구치소가 아닌 교도소로 이감된다. 징역형인만큼 교도소에서는 주로 가구나 옷가지 등 생활용품을 만드는 공장에서 일을 할 것이다. 면회도 횟수나 대상이 엄격하게 제한된다. 4년 형기를 채우고 2017년 1월 말 그는 풀려나게 된다. 물론 가석방 제도가 있어 형기의 3분의 1만 채우면 석방될 수도 있지만 어려울 듯싶다. '비정상의 정상화'를 외치는 정권이 횡령죄로 구속된 재벌총수에게 아량을 베풀 리 없다.

최태원 회장의 시련은 여기에 그치지 않을 수도 있다. 그에게 적용된 특정경제가중처벌법에 따르면 50억 원 이상을 횡령해 유죄를 받을 경우, 형 집행 종료 혹은 정지된 날로부터 5년 동안 기업의 이사로 일할 수 없도록 규정하고 있기 때문이다. 이 조항에 대해선 법조계 내부에서 논란이 있고, 최 회장이 사면을 받게 되면 문제될 게 없다. 그렇지만 최악의 경우 최 회장은 그동안의 검찰 수사와 재판 기간을 포함해 10년 이상 경영자로서 손발이 묶이게 된다. 그건 최고경영자로서 죽음과 다름없다.

최태원 회장은 계열사 돈 450억 원을 횡령했다는 이유로 대기업 오너 중 가장 가혹한 형을 선고받고 말았다. 검찰과 법원은 회사를 살리기 위한 배임이 아니라 사적 이득을 취득하기 위한 횡령이라는 점에서 중형을 피할 수 없다고 말한다. 그렇지만 그 반대의 논리도 얼마든지 가능하다. 재계 오너들의 배임 횡령액수가 대개 수천억 원 수준임을 감안하면 최태원 회장의 횡령액은 아주 적다. 더욱이 그는 계열사 돈 450억 원을 빼 쓴 뒤 한 달 후 9%의 이자를 계산해 모두 돌려놓았다. 회사도 주주도 피해를 본 게 없다.

게다가 최 회장은 구속 기소된 재계 총수들 중 누구보다 지난 1년간 성실하게 수형생활을 했다. 병원에도 가지 않았고 휠체어도 타지 않았다. 국가경제 발전에 기여한 측면에서도 최 회장만한 사람이 없다. 그가 석방될 경우, 앞으로 경제 활성화에 기여할 여지도 제일 많다.

검찰은 최태원 회장에 대해 위증과 조직적 저항, 은폐 등으로 국가기관을 기망했다고 성토했고, 법원도 결국 여기에 동조했다. 최 회장은 온전히 검찰과 법원으로부터 버림받았다. 정치권은 최태원 회장의 4년 징역형에 유감 표명은커녕 눈길조차 주지 않는다. 재계도 잔뜩 주눅이 들어 여론만 살피는 형국이다. 더 안타까운 사실은 이런 재판 결과를 초래하고도 SK그룹 내부에서 누구 하나 책임지겠다고 나서는 사람이 없다는 사실이다. SK 법무팀의 재판전략 부재와 실패를 지적하는 소리가 잇따르는데도 말이다.

검찰과 법원은 물론 정치권과 여론, 결과적으로는 SK 스스로도 연매출 140조원에 재계 서열 3위로 키운 최태원 회장을 철저하게 버렸다. 오페라 〈라 트라비아타〉의 주인공 비올레타는 "이 버려진 여자의 무덤에는 꽃 한 송이도 뿌려지지 않을 것"이라고 탄식한다. 최태원 회장의 4년 징역형이 한국경제 오너경영의 조종이 아니길 빌 뿐이다.

재계13

이재용의 '카르페 디엠'

2014년 10월 18일

중국 당나라 시절 대선사인 조주에게 제자가 물었다. "보리 달마대사가 멀리 서쪽(페르시아)에서 온 까닭이 무엇입니까." 제자는 그 이유를 알면 자신도 달마나 스승 조주처럼 깨달음을 얻어 큰 스님이 될 수 있다고 판단한 모양이다. 조주는 주저함 없이 선문답을 한다.

"뜰 앞의 잣나무."

무슨 뜻인가. 조주가 제자에게 던진 메시지는 옛날 사람인 달마에게 가 있는 제자의 마음을 지금 뜰 앞에 서 있는 잣나무로 돌리라는 것이다. 과거에 매몰돼 있는 마음을 버리고 '지금 여기'를 직시하라는 것이다. 달마의 가르침이 아무리 훌륭해도 그것에 집착하는 순간, 자유로울 수 없기 때문에 스스로 자기 삶의 주인공이 되라는 것이다.

이건희 삼성 회장의 투병이 길어지고 핵심 주력사인 삼성전자의 실적까지 부진을 거듭하면서 후계자 이재용 부회장의 행보와 리더십에 나라 안팎으로 시선이 집중되고 있다. 공교롭게도 지난 5월 이건희 회장이 급성 심근경색으로 쓰러진 후 발표된 두 번의 분기 실적에서 삼성전자는 모두 좋지 않은 성적을 내고 말았다.

회장이 부재한 상황에서 나온 결과이다 보니 이 부회장의 고민과 부담이 훨씬 더 클 수밖에 없다. 제자가 있어야 스승이 있고, 두 번째나 세 번째 왕이 있어야 태조가 있듯이 이재용 부회장이 좋은 성과를 내야 이병철 선대 회장이나 이건희 회장의 업적도 빛날 것이기 때문에 더욱 그럴 것이다.

비즈니스는 정의의 문제가 아니다. 아무리 재능이 있고 노력해도 비즈니스가 늘 성공하는 것은 아니다. 경영자는 전지전능할 수도 없다. 많은 사람이 제대로 된 경영자라면 어떤 상황에서도 성공할 수 있다고 생각하지만 현실은 전혀 그렇지 않다. 이 세상에 '슈퍼경영자'는 없다.

그런데도 이재용 부회장에게는 하루가 멀다 하고 이런저런 주문이 쏟아지고 있다. "삼성의 후계자로서 자신의 꿈을 세상에 제시해야 한다."고도 하고, "1993년 이건희 회장이 독일 프랑크푸르트에서 '마누라와 자식만 빼고 다 바꾸라'고 했듯이 이재용 부회장도 삼성의 대변화를 선언해야 한다."고 주문하기도 한다. 삼성전자의 스마트폰 사업에 대한 지나친 쏠림현상을 개선하고 '하드웨어의 삼성'에서 '소프트웨어의 삼성'으로 변화함으로써 이 부회장의 리더십을 보여주고 존재감을 입증해야 할 것이라는 주문도 나온다.

이재용 부회장은 어떻게 해야 할까. 제자가 스승 조주에게 달마가 서쪽에서 온 까닭이 무엇이냐고 물었듯이 이 부회장도 선대 회장이나 병상의 이건희 회장에게 정말 묻고 싶을 것이다.

답은 '뜰 앞의 잣나무'다. 라틴어를 빌려 말하자면 '카르페 디엠(carpe diem, seize the day)'이다. 지금 이 순간에 충실하라는 것이다. 과거 성공신화에 매몰될 필요도 없고, 미래에 대한 걱정에 사로잡혀서도 안 된다. 너무 잘하려고도 하지 말고 평소처럼 평상심을 갖고 그냥 하라는 것이다.

선대 회장이나 이건희 회장 같은 카리스마는 없지만 외신도 지적했듯이 이 부회장은 겸손함이나 온화함 그리고 절제력 같은 자신만의 강점이 있다. 이미 이런 성향들이 애플과의 특허전쟁에서 화해하거나 삼성전자 반도체공장의 백혈병 문제를 푸는 과정에서 나타나기도 했다.

이런 상상을 해본다. 선대 회장이나 이건희 회장이라면 이 부회장에게 이런 말을 하지 않을까.

"나의 길은 나의 길일 뿐이다. 그러니 너도 너의 길을 만들고, 너의 길을 가라."

재계14

정몽구 회장의 화광동진(和光同塵)

2015년 2월 8일

지난해 9월 현대자동차그룹이 10조5천5백억 원에 서울 삼성동 한국전력 부지를 매입한 뒤 글로벌 로펌의 한 변호사는 이런 말을 했다.

"이번 일은 현대차 의사결정 구조의 취약성을 드러냈을 뿐만 아니라 소액주주들에 대한 배임행위다. 배당은 쥐꼬리만큼 하면서 보유현금을 함부로 쓰기 때문에 주가가 오르지 않는다. '코리아 디스카운트'는 재벌의 비상식적인 의사결정과 지배구조의 취약성 때문에 발생한다."

현대차그룹에 대한 이 같은 비판은 변호사 한 사람만의 생각이 아니라 당시 시장의 대체적인 분위기가 그랬다. 현대차가 한전 부지를 인수한 지 5개월이 흐른 지금도 이런 시장의 평가는 여전히 유효할까. 현대차그룹은 정말 큰 돈을 그냥 날려버린 건가. 꼭 그렇지만은 않은 듯싶다.

정부는 지난달 투자활성화 대책을 발표하면서 삼성동 한전

부지에 대해 2016년 조기착공 방침을 밝혔다. 정부가 먼저 나서서 현대차의 신사옥 건립이 속도를 내도록 건축 인·허가 등 규제를 최소화하겠다는 것이다.

롯데그룹은 잠실 제2롯데월드를 건립한 지 100일이 지나고도 제대로 영업을 못 한 채 엄청난 시간과 돈을 낭비하고 있다. 이런 현실에서 현대차에 대한 정부의 전폭적인 지원은 큰 의미를 갖는다. 돈으로 환산한다면 이것만 해도 천문학적 금액이 될 것이다.

앞으로 현대차그룹이 정부로부터 도움을 받아야 할 일은 한둘이 아니다. 당장 이번에 매입한 한전부지와 여기에 건립 예정인 글로벌비즈니스센터를 업무용으로 인정받아 기업소득환류세제 과세 대상에서 벗어나야 한다. 또 건축 인·허가에서 완공에 이르기까지 어떤 일이 발생할지 모르는 상황에서 정부와 서울시의 협조는 무엇보다 중요하다.

현대차그룹은 한전부지 인수에 통 큰 베팅을 한 것 외에 여러가지로 공을 들이고 있다. 박근혜 대통령이 직접 챙기는 창조경제혁신센터와 관련해서는 정몽구 회장이 광주혁신센터 출범에 앞서 두 번이나 현장을 방문했다. 특히 현대차는 박근혜정부의 투자확대 요구에 화답해 올해부터 4년간 매년 20조원 이상 총 80조7천억 원을 투자하겠다고 발표했다.

현대차그룹이 국내외적으로 급성장해 글로벌 기업으로 자리잡은 것은 2008년 서브프라임 금융위기 이후다. 이 과정에서

정부당국과의 우호적인 관계가 큰 힘이 됐다. 박근혜정부는 물론이고 이명박정부, 심지어 노무현정부에서조차 그랬다. 최근 10년여 동안 재계에서 현대차그룹만큼 특혜시비를 일으키지 않으면서 정부당국과 긴밀한 관계를 유지한 곳은 드물다.

이를 배경으로 현대차그룹은 경제위기 상황에서도 자동차 판매를 오히려 크게 늘렸고, 현대건설 인수를 성공적으로 매듭지었다. 이제 글로벌비즈니스센터 완공이라는 목표를 향해 나아가고 있다. 현대차그룹의 또 하나의 현안인 승계문제도 오너의 결심만 서면 언제든지 바로 실행에 옮길 수 있는 단계인 것으로 전해진다.

'뚝심경영'이라는 말만으로는 정몽구 회장의 리더십을 표현하는 데 많이 부족하다. 정몽구 회장의 현대차그룹은 뚝심도 있지만 나름 정교하고 치밀하다. 겉으로는 허술한 듯싶은데 속을 들여다보면 날카로운 칼을 숨기고 있는 고수다. 게다가 용인(用人)이 뛰어나고 오너 본인은 물론 후계자까지 겸허하고 헌신적이다.

정몽구 회장의 리더십은 단순히 '뚝심'이 아니라 『노자』에 나오는 '화광동진(和光同塵, 빛을 감추고 세속에 동참한다)'이다. 또 '대교약졸(大巧若拙, 큰 솜씨는 서툰 것처럼 보인다)'이며 '대변약눌(大辯若訥, 진짜 잘하는 말은 어눌하다)'이다. 요즘 방황하는 재계의 젊은 경영자들이 본받아야 할 리더십이다.

재계15

롯데 신동빈의 살불살조(殺佛殺祖)

2015년 8월 9일

중국 당나라의 선승 임제는 '살불살조(殺佛殺祖)'의 사자후로 유명하다.

"그대들이 참다운 깨달음을 얻고자 한다면 안으로나 밖으로나 만나는 것마다 바로 죽여야 한다. 부처를 만나면 부처를 죽이고, 스승을 만나면 스승을 죽이고, 부모를 만나면 부모를 죽이고, 친척 권속을 만나면 친척 권속을 죽여야 해탈해서 자유롭게 된다."

부처와 스승과 부모의 가르침도 깨달음에 이르는 하나의 방편일 뿐, 그것에 묶여버리면 아무것도 이루지 못한다. 어떤 문제의 해법도 자신 밖에서 구하지 말 것을 강조한다.

재계서열 5위인 롯데그룹이 부자·형제간 경영권 분쟁으로 창사 67년 만에 최대 위기를 맞았다. 우리 나이로 95세인 신격호 총괄회장은 자신이 임명한 둘째아들 신동빈 회장을 지난달 세 번이나 해임했다. 정상적 경영 판단이 어려운 신격호 총괄회장과 몇몇 친인척을 등에 업은 신동주 전 부회장은 아버지의 지시서와 육성을 언론에 흘리는 등, 동생 신동빈 회장을 끊임없이 공격한다. 일본으로 돌아간 그는 이제 법적 대응을 선언하고 나섰다.

상황이 이렇다 보니 2.41%에 불과한 지분으로 416개 순환출자를 통해 80개 국내 계열사를 지배하는 롯데그룹 총수일가에 대한 정부여당의 규제 움직임이 가시화되고 있다. 롯데그룹 신씨일가에 대한 비판여론도 고조돼 제품 불매운동까지 일어나고 있다. 유통, 관광, 금융 등 여전히 내수 중심인 롯데그룹에는 대단히 치명적이다.

롯데는 분쟁을 어떻게 해결해야 할까. 해답은 롯데 스스로 풀어야 한다. 특히 그 중심에는 신동빈 회장이 서 있어야 한다. 면서기 두 달치 봉급 83원으로 사업을 시작해 그룹 매출을 83조원까지 끌어올린 신격호 총괄회장의 업적은 아무리 강조해도 지나치지 않다. 그러나 이제 그만 물러나야 한다. 초인이 아닌 한 95세의 나이로는 정상적 경영 판단이 불가능하다.

신 총괄회장의 퇴진은 늦어도 한참 늦었다. 이제 누가 후계를 맡을 것이냐가 문제인데 이것도 이미 답이 나와 있다. 신동빈 회장 말고는 대안이 없다. 이 대목에선 롯데계열사 사장단과 노조위원장들이 제대로 판단을 내렸다. 2004년부터 10년 넘게 롯데를 끌어오면서 신동빈 회장은 그룹 매출을 비약적으로 늘렸다. 취약점으로 지적된 롯데의 글로벌화에서도 나름 성과를 올렸다. 이에 비해 신동주 전 부회장은 장자라는 것말고 딱히 내세울 게 없다.

문제는 이런 상황임에도 신격호 총괄회장의 판단이 오락가락하고 있어 과연 신동빈 회장이 후계자 자리를 꿰찰 수 있을지 하는 점이다. 신동빈 회장은 어떻게 하든지 이번 경영권 분쟁에서 반드시 이겨야 한다. 그런 점에서 '살불살조(殺佛殺祖)'의 결단이 필요하다. 20만 롯데맨도 신동빈 회장도 신격호 총괄회장을 극복하지 못하고는 한 발짝도 나아갈 수 없다. 이번 싸움에서 신동빈 회장이 패한다면 롯데그룹은 최소 10년 이상 퇴보할 것이다.

경영권 분쟁이 정리되면 그다음 일은 어려운 게 아니다. 당연히 광윤사, 일본 롯데홀딩스, L투자회사 등의 지배구조를 투명하게 밝히고 순환출자 구조도 하나씩 풀어나가야 한다. 또 신격호 총괄회장의 유산인 폐쇄적 밀실경영을 확 바꿔야 한다.

신동빈 회장이 신입사원들에게 말한 것처럼, 이번 사태는 '글로벌 롯데'로 가는 과정에서 치르는 성장통이고 '신격호 시대'에서 '신동빈 시대'로 가는 데 내야 하는 수업료다. 세상에 공짜는 없다. '수처작주 입처개진(隨處作主 立處皆眞)', 임제 선사는 내가 주인으로 우뚝 선다면 그 자리가 바로 진리의 자리라고 했다. 신동빈 회장이 새겨야 할 말이다.

재계16

조석래 회장을 말한다

2015년 11월 29일

대한민국 기업사에서 재계 총수들이 남긴 어록 가운데 가장 유명한 것을 꼽자면 고 정주영 회장의 "이봐, 해봤어?"와 이건희 회장의 "마누라와 자식 빼고 다 바꿔라."는 말이 아닐까 싶다. 기업과 사회를 연결하는 접점에서 일한 전직 대기업 홍보임원 모임인 '한국CCO(Chief Communication Officer)클럽'이 최근 펴낸 『한국경제를 만든 이 한마디』에는 대한민국 대표 기업인 70인의 어록이 잘 소개돼 있다. 이 가운데 "나부터 감사(監査)하시오."라고 한 조석래 효성 회장의 말도 눈에 띈다.

공학도 출신인 조석래 회장은 개인적으로도 자기관리에 철저한 사람이지만 회사일엔 더욱 엄격했다. 늘 정도에 입각한 투명경영을 강조했다. 감사업무를 새로 맡은 임원에게는 조 회장 자신부터 감사하라고 말하곤 했다. 투명경영을 위해서는 회사 내에 어떤 성역도 있어서는 안 된다는 뜻일 게다.

투명하고 공정한 일처리를 중요하게 생각한 조 회장은 1998년 외환위기 당시 책임경영체제를 도입하는 등 그룹의 구조를 혁신했다. 덕분에 효성은 위기를 극복하고 글로벌 기업으로 성장했다. 효성은 스판덱스, 타이어코드, 에어백직물 등에서 세계 1위를 달린다. 대다수 기업이 생존을 고민하는 요즘 효성은 올해 사상 최대인 영업이익 1조원 돌파를 눈앞에 두고 있다.

이런 효성그룹이 몇 년째 극심한 외환(外患)에 시달리고 있다. 특히 비리혐의로 재판을 받아온 여든의 조석래 회장은 최근 검찰로부터 징역 10년에 벌금 3,000억 원을 구형받았다. 조 회장이 지난 10여 년 동안 분식회계와 탈세 등 경제비리를 저질렀다는 게 검찰의 주장이다.

검찰이 지적하는 조 회장 비리의 뿌리는 IMF 경제위기 시절로 거슬러 올라간다. 당시 효성그룹은 동양나일론, 효성중공업 등 우량회사들을 합쳐 (주)효성으로 통합했고, 이 과정에서 부실회사였던 효성물산을 정리하지 못하고 떠안았다. 정부와 채권단이 계열사 부실은 오너와 그룹이 책임지라고 요구했기 때문이다. 부채비율 200%를 맞추라는 금융당국의 요구로 부실자산을 공개하지도 못하고 가공자산으로 대체하는 분식회계를 할 수밖에 없었다. 부실을 있는 대로 공개했다면 주채권은행이 여신지원을 중단하는 상황이라 효성엔 다른 선택지가 없었다.

효성은 한화, 두산 등과 함께 김대중정부 당시엔 구조조정의 성공사례로 손꼽히기도 했지만 20여 년이 흐른 지금 분식과 탈세협의로 총수가 구속될 처지에 놓여 있다. 그야말로 역설이다. 효성이 5,000여 억 원의 분식을 한 것도 사실이고 1,000억 원 이상 탈세를 한 것도 부인할 수 없지만, 문제는 외환위기라는 특수상황을 감안해야 한다는 점이다. 더욱이 효성은 탈법적 요소가 있었지만 이런 구조조정을 통해 우량기업으로 탈바꿈했고 지금까지 세금으로 낸 돈만 해도 5,000억 원에 이른다. 또 2만 5,000여 근로자의 일자리도 지켜오고 있다.

외환위기라는 특수한 상황에서 법은 어겼지만 사적으로 이익을 추구하거나 외부로 돈을 빼돌리지도 않았는데 10년 형을 구형한 것은 지나치다고 할 수밖에 없다. 비슷한 사례의 한화 김승연 회장이나 STX 강덕수 회장과 비교해도 형량이 과하다. 법리보다 감정에 치우친 징벌이란 말이 나오는 이유다.

이제 이것을 바로잡는 것은 전적으로 법원의 몫이다. 많은 사람이 알고 있는 조석래 회장은 그의 장남 조현준 사장이 말했듯이 “공사(公私)가 분명하고 가족보다 회사를 우선 생각하는” 그런 사람이다.

재계17

떠나는 사람을 위하여

2015년 12월 13일

"가야 할 때가 언제인가를 분명히 알고 가는 이의 뒷모습은 얼마나 아름다운가."(이형기, 〈낙화〉)라고 시인은 말하지만 어디 그게 쉬운 일인가. 특히 자신이 떠나야 할 때는 잘 모른다. 본인 문제로 돌아오면 임기를 채우고 정년이 다 돼서 떠나도 아쉬운 판에 중·고등학교도 마치지 못한 아이들을 둔 40~50대 가장이 직장생활의 전성기에 회사를 그만둔다는 것은 당사자는 물론 가족에게도 충격이다.

이런 일이 요즘 매일 벌어지고 있다. 한국 최고기업 삼성에서는 최근 정기인사에서 300명에 가까운 임원 승진자가 나왔지만 500명에 육박하는 임원들이 해임됐다. 삼성그룹에서는 올들어 6,000여 명의 임직원들이 회사를 떠났다.

또 현대중공업, 대우조선해양 같은 조선업종과 포스코, 동국제강 등의 철강업, 그리고 금융사들에 이르기까지 IMF 외환위기 당시를 연상케 하는 구조조정과 인력감축이 확산되고 있다.

한국경제의 위기상황이 2016~2017년에 정점을 찍을 것으로 예상되는 현실을 감안하면 대한민국 월급쟁이들의 수난은 계속될 수밖에 없다.

"가장 눈부신 순간에 스스로 목을 꺾는 동백꽃을 보라. 지상의 어떤 꽃도 저토록 분명한 소멸의 순간을 함께 꽃피우지는 않았다."(문정희, 〈동백꽃〉)고 시인은 동백꽃을 찬양한다. 떠날 때 추접스런 모습을 보이지 않고 절정에서 곧바로 추락하기 때문일 것이다. 누구나 동백꽃이 되고 싶어한다. 그러나 자신의 문제로 돌아오면 동백꽃보다 목련꽃이 되기를 바라는 게 우리네 인간사다.

봄날 떨어지는 목련꽃을 봤을 것이다. 작가 김훈이 통찰한 대로 목련꽃의 죽음은 느리고 또 느리다. 꽃잎이 한꺼번에 떨어지는 게 아니라 한 잎 한 잎씩 누렇게 말라비틀어진다. 누더기가 된 상태에서도 너덜거리며 붙어 있다. 그러다 강한 바람이 불어야 겨우 이별을 고한다.

목련꽃이 못 되고 동백꽃이 되어 40~50대 절정의 순간에 목을 꺾은 게 본인의 선택이 아니듯이, 스스로의 잘못도 아니다. 인생은 개인의 노력과 재능만으로는 안 된다. 그것보다는 시대 상황이라든가 운 같은 게 더 큰 영향을 미친다.

인생을 내 마음대로 계획하기에는 시절이 너무 험했다고 스스로 위로하자. 또 실패가 있는 미완성이 새로운 출발점이 되고 꿈이 될 수도 있다는 점을 꼭 기억하자. 인생도, 역사도 모두 미완성이다. 어느 날 갑자기, 아침에 일어나 갈 곳이 없게 된 인생이라 하더라도 그것이 끝이 아니고, 길고 긴 여정에서 하나의 과정에 불과할 뿐임을 잊지 말자.

"저녁 때 돌아갈 집이 있다는 것, 힘들 때 마음속으로 생각할 사람이 있다는 것, 외로울 때 혼자서 부를 노래가 있다는 것", 시인 나태주는 행복을 이렇게 정의했다. 행복은 조건이 아니라 선택이며, 추구의 대상이 아니라 발견의 대상이다. 아울러 행복하게 살려면 해고나 실직 같은 자신의 불행을 감추지 말고 이야기하는 게 좋다. 자신의 불행을 공개할 때 비로소 불행에 거리를 두게 되고, 불행에서 벗어나 편안함을 느끼게 된다.

인생은 반복된다. 영원히 곤란한 것은 없다. 곤란이 오래 계속되면 결국 그것을 벗어날 방법을 찾게 된다.

마지막으로, 구조조정과 인력감축 등으로 회사를 떠나는 사람이 아닌 남아 있는 자들을 위해 한마디.

> "사람이 죽으면 교회의 종이 울렸고, 오늘도 종이 울려 누가 죽었는지 궁금해 심부름하는 아이를 보내려다 문득 깨닫는다. 누구를 위해 종이 울리는지 알려고 사람을 보내지 마라. 종은 바로 그대를 위해 울리느니."(존 던, 〈명상〉)

오늘 떠나는 자의 모습이 바로 얼마 뒤 내 자신의 모습일 수 있다는 것, 그게 인생이다.

재계18

몰래카메라 동영상을 보고

2016년 7월 25일

'시대의 성자'로 불렸던 그리스의 소설가 니코스 카잔차키스는 『영혼의 자서전』에서 이런 고백을 한다. "나이가 들어 비로소 나는 지구가 우주의 중심이 아니며, 인간은 신의 아들이 아니라 짐승의 후손이며, 그들 또한 조상들 보다 총명하고 부도덕한 짐승이라는 모욕적인 개념들을 소화했다." 카잔차키스는 『그리스인 조르바』에서는 "인간이란 영혼이라는 이름의 짐을 지고 다니는 육체라는 이름의 짐승"이라고 말한다.

유튜브 조회 건수가 1,000만 건에 육박한다는 그 '몰래카메라 동영상'을 나도 봤다. 늦은 저녁부터 다음날 오전까지 주변의 여러 사람들이 보내줬다. 동영상을 보면서 니코스 카잔차키스의 인간에 대한 정의를 다시 한번 생각했다.

몰래카메라 동영상에 나타난 장면들에 법의 잣대를 들이대면 복잡해지지만 인간이 무엇인가라는 본질의 문제로 들어가면 해답은 쉽게 찾아진다. 그 장면들 하나하나가 그냥 자연스런 인간의 모습이라고 나는 고백할 수밖에 없다.

'인간이 무엇인가'라는 문제 다음으로 몰래카메라 동영상이 던지는 것은 '성이란 무엇인가'라는 질문이다. 여기에 대한 답은 스위스 태생의 천재 소설가 알랭 드 보통의 '인생학교'에서 해답을 찾는 게 좋을 듯싶다.

> "성에 관한 한 조금이라도 정상적인 사람은 거의 없다. 대부분이 죄책감과 노이로제, 마음을 어지럽히는 욕망, 무관심과 혐오에 시달리고 있다. 그렇기 때문에 우리들은 당혹스런 성적 충동에 좀 더 정상적으로 반응하지 못한 것에 자책하기보다 성이라는 게 본래 다소 이상하다는 점을 인정해야 한다."

몰카 동영상 댓글 중에는 독특한 성적 취향에 대한 비아냥이 많다. 하지만 성이라는 게 본래부터 이상하고 비정상적이라는 점을 감안하면 그럴 게 전혀 없다. 특히 몰카 동영상에 나오는 사람이 건강하고 혈기 넘치는 젊은이가 아니라는 점을 감안하면 어찌 보면 자연스러운 행위일 수도 있다고 나는 고백할 수밖에 없다.

몰래카메라 동영상이 던지는 세 번째 질문은 보도와 언론의 역할에 대한 것이다. 이번 몰카 동영상에 대한 얘기는 언론계에서는 1~2년 전부터 돌았었다. 얘기가 나오면 말도 안 된다며 가볍게 넘어갔던 사안이다. 그런데 이제 와 알고 보니 그게 사실이었다. 몇몇 언론사에는 조직적·불법적으로 동영상을 만든 범인들이 거액을 요구하며 거래를 시도했다는 점도 드러났다. 언론사가 범인들의 거래 제안을 거부한 것은 그 동영상이 지극히 불법적이고 비윤리적으로 만들어진 일종의 '장물'이라고 판단했기 때문일 것이다. 언론 보도에서 가장 중요한 것은 팩트 여부와 함께 취재 과정의 정당성이 담보돼야 한다는 점이다.

그런 점에서 이번 몰카 동영상은 그 내용이 100% 진실이라고 해도 정당성을 상실하고 있다고밖에 볼 수 없다. 신부들의 아동성추행을 보도해 퓰리처상을 수상한 보스턴 글로브 기자들은 오랜 시간 발로 뛰어 취재했지 돈을 노린 자들이 불법적·비윤리적으로 촬영한 것을 그대로 넘겨받아 보도한 것은 아니다.

이번 몰카 동영상은 황색 저널리즘과 선정주의, 소영웅주의, 그 이상도 이하도 아니다. 게다가 몰카 동영상 주인공이 인지능력도 없고, 스스로 움직이지도 못하는 상태로 2년 넘게 투병하고 있는 현실을 감안하면 이번 보도는 너무 잔인했다. 인간에 대한 예의도 아니다.

몰래카메라 동영상을 보도한 곳뿐만 아니라 SNS 등을 통해 이를 퍼 나른 우리 모두는 이 시대의 영웅 한 사람을 잔인하게 짓밟아버렸다. 우리들의 그 광기가 다음에는 또 어디로 튈지 무섭고 섬뜩하다.

재계19

재벌공화국은 없다

2017년 1월 22일

이재용 삼성전자 부회장의 구속영장이 기각된 후 반기업, 반재벌 여론이 고조되고 있다. “대한민국은 삼성공화국이고 재벌공화국이다. 유전무죄 무전유죄의 판결이다. 대한민국 법 위에 삼성이 있고, 재벌이 있다. 삼성 예외주의, 재벌 예외주의를 깨야 한다.”

촛불집회에서 나온 말이 아니다. 유력 정치인과 대선주자들이 한 말이다. 이런 기류를 반영, 국회에는 재벌기업과 삼성을 견제하는 법률안이 줄줄이 발의됐다. 과연 대한민국은 삼성공화국인가, 대한민국은 재벌공화국인가.

검찰과 특검 수사내용을 보면 SK그룹의 최고의사결정기구인 수펙스(SUPEX)추구협의회 의장을 맡았던 김창근 SK이노베이션 회장은 2014~2015년 창조경제혁신센터 개설 및 최태원 회장 사면 등과 관련해 당시 안종범 청와대 경제수석과 연락하고 식사도 한 것으로 드러났다. 이 과정에서 주고받은 문자 메시지가 최근 언론에 공개됐다. 그 내용이 일반의 상식과 많이 다르다. 대한민국에서 재벌과 정치권력의 관계가 어떤지를 잘 보여준다. 2014년 11월 김창근 회장이 안종범 수석에게 보낸 문자 메시지의 일부다.

"국정을 다루심에 무척이나 바쁘신 줄 아오나 잠시 시간을 내어 주심을 허락해 주시기를 앙청합니다. 수석님의 상황이 어떠신지 몰라 문자를 드리는 결례를 용서하여 주십시오."

여기서 핵심은 '앙청(仰請)'이다. 직역하면 '우러러 부탁한다'는 뜻인데 신하가 임금이나 황제에게 재가를 요청한다는 의미로 쓰인다. 대한민국이 재벌공화국이라면 오너인 최태원 회장 다음으로 SK그룹의 서열 2위인 김창근 회장이 대통령이나 청와대 비서실장도 아니고 일개 수석비서관에 불과한 사람을 임금이나 황제 대하듯 하겠는가. 식사나 차 한 잔 하자고 부탁하면서 용서해 달라고까지 하겠는가.

2015년 8월 형기의 3분의 2를 채우고 재계 총수 중 유사 이래 가장 긴 31개월의 수형생활을 한 최태원 회장을 박근혜 대통령이 사면해 주자 김창근 회장은 다시 한번 안종범 수석에게 문자를 보낸다. 김 회장은 "하늘 같은 은혜 영원히 잊지 않겠다."고 다짐한다.

대한민국 기업엔 정치권력이 바로 '하늘'이다. 일방적으로 기업이 빼앗기고 당할 뿐 하늘 같은 정치권력과 무슨 뒷거래가 가능하겠는가. 거래는 서로가 대등한 관계일 때 가능한 일이다.

최태원 회장의 사면을 대가로 거래가 있었다는 검찰이나 특검의 논리는 비약이다.

대한민국은 과연 삼성공화국인가. 이재용 부회장 뇌물죄 논란의 핵심 사안인 2015년 삼성물산-제일모직 합병 건은 애초 삼성은 물론 자본시장에서도 성사가 어려울 것으로 본 사람이 거의 없었다. 합병 주총을 한 달 앞둔 시점에 악명 높은 헤지펀드 엘리엇이 뜬금없이 등장하면서 일이 꼬였다. 두 회사의 합병을 놓고 찬성파인 삼성 및 국내 기관투자자 소액주주들과 반대파인 엘리엇 진영이 맞서는 상황에서 국민연금이 키를 쥐게 되고 박근혜 대통령과 경제수석실, 보건복지부는 약삭빠르게도 국민연금이 찬성표를 던지도록 지시한다.

문제는 그다음이다. 삼성물산-제일모직의 합병 결의 뒤 1주일쯤 지나 박근혜 대통령은 이재용 부회장을 불러 미르재단 출연 등 이런저런 요구를 노골적으로 했다. 마치 동네 조폭이 시장 상인들의 싸움에 끼어들어 이길 것 같은 쪽을 편들고는 엄청 생색을 내면서 뒷돈을 요구하는 것과 조금도 다를 게 없다.

그런데도 검찰과 특검은 폭력배 두목은 놔두고 삥뜯긴 시장 상인을 뇌물죄로 처벌하겠다고 야단법석이다. 경총 부회장의 말처럼 "뭘 안 주면 안 줬다고 패고, 주면 줬다고 패는" 현실에서 무슨 재벌공화국이고, 무슨 삼성공화국이란 말인가. 재벌공화국은 없다. 삼성공화국도 없다. 대한민국에는 오직 조직폭력배 같은 정치권력만 있다.

재계20

불혹의 LG 회장 구광모

2018년 7월 23일

'정도경영'을 실천한 고 구본무 회장의 뒤를 이어 매출 160조원, 재계 서열 4위의 LG그룹 총수로 구광모 회장이 선임돼 공식 출범했다. LG그룹의 4세 경영자 신임 구광모 회장은 1978년생으로 만 40세의 젊은 총수다. 흔들림 없는 주관으로 세상을 판단하는 '불혹(不惑)'의 나이지만 본인이 느낄 부담감은 이루 말할 수 없을 것이다. 그가 거창한 취임식을 온라인 게시판의 인사말로 대신하고 회장보다 '대표'라 불러 달라고 한 것도 이런 이유 때문일 것이다.

사실 글로벌 기업 LG호를 끌어가려면 흔들림 없는 주관만으로는 많이 부족할 것이다. 공자는 50세에 역경을 공부하고 나서 하늘의 뜻을 알았고, 60세가 되니 누가 무슨 말을 해도 귀에 거슬리지 않았으며, 70이 되고 보니 마음 내키는 대로 행동해도 세상 법도에 어긋나지 않았다고 했다. LG그룹 정도를 끌어갈 총수라면 불혹이나 지천명(知天命), 이순(耳順)이 아니라 종심소

욕불유구(從心所慾不踰矩)의 내공이 필요할 것이다.

그러나 세상일이 어디 마음대로 되던가. 인생을 살다 보면 피할 수 없는 일이 종종 있다. 자신에게 어렵고 고단하고 심지어 흉한 자리가 될 것이라는 것을 알면서도 피하지 않고 맞서야 할 때가 있다. 그게 군자의 도리라고 공자는 가르친다. 그리고 진정으로 어려움에 봉착했을 때 사람은 자신의 지혜나 잠재 에너지가 발휘된다.

구광모 신임 회장도 그렇다. 그가 친부인 구본능 회장 곁을 떠나 구본무 회장의 양자로 들어간 것도, 불혹의 나이에 LG그룹 총수 자리에 오른 것도 모두 그에게는 피할 수 없는 수다. 가문의 결정이고 그룹의 전통이기 때문이다. 일부 시민단체 등에서 구광모 회장의 취임을 놓고 전근대적 지배구조의 전형이고 경영능력에 대한 검증도 없이 이루어졌다고 비판하지만 더한 욕을 먹더라도 피할 수 없는 일이다.

모든 기업 총수가 그렇지만 불혹의 신임 구광모 회장 앞에 놓인 숙제도 한둘이 아니다. 가장 시급한 것은 그룹의 신성장동력을 확보하는 일이고, 조직을 혁신하고 지배구조를 개편하는 일도 화급하다. LG그룹은 삼성이나 SK와 달리 그룹을 먹여 살리는 글로벌 1등 사업, 확실한 캐시카우가 없다. 전자, 화학, 통신, 바이오 등에서 어떻게 미래 먹거리를 찾아내느냐가 구광모 회장 체제의 LG가 당면한 큰 고민거리다. 반듯하지만 역동성이 부족한 그룹문화를 젊고 빠르고 혁신적 조직으로 바꾸는 일도 신임 회장 앞에 놓인 과제다.

구광모 회장은 어떻게 숙제를 풀 것인가. 중국 알리바바의 마윈 회장은 성공한 기업의 리더는 영재도 아니고 전문가도 아니라고 했다. 평범한 사람들이 모여 평범하지 않은 기업을 일궈내는 게 중요하다. 이를 위해서는 명확한 목표를 갖고 권력과 권한은 아래로 넘기고, 끝없이 배우고 소통해야 한다고 마윈은 말한다. 젊은 구광모 회장이 참고할 만하다.

세상에 슈퍼 경영자는 없다. 그건 신화일 뿐이다. 아무리 탁월한 경영자도 경기 사이클과 업황을 뛰어넘을 수는 없다. 세상에는 개인 능력으로 감당할 수 없는 일이 산만큼이나 많다. 또 능력이 뛰어나도 기회가 오지 않으면 성취할 수 없다. 우주도 역사도 인생도 모두 미완성이다. 당연히 기업 경영도 미완성일 수밖에 없다.

너무 잘하려고 하지 말고 그냥 해라. 구자경·구본무의 길이 있듯이 구광모의 길이 있다. 구광모 회장은 자신만의 길을 만들어 가야 한다. 스스로 도와야 하고 스스로 일어서야 한다. 앞날을 너무 걱정하지 말고 더 절제하고 더 겸손하게 묵묵히 이루어 가다 보면 모두가 그를 믿고 따를 것이다. 영웅은 원래 모습이 평범하다.

재계21

최종현 회장을 다시 만나다

2018년 9월 21일

"여기에서 보니까 표정까지 자세히 보이고 좋네요. 잠깐이지만 그리웠던 사람들도 다시 보고 궁금했던 대한민국과 SK의 모습을 볼 수 있어서 더할 나위 없이 행복합니다."

지난달 24일 서울 워커힐호텔 비스타홀에서 열린 고 최종현 회장 20주기 추모행사. 최종현 회장이 최신 기술인 홀로그램 영상으로 생전의 모습과 음성으로 무대에 나타났다. 홀로그램으로 부활한 최종현 회장은 5분여에 걸쳐 추모식에 참석한 500여 명의 추모객에게 일일이 감사 인사를 전했다. 최종현 회장은 그가 평소 즐겨 먹은 수원식 육개장을 맛있게 드시라는 인사를 하면서 무대를 떠났다.

선대회장이 떠난 뒤 최태원 회장이 감사 인사를 하기 위해 무대로 나왔다. 최태원 회장도 20년 만에 선친을 만난 감동에 말을 잇지 못했다. 마음을 진정시킨 최 회장은 가슴 벅찬 목소리로 "오늘 이 자리가 선대회장을 추모하는 데 그치지 않고 새로운 꿈을 꾸고 같이 만들어 나가는 자리가 된 것을 기쁘게 생각한다."고 말했다. 가슴이 먹먹해진 것은 비단 최태원 회장이나 SK 임직원만은 아니었다. 500여 추모객 모두의 가슴에 감동이 밀려왔다.

홀로그램으로 20년 만에 무대에 등장해 인사하기 전 최종현 회장은 그가 세운 한국고등교육재단 장학생 출신인 염재호 고려대학교 총장과 20여 분간 영상대담을 했다. 그래픽과 사진으로 구현된 최종현 회장은 자신의 국가관, 기업관, 인재관은 물론 SK의 경영철학인 SKMS, 그리고 SK의 사회적 가치경영에 대해 대화를 나눴다.

전통적 형태의 추모식에서 벗어나 첨단기술이 반영된 새로운 복합공연 형태로 치른 최종현 회장의 20주기 기념행사는 "선대회장이 SK그룹의 비약적인 성장을 직접 확인한다면 어떤 말을 하실까?"라는 최태원 회장의 물음과 아이디어에서 출발했다. 최태원 회장은 이날 인사말에서 "20년이 됐다고 해서 추모만 하는 것이 아니라 실제로 한 번 나타나 주시면 얼마나 좋을까 하는 생각이 들어 영상과 프로그램을 만들었다."고 설명했다. 이런 고민 끝에 나온 것이 염재호 총장과의 영상대담이었고, 이날 행사의 하이라이트인 홀로그램을 통한 최종현 회장의 등장이었다.

실감형 미디어인 홀로그램은 기술 난이도가 높아 세밀하게 영상을 구현하는 게 매우 어렵지만 최근 5G(5세대)기술의 급속한 발달로 가능케 됐다. SK그룹이 선대회장의 모습과 목소리를 완벽하지는 않지만 추모객들에게 감동을 줄 만큼 재현할 수 있었던 것은 SK텔레콤의 5G기술 덕분이었다.

SK는 삼성과 현대차에 이어 재계 서열 3위지만 균형 잡힌 사업 포트폴리오를 토대로 뛰어난 경영성과에다 안정된 지배구조까지 갖춰 종합적으로 보면 가장 선두에 서 있다고 해도 과언이 아니다. 이런 성과와 결실의 정점에는 당연히 최태원 회장이 있다. 더욱이 최태원 회장이 끌어가는 SK호에는 어느 기업에도 없는 새로운 경영전략인 '사회적 가치'라는 게 있다. 고 최종현 회장이 영상인터뷰에서도 강조했지만 21세기 초일류기업이 되기 위해서는 기술력과 같은 하드웨어만으론 부족하다. 소프트웨어 측면에서 시스템을 갖춰야 하는데 그게 바로 SKMS고, 최태원 회장의 SK에서는 SKMS의 핵심이 바로 '사회적 가치'다.

기존의 형식적이고 엄숙하기만 한 추모식에서 벗어나 최첨단 기술을 동원하고 과거와 현재, 미래를 공유하는 복합공연 형태로 진행된 고 최종현 회장 20주기 추모식은 왜 SK가 1등 기업인지를 보여주고도 남았다. 최태원 회장은 추모객들이 만찬을 즐길 때 본인은 식사도 거른 채 모든 테이블을 일일이 찾아다니며 감사 인사를 전하고 건배를 했다.

재계22

공자의 서(恕), 최태원의 사회적 가치

2019년 6월 9일

재능이 뛰어나 장사도 잘하고 정치·외교에도 탁월했던 제자 자로가 스승 공자에게 물었다.

"한마디 말로 평생 실천할 만한 게 있습니까."

"그것은 바로 서(恕)다."

'서'는 용서하는 마음이고 어진 마음이다. 다른 사람의 마음과 내 마음이 같이 공감하는 마음이다. 나를 미루어 남을 생각하는 마음이며, 자신이 바라지 않는 것은 남에게도 베풀지 않는 그런 마음이다. 공자가 강조한 '서'는 불가의 '보시(普施)'와 같은 개념이다.

지난달 서울 그랜드워커힐호텔에서 열린 사회적 가치 교류의 장인 '소셜밸류 커넥트(SOVAC) 2019' 행사에서 최태원 SK 회장은 사회적 가치(Social Value) 창출은 이제 거스를 수 없는 대세라고 선언했다. 최 회장은 "사회적 가치를 추구하는 과정에서 우리 사회가 지속가능사회로 나아갈 수 있는 희망과 가능성을 봤다."고도 말했다. 최태원 회장은 "우리 사회의 문제 발생 속도가 해결 속도보다 훨씬 빨라진 상황에서 이 상태로 계속 가면 지속가능사회가 오지 않을 수도 있다."고 경고했다.

그는 이 같은 현실을 돌파하기 위해서는 "사회적 가치를 추구하면서 통합의 방법론을 찾아야 하고 정부와 민간, 영리와 비영리 등 기존 카테고리를 뛰어넘어야 한다."고 강조했다. 최 회장은 사회적 가치를 기업 경영에 접목하는 것에 대해서는 "돈 버는 일은 착하지 않다는 식의 이분법적 사고를 버려야 한다." 고도 말했다. 그는 "사회적 가치를 만드는 선한 일도 돈을 벌어야 하고, 이를 통해 잘 사는 모습을 보여줘야 더 많은 사람이 사회적 가치를 향해 모일 것"이라고 설명했다.

양극화와 갈등사회를 넘어 지속가능사회로의 발전을 위한 통합과 연결의 방법론을 제시하고 기업 경영에서 이를 어떻게 적용하고 접목할 것인지까지 제시한 SOVAC 행사에서 최태원 회장의 발언은 대한민국기업사에서 대단한 의미를 갖는다. 우리 기업들이 나아갈 또 하나의 방향을 제시했다는 점에서도 의의가 크다. 그럼에도 이날 행사 말미에 최 회장이 개인적으로 어떤 계기로 사회적 가치를 추구하게 됐는지를 밝힌 '깜짝 고백'에만 관심이 쏠리면서 발언의 핵심에 대한 주목도가 떨어진 것은 안타깝다.

SK는 당초 이 행사를 주관하면서 참석자를 많아야 2천 명 정도로 예상했지만 실제 행사장에 모인 사람은 4천 명이 넘었다.

참석자 수를 떠나 평생 이렇게 뜨거운 열정의 공공행사를 본 적이 없다. 마치 아이돌그룹 팬미팅이나 종교행사처럼 오전 시작부터 늦은 밤 끝날 때까지 열기가 지속됐다.

SK와 최태원 회장이 주도하는 사회적 가치 행사는 한 기업과 특정 개인을 떠나 하나의 사회운동(Social Movement)으로 확산되고 있다. 모르긴 해도 최태원 회장이 돈에는 전혀 관심 없고 오로지 사람에게만 관심을 갖는, 자신과는 반대인 사람을 만나 사회적 기업과 사회적 가치에 눈을 뜨게 됐다고 고백한 것도 이런 열정과 뜨거움 때문이었으리라.

사람은 누구나 열정, 공감, 진심 같은 것을 확인하면 솔직해질 수밖에 없다. 또 그게 설령 한편에서 욕을 먹더라도 스스로를 위장하는 것보다 훨씬 인간적이고 아름답다. 최태원 회장은 그런 선택을 한 것이다.

최태원 회장은 다음달 대한상의가 주최하는 제주포럼에서 '기업 성장전략으로서 사회적 가치의 의미'를 주제로 강연할 예정이다. 사회적 가치는 유가의 서나 불가의 보시와 맥을 같이하면서 한국 사회가 양극화와 갈등사회를 넘어 지속가능사회로 발전하는 데 필수조건이다. 최태원 회장이 우리 사회에 큰 화두를 던졌다.

재계23

이재용, 욕됨을 참다

2021년 1월 31일

삼성전자 이재용 부회장이 '국정농단' 파기환송심에서 징역 2년6개월을 선고받고 수감됐다. 2017~2018년에 이어 두 번째 구속이다. 이 부회장이 재상고하지 않기로 함에 따라 그는 앞으로 사면 등의 조치가 없는 한 내년 7월까지 남은 1년6개월의 징역형을 살아야 한다.

인욕(忍辱). 욕됨을 참고 견디는 것이다. 감옥살이는 처음부터 끝까지 치욕스러움의 연속이다. 구치소나 교도소에 들어가면 교정당국이 제일 먼저 하는 일이 몸에 있는 구멍이라는 구멍은 다 들여다보고 뒤지는 것이다. 이동할 때면 늘 수갑을 차고 밤에 잠을 잘 때도 전등불을 켜 둬야 한다. 밥과 반찬은 '식구통'이라는 개구멍 같은 곳을 통해 받아먹는다. 자아가 강한 사람일수록 치욕스러움에 몸을 떨지만 그럴수록 본인만 힘이 든다.

이 부회장은 징역을 1년 살아봤기 때문에 충격이 덜하겠지만 한편에서는 감옥살이의 욕됨을 너무 잘 알기에 이번에는 제발 구속은 피해 가기를 기도했을 것이다. 치욕을 견디지 못하면 성공할 수 없다. 이재용 부회장은 파기환송심 최후 진술에서 "국격에 맞는 새로운 삼성을 만들어 너무나도 존경하는 아버님께 효도하고 싶다."고 울먹였다. 이런 그의 소박한 꿈을 이루려면 지금의 치욕을 참아내야 한다.

이재용 부회장이 국정농단 사건과 관련해 2년6개월의 실형을 선고받은 일은 사법부의 판단을 별개로 하면 정치권력에 의한 기업인의 희생이다. 뇌물사건이 아니라 뇌물강요 사건이다. 이 부회장은 재판과정에서 재판장의 제안을 받아들여 외부인으로 구성된 준법감시위원회를 설치·운영했다. 무노조경영 폐기와 노동3권 보장을 약속하고 자녀들에게 경영권을 승계하지 않겠다고까지 선언했다. 그런데도 재판 결과는 달라진 게 없다. 이 부회장 재판은 본질이 정치재판이다.

불원천불우인(不怨天不尤人). 세상 누구도 진심을 알아주지 않지만 하늘을 원망하지 않고 사람들을 탓하지도 않는다. 준법감시위원회 활동을 열심히 하면 최소 구속은 하지 않을 것처럼 말했다가 전직 대통령 사면론에 대한 부정여론이 고조되는 등 사회 분위기가 심상치 않게 돌아가자 없던 일로 해 버린 재판부가 원망스러울 것이다. 재판부의 말만 믿고 안이하게 대응한 변호인단과 그룹 참모들이 못마땅할 수도 있다.

그렇지만 애초 삼성 총수는 그런 자리다. 엘리트 참모가 무수히 많지만 정작 쓸 만한 사람은 없다. 사람은 누구나 그림자를 안고 산다. 이 부회장은 여기에다 외로움이라는 십자가까지 평생 지고 살아야 할 운명이다.

화복상의(禍福相倚). 화와 복은 서로 의지한다. 부자가 되고 최고의 자리에 오르면 늘 골치 아픈 일이 생긴다. 어떤 일이 좋은 일이 될지 나쁜 일이 될지는 전적으로 자기 하기 나름이다. 감옥살이가 꼭 나쁜 것은 아니다. 감옥살이의 불편함이 이 부회장을 깨어 있게 할 것이다. 몸이 갇혀 있다고 마음과 정신까지 갇히는 것은 아니다. 이 부회장이 옥중 메시지를 통해 자신은 수감 중이지만 계열사들이 투자와 고용창출, 사회적 책임을 다하도록 하겠다고 선언하고 뒤이어 삼성전자가 콘퍼런스콜을 통해 대형 M&A(인수·합병)와 파운드리(위탁생산) 등 반도체 분야에서 대규모 투자를 발표한 것은 정말 잘한 일이다.

화광동진(和光同塵). 빛을 거두어들이고 티끌과 먼지에 동참한다. 글로벌 1등 기업의 총수지만 코로나19가 창궐하는 감옥에서 평범한 보통사람들과 하나가 된다. 이것이 근본과 합치되는 것이며 수양하는 사람의 표본이다. 이재용 부회장의 삶이 힘든 것은 그가 삶을 잘못 살아서가 아니다. 그가 지금 겪는 고통스러운 경험이 실패를 의미하지도 않는다.

두 번의 추운 겨울과 한 번의 무더위에 코로나19 바이러스까지, 내년 7월 만기출소 때까지 잘 버텨야 한다. 행여 가석방을 위해 정치권력에 사면을 구걸해서도 안 된다. 감옥살이라는 게 하루가 3년 같지만 재소자들의 말처럼 징벌방에 거꾸로 매달아

놓아도 법무부 시계는 돌아간다. 이 부회장 스스로 다짐했듯이 겸허하게 자신을 성찰하면 1년6개월의 시간이 결코 헛되지 않을 것이다. 이게 바로 '새로운 삼성'의 출발점이다.

정책1

판교의 꿈

2006년 9월 18일

5천여 가구 분양에 15만 명 이상 몰린 판교 아파트에 청약을 했다. 강남 입성은 아무리 궁리해 봐도 불가능한 현실에서 판교는 정부가 5년 전 저밀도 친환경 주거단지로 개발을 발표할 때부터 품어 온 소망이었다. 청약을 앞두고 며칠 고민 끝에 골프장 조망권을 갖췄다는 곳에 베팅을 했다. 혹시 당첨이 되면 언제든 푸른 잔디가 깔린 넓은 골프장을 바라보고 살 수 있다고 생각하면 낭만적이기까지 했다.

판교 아파트에 청약하기로 한 것은 지금 살고 있는 집이 좁아서가 아니다. 입시학원들이 즐비하고 외고와 과학고를 많이 보내는 중학교도 있는 등 교육여건도 나쁘지 않다. 골프장까지는 아니더라도 창밖으로는 공원도 보인다. 교통도 직장이 있는 광화문을 기준으로 하면 판교보다 못할 게 없다.

다만 한 가지 집값이 강의 남쪽에 있는 아파트들에 비해 오르지 않는다는 약점은 있다. 주변에서는 이게 치명적이라고 한다.

그래서 고백하자면, 판교 청약은 골프장 조망권 같은 낭만적인 이유에 따른 것도 아니고, 내 집 마련이라는 소박한 꿈을 이루기 위한 것도 아닌 집값 상승에서 소외받지 않기 위한 투기적 요인이 가장 컸다.

판교 청약이 투기요, 베팅이다 보니 당연히 당첨 시 자금조달 계획이 확실하지 않았다. 확실한 것은 그동안의 경험에서 얻은, 자금계획 등을 따지다간 평생 서민주택에서 벗어나지 못하고 궁색함을 면치 못한다는 나름의 결론이었다. 판교 중대형 아파트에 당첨되면 조달자금에 대해 국세청에 소명해야 하고 총부채상환비율(DTI)이라는 제도가 적용돼 연봉 등 개인소득에 따라 은행 대출도 제한받는다고 하지만 개의치 않았다. 그 정도 위협에 흔들리면 평생 '강의 북쪽'에서만 살아야 한다는 사실을 너무도 잘 알기 때문이다.

그나마 지방에서 살지 않고 서울 언저리에서 버텨 온 덕분에 15만 명 대열에 낄 수 있었다는 사실에 감사하고 있다. 지방에서 살고 있는 친구들에 비하면 그나마 베팅할 기회를 가진 것 자체가 행운이라고 생각했다. 청약한 판교 아파트의 경쟁률이 세 자릿수를 넘는다고 하니 당첨확률은 1%도 안 된다. 그렇지만 이번에 실패하더라도 내년에 다시 판교 연립이나 판교 주상복합에 도전할 생각이다. 은평 뉴타운이 좋다느니, 파주 운정지구가 좋다느니 하지만 '강의 북쪽'에는 생각이 전혀 없다.

그런데 아파트에 투기하고 베팅하는 건 나 같은 소시민들만은 아닌 것 같다. 판교만 해도 그렇다. 처음에는 강남 집값 안정을 내걸고 시작됐지만 개발이익 환수를 명분으로 채권입찰제를 도입하고 실제 분양가를 분당의 90%선에 맞춘 결과, 당초 발표한 중대형 기준 1,200만 원대보다 50% 정도 상승한 1,800만 원대로 올라갔으니 말이다. 정부가 엄청난 집장사를 한 것이다.

문제는 여기에 그치지 않는다. 판교 고가 분양의 결과는 분당, 용인 등 주변 집값 상승의 결정적 원인이 되고 있다. 야당 소속의 전현직 시장이 한목소리로 현 참여정부의 부동산 정책을 비판하면서 대안으로 제시한 강북 재개발, 이른바 뉴타운사업도 역시 말문이 막히게 한다. 뉴타운사업의 첫 사례인 은평 뉴타운의 경우 건축비는 정부가 정한 표준건축비보다 1.6배 이상 높고 판교에 비해서도 50만 원 이상 비싸다.

그 결과 이번에는 뉴타운발 투기바람이 불고 있다. 투기와 집장사에는 개인과 정부, 지자체가 따로 없다. 부동산 투기 앞에선 보수와 진보의 구분도 의미가 없다. 물론 여야가 따로 없다. 부동산 투기 앞에선 우리 모두가 하나다. 그래서 대한민국이다.

정책2

톨스토이에게 종부세를 묻다

2006년 11월 27일

요즘 같은 늦가을이나 초겨울에 듣기 좋은 음악으로는 무엇이 있을까. 아마 슈베르트의 아르페지오네 소나타일 것이다. 아르페지오네는 지금의 첼로와 비슷한 악기로 눈물을 가득 담은 소리통이라는 말을 들을 만큼 음색이 슬픈 악기지만 안타깝게도 잠깐 연주되다 사라지고 말았다. 음악에 관심이 많지 않은 사람도 이 곡을 들어 보면 금세 그 애잔함과 쓸쓸함에 함께 빠지고 말 것이다.

늦가을이나 초겨울에 듣기엔 러시아의 침울한 서정을 잘 표현한 차이코프스키 곡들도 좋다. 그의 대표작 교향곡 제6번의 이름부터가 〈비창〉이다. 〈비창〉 외에 차이코프스키의 피아노곡, 현악곡 등도 모두 슬프고 비통하기조차 하다.

차이코프스키와 동시대를 살았던 사람 중에는 대문호 톨스토이가 있다. 톨스토이는 금욕적 예술주의자로도 유명하다. 톨스토이는 베토벤에 대해서조차 그의 음악이 사람을 너무 흥분시킨다는 이유로 강하게 비판한다. 이런 톨스토이도 차이코프스키 음악에는 흠뻑 빠지고 만다.

1876년 톨스토이는 그가 살고 있던 야스나야 폴랴나를 떠나 오랫만에 모스크바를 방문하는데, 이때 톨스토이를 위한 작은 음악회가 열렸다. 톨스토이와 차이코프스키는 나란히 앉아 음악을 들었다. 마침 차이코프스키의 현악 4중주곡 제1번이 연주되자 톨스토이는 감동에 겨워 눈물을 흘렸다. 차이코프스키는 한참 뒤 자신의 일기에서 그때만큼 작곡자로서 기쁨과 보람을 느낀 적이 없었다고 회고했다.

모스크바에서 꽤 떨어진 야스나야 폴랴나에는 톨스토이의 유택이 있다. 음악을 너무 좋아했던 이 거인의 무덤은 예상외로 너무 작고 초라하다. 대리석 등으로 깎아 만든 송덕비는커녕 나무 푯말 하나 없다. 무덤을 만들 때 농노 등 다른 사람의 수고를 빌려서는 안 된다는 유언에 따라 톨스토이의 무덤은 마치 아기 무덤처럼 작다.

지금은 고인이 된 미국 HP의 공동 창업자 빌 휴렛과 데이비드 팩커드는 평생 모은 재산을 사회에 기부한 것으로 유명하다. 마이크로소프트의 빌 게이츠나 워런 버핏처럼 미국 기업가들의 기부와 자선활동은 그 전통이 모두 휴렛과 팩커드에서 시작됐다고 해도 과언이 아니다. 데이비드 팩커드는 억만장자였음에도 은퇴 후에는 아내와 함께 자신이 손수 지은 시골집에서 여생을 마무리한다.

내달 종합부동산세 과세를 앞두고 강남, 서초, 분당, 과천, 목동 등 집값이 많이 오른 지역 주민들을 중심으로 세금을 거부하는 움직임이 일고 있다. 수천 명의 주민들이 종부세 개정 촉구 결의안을 구의회 등에 제출하는가 하면 종부세 이의신청과 위헌소송도 준비하고 있다.

집이라는 동일한 과세 물건을 놓고 재산세를 내게 한 후 다시 종부세를 물리는 건 이중과세가 아니냐는 항변도 일리가 있다. 강남이든 목동이든 부자동네라고 하지만 달랑 아파트 한 채가 전재산인데 수백, 수천만 원의 종부세를 내라고 하면 어떻게 살란 말이냐는 주장도 한편에선 납득이 간다.

그렇지만 종부세 과세 대상 아파트값이 시가 기준 최소 10억 원이 넘고, 최근 몇 년 새 이들 지역에서 집값이 적게는 수억 원에서 많게는 10억~20억 원까지 올랐다는 현실을 감안하면 많아야 1천~2천만 원일 종부세를 내지 못하겠다는 것은 조금은 지나치다는 생각이 든다. 집 없는 서민들이 느낄 분노와 절망, 좌절감을 감안하면 더더욱 그렇다.

대한민국이라는 공동체가 희망이 없다면 그것은 위대한 지도자가 없기 때문이 아니다. 지도자는 선거를 통해서 다시 뽑으면 된다. 기업가들의 투자 의욕이 꺾여서도 아니다. 기업은 태생적으로 돈벌이가 될 만한 것이라는 판단이 서면 아무리 규제를 해도 결국 투자를 한다. 어떤 의미에서든 상대적으로 혜택을 받은 상위계층의 사람들이 절제하지 않고 겸손하지 않을 때 그

공동체에는 희망이 없다. 남의 수고를 빌려서는 자신의 무덤조차 만들지 못하게 했던 톨스토이와 모든 재산을 사회에 기부하고 떠난 휴렛과 팩커드에게 2006년 대한민국의 종부세 저항에 대해 물어보고 싶다.

정책3

천국은 없고 잔치는 끝났다

2008년 3월 3일

4세기 말 이집트의 알렉산드리아에는 '타이스'라는 유명한 창녀이자 무희가 있었다. 뭇 남자들이 팜므파탈 타이스에게 빠져 도시가 휘청댈 정도였다. 이를 보다 못한 기독교의 젊은 수도사 아타나엘이 타이스를 개종시키기 위해 나섰다. 수도사 아타나엘의 정성과 설교에 감복해 창녀 타이스는 기독교에 귀의하게 되고, 수녀원에 들어가 성녀가 된다.

그런데 이번에는 수도사 아타나엘이 타락하고 만다. 아타나엘은 타이스를 통해 여자를 알게 되고, 성욕의 포로가 돼 버렸다. 그는 알렉산드리아의 뒷골목에서 비참하게 일생을 마감했다. 프랑스를 대표하는 오페라 작곡가 쥘 마스네(Jules Massenet)의 오페라 〈타이스〉의 줄거리다.

오페라 〈타이스〉에는 마지막 대목에 수도사 아타나엘이 "세상에 천국 같은 것은 없다. 오직 지상의 애욕만이 진실된 사랑이다."라고 절규하는 대목이 있지만 오페라를 보고 나면 인간의 본질은 무엇인지, 과연 누가 성자이고 누가 창녀인지, 위선과 진실의 경계는 어디인지 등 근원적 질문에 부딪친다. 쇼펜하우어가 『인생론』에서 말한 성욕에 대한 구절이 떠오른다.

"성욕은 가장 진실된 일도 중지시키며 위대한 정신을 혼란시킨다. 외교나 학술연구에 몰두해야 할 때도 성욕은 불쑥 나타나 판단을 그르치게 한다. 친구와의 우정을 끊어버리고, 견고한 마음의 사슬을 풀어버리며, 정직한 사람을 철면피로 만든다. 남녀 간의 사랑이란 아무리 미화해도 성욕이 핵심이다."

마스네나 쇼펜하우어가 던지는 메시지는 인간의 이중성과 위선에 대한 고백이다. 인생과 사랑에 대해 꿈을 깨라는 소리이기도 하다. 꿈을 깨야 한다니까 지난 주말 미국의 투자 귀재 워런 버핏이 주주들에게 보낸 편지가 생각난다. 이번 버핏 서한의 핵심은 한마디로 "투자자들이여, 꿈을 깨라."는 것이기 때문이다. 버핏의 편지가 폐부를 찌른다.

"미국 사람들은 주택 가격이 영원히 오를 것이라고 믿었지만 거품은 꺼졌고, 금융시장에서 행한 온갖 바보짓이 모습을 드러내고 있다. 주식투자를 통해 한 세기 동안 줄곧 연 10%의 수익을 얻고자 한다면 2100년까지 다우지수는 현재의 1만2천 선에서 2천

4백만 선까지 상승해야 한다. 이 산식이 가능하겠는가. 해외 국부펀드가 미국 기업들을 사들이는 것은 미국이 초래한 것이지 외국 정부의 음모가 아니다. 이제 잔치는 끝났다."

꿈을 깨야 하는 것은 미국 정부나 미국의 투자자들만은 아니다. 한국의 투자자들도 주가 2천 시대, 3천 시대의 꿈을 깨야 한다. 특히 새로 출범한 이명박 정부는 '7·4·7의 꿈'에서 빨리 깨어나야 한다. 연 7% 성장과 국민소득 4만 달러, 세계 7위 경제대국은 강만수 기획재정부 장관이 고백한 대로 비전이고 꿈일 뿐이다. 지난 1~2월 같은 경제 상황이라면 올해 성장률은 5% 달성도 어렵고, 3%대로 떨어질 수도 있다. 세계 7위 경제대국이 되려면 국내총생산(GDP) 규모를 현재의 9천억 달러 수준에서 1조9천억 달러 정도로 끌어올려야 하는데 이게 쉽게 될 일인가.

정권만 바뀌면 모든 게 잘 풀릴 줄 알았지만 그게 아니었다는 것을 요즘 실감하고 있다. '고소영'과 '강부자'와 '강금실'은 많아도 능력에 도덕성을 갖춘 장관을 찾는 것조차 쉽지 않다는 걸 확인했다. 게다가 기름값에서 라면값까지 오르지 않는 게 없다, 국제수지는 또 왜 이렇게 악화되고 있는지…. 어떻게 해야 할까. 정부도 기업도 국민도 꿈부터 깨야 한다. 잔치는 끝났다.

정책4

단백질 중독증, 소의 복수

2008년 5월 6일

고기를 자주 먹나요? 육식을 한두 끼만 하지 않아도 허전한가요? 순 살코기보다 지방이 많이 섞인 게 훨씬 맛있지 않나요?

이 정도면 고기 맛을 제대로 안다고 할 수 있다. 한편에선 단백질 중독에 걸렸다고도 볼 수 있다. 고기는 먹으면 먹을수록 기름기가 포함된 부위를 좋아하게 된다. 쇠고기는 지방이 꽃처럼 피어 있는 꽃등심이 제일이고, 돼지고기도 살코기와 지방이 절반 정도씩인 삼겹살이 맛있다. 고기를 즐겨 먹을수록 기름기가 섞인 부위를 찾게 된다는 것은 역사적으로 증명된 사실이다.

인류 역사상 가장 일찍부터 탐욕적으로 쇠고기를 먹었던 민족은 영국인이다. 특히 근대 자본주의가 가장 먼저 발달했던 영국은 국내 쇠고기 수요가 급증하자 미국, 아르헨티나, 호주, 뉴질랜드 등에 거대한 초원을 개발, 대대적으로 소를 사육하게 되었다.

문제는 대초원에서 풀만 먹고 자란 소는 지방이 많지 않다는 점이다. 따라서 쇠고기를 조상 대대로 즐겨 먹었던 영국인들 입맛엔 맞지 않았다. 지방이 충분히 포함된 쇠고기를 생산하려면 소를 비육우로 키워야 했다. 소한테 곡물을 먹이기 시작한 것이다. 다행인지 불행인지 19세기 말 미국에서는 옥수수가 처치 곤란한 상태였다. 소에게 곡물사료를 먹이기 시작한 일은 그러나 엄청난 대가를 치르게 된다. 광우병의 비극도 여기에 그 단초가 있다.

소는 초식동물이다. 옥수수와 같은 곡물을 먹이게 되면 여러 가지 소화기 질환을 일으키게 된다. 더욱이 단기간에 소를 살찌우기 위해 곡물사료에서 한 발 더 나아가 동물의 살과 뼈가 포함된 사료를 먹이기까지 했으니 소가 미치지 않고 견딜 수 있겠는가.

세계적으로 보면 소 광우병도, 인간 광우병도 단연 영국이 압도적으로 많은데 쇠고기와 비육우에 얽힌 이 같은 역사를 알면 충분히 이해가 간다. 영국인들에 대한 소의 복수라고도 할 수 있다. 쇠고기는 양질의 단백질과 몸에 좋은 콜레스테롤, 철분, 비타민 등 영양분의 보고지만 그 이면에는 슬픈 역사가 있다.

아메리칸 버펄로와 이를 토대로 수천 년간 살아왔던 아메리칸 인디언들의 희생이 우선 그것이다. 미국의 서부지대는 수천 년 이상 아메리칸 버펄로와 인디언들의 삶의 터전이었지만 남북전쟁 이후 영국 자본이 들어와 소 사육에 나서면서부터 인디언도, 버펄로도 역사의 뒤안길로 사라지고 말았다.

육우기지화는 미국 서부지역에 그치지 않았다. 멕시코, 우루과이, 아르헨티나, 브라질 등 중남미 초원으로 확산됐다. 아마존의 열대우림이 불태워져 목축장으로 바뀌었고, 소들에게 먹일 사료를 생산하기 위해 지역의 토착 농민들이 고향을 떠나야 했다.

세계인구 중 10억 명에 가까운 사람들이 지금도 절대 빈곤에 허덕이고 있다. 이에 비해 미국에서 생산되는 곡물의 70% 정도는 소를 비롯한 가축사육에 소비되고 있다. 특히 소는 '가축의 캐딜락'이라 불릴 정도로 음식물의 에너지 전환이 비효율적이다. 우리가 쇠고기를 즐겨 먹는 대가가 그만큼 크다는 의미다.

천문학적 인구의 절대 빈곤화, 열대우림의 파괴와 사막화, 물 부족 사태와 지구 온난화에 이르기까지 과도한 육류 섭취와 단백질 중독의 대가는 엄청나다. 이런 점에서 단백질 중독은 광우병의 원인 제공자이지만 광우병보다 더 무서운 질병이다. 광우병만이 아니다. 지금 우리를 떨게 하는 조류 인플루엔자(AI) 역시 단백질 중독의 유산이다. 인간에 대한 닭과 오리의 복수다.

『육식의 종말(*Beyond Beef*)』의 저자 제레미 리프킨은 말한다. 육식문화를 초월하는 것은 우리 자신을 원상태로 돌리고 온전하게 만들고자 하는 징표이자 혁명적 행동이라고. 자연을 회복시키고 우리의 존재를 새롭게 하는 것이라고.

〈추신〉

‘강부자 내각’에 이어 미국산 쇠고기 수입 재개에 따른 광우병 논란이 겹치면서 출범한 지 겨우 3개월밖에 안 된 이명박 정부의 근심이 깊어지고 있다. 일부 여론 조사에서 이 대통령의 지지율이 30%대로 떨어지는가 하면 포털 사이트에선 대통령에 대한 탄핵운동까지 벌어지고 있다. 지지율이 20~30%대로 떨어지거나 탄핵을 받는 일은 이명박 정부가 전면 부인하고 있는 전임 노무현 정부에서나 일어나는 일인 줄 알았는데 그게 바로 현 정권에서, 그것도 집권 초기에 일어나고 있으니 세상에 이런 역설은 흔치 않을 것이다.

국민들 입장에서도 당혹스럽긴 마찬가지다. 새 정부만 출범하면 특기를 살려 나라 경제가, 나라 살림이 하루가 다르게 좋아질 줄 알았는데 일자리 창출도, 경제 살리기도 이전보다 좋아진 게 없으니 말이다.

알고 보면 그게 인생이고 역사이고 정치다. 이 세상엔 영원한 선도, 영원한 악도 없다. 영원한 승자도, 영원한 패자도 없다. 아름다운 게 추한 것이요, 추한 게 아름다운 것이다. 갑이 을이 되고 을이 갑이 되는 게 세상 이치다. 역사 앞에서, 인생 앞에서, 국민 앞에서 겸손해야 하는 이유가 여기에 있다.

정책5

짧은 여름휴가를 마치고

2009년 8월 15일

휴가 기간에 읽은 『클래식, 그 은밀한 삶과 치욕스런 죽음』이라는 책에 나오는 내용이다.

파바로티와 도밍고, 호세 카레라스 등 '스리 테너'는 1990년 7월 이탈리아 월드컵 축하공연을 펼친다. 이때 영국계 음반사 '데카'는 이들에게 100만 달러를 지급하는 조건으로 음반을 발매한다. 이 음반은 예상을 뒤엎고 무려 1,400만 장 팔렸다. 엄청난 판매량에 흥분한 스리 테너는 데카 측에 웃돈을 요구했지만 받아들여지지 않았다. 그런데 얼마 뒤 파바로티만 몰래 100만 달러를 더 받았다는 사실이 그의 매니저에 의해 드러났다.

전쟁광 히틀러는 바그너와 안톤 브루크너를 아주 좋아했다. 특히 히틀러는 자신과 같은 린츠 태생의 브루크너가 바그너의 죽음에 바친 교향곡 7번을 베토벤의 9번 교향곡 〈합창〉과 맞먹는 독일 음악의 정점으로 여겼다. 2차대전의 전황이 점점 불리하게 돌아갔을 때 장송곡 풍의 이 곡은 히틀러의 심정을 너무도 잘 대변해 주었다. 그리고 마침내 베를린이 연합군에 의해 함락되기 직전 브루크너 교향곡 7번이 마지막으로 선곡돼 방송에서 흘러나왔다.

휴가 기간에 낮잠을 자고 일어나 펴든 고전 『장자』 내편 제물론(齊物論)에는 그 유명한 '나비의 꿈' 얘기가 나온다.

장자는 어느 날 나비가 된 꿈을 꾸었다. 훨훨 날아다니는 나비가 된 채 유쾌하게 즐기면서도 자기가 장자라는 것을 깨닫지 못했다. 도대체 장자가 꿈에 나비가 되었을까, 아니면 나비가 꿈에 장자가 되었을까.

『장자』의 역자 안동림 선생은 이에 대해 장자가 나비고 나비가 장자인 경지가 강조되는 세계로, 상대가 없는 경지, 차별이 없는 경지, 그것이 바로 장자가 그린 유토피아의 세계라고 해석한다. 『장자』의 핵심 사상인 제물론은 도(道)의 입장에서 보면 현실세계의 선악과 시비, 아름다움과 추함, 옳은 것과 그른 것, 깨어 있음과 꿈꾸는 것, 심지어 죽음과 삶까지도 서로 구분하고 상대적으로 판단하는 일이 얼마나 어리석고 무의미한가를 거듭 강조한다.

경제현상을 보는 데도 구분하고 쪼개고 분별하기보다 하나로 보고 통합해서 인식하는 게 매우 중요하다. 윤증현 기획재정부 장관이 지금처럼 실업자가 넘쳐나는 시기에 노동시장의 유연성을 강조해서 비판을 받았지만 사실은 옳은 얘기를 한 것이다. 평택의 쌍용차 사태를 통해 확인되지 않았는가. 해고가 있어야 취업이 된다는, 역설적이지만 단순한 진실 말이다.

경제가 회복되고 부동산 가격이 오르니까 부동산 투기 규제 대책을 내놓아야 한다는 목소리가 높지만 여기엔 좀더 신중해야 할 이유가 있다. 경제회복과 성장, 그리고 투기는 별개가 아니라 하나라는 사실 말이다. 투기를 잡으려다 자칫 겨우 살아난 경제를 죽일 수도 있다. 마찬가지로 '서민 프렌들리'도 좋지만 '중산층 프렌들리'도 중요하고 '강남 프렌들리'도 필요하다. 또 정권 초기에 잠시 얘기되다가 흐지부지된 '기업 프렌들리'도 다시 추진해야 한다.

인류 역사상 최고의 성악가 파바로티와 돈을 무척 밝힌 파바로티, 전쟁광이었던 히틀러와 클래식광이었던 히틀러를 함께 알아야 그들을 제대로 알 수 있듯이 경제현상도 마찬가지다. 취업과 해고, 투기와 경제회복, 서민과 중산층 그리고 강남사람들, 이들은 모두 하나다. "세상에 존재하는 모든 사물은 모두가 절대며 모두가 옳다(Whatever is, is right)."는 말도 있다. 짧은 여름휴가를 마치며 해본 짧은 생각이다.

정책6

김영란법과 천지비(天地否)

2016년 10월 17일

일반 국민들에게 미치는 영향력에서 '부정청탁 및 금품 등 수수의 금지에 관한 법률'(청탁금지법·일명 김영란법)은 1993년의 금융실명제법보다 파괴력이 더 크다. 금융실명제는 자산이나 금융소득이 별로 없는 보통사람들과는 무관한 제도다. 이에 비해 김영란법은 대상자인 공직자, 교직원, 언론인 등 400만 명은 물론이고 이들과 만나고 접촉하는 사람들도 법 적용을 받기 때문에 사실상 전 국민이 대상이다. 게다가 김영란법은 밥 먹고 술 마시고 경조사에 오가는 등 보통사람들의 실생활에 깊숙이 들어와 있다.

그럼에도 김영란법은 준비가 미흡했고 근원적으로는 법을 제안하고 만든 사람들조차 이해를 제대로 못했다. '벤츠검사' 사건이나 세월호 사태 등을 계기로 막연히 청렴한 사회를 만들겠다거나 공공부문 종사자들을 향한 따가운 눈총만을 의식해 포퓰리즘적으로 대응했다. 더욱이 주무부처인 국가권익위는 법

해석을 최대한 보수적으로 함으로써 혼란을 부채질하고 있다. 이제 김영란법은 시행 초기 전 국민을 꽁꽁 묶어버리고 말았다.

김영란법의 최초 제안자인 김영란 전 권익위원장은 예의 그 생글생글 웃는 얼굴로 "더치페이 좋지 않나요?"라며 법을 옹호했고 많은 사람이 김영란법을 '더치페이법'쯤으로 이해했다. 이는 사실과 다르다. 김영란법 시행 이후 사람들은 자기 돈을 내서 밥 먹고 술 마시는 게 아니라 만남 자체를 기피한다. 오해를 사는 게 싫고 각자 계산하는 것은 부자연스럽기 때문이다. 심지어 김영란법은 교사와 공무원과 언론인의 배우자가 낀 동네 소모임조차 해산시킬 정도다. 그 결과 식당에서 일하는 직원들이 실직 위기에 내몰리고 대리운전 기사는 일거리가 반토막났으며 화훼·한우 농가들은 몰락의 위기를 맞았다. 김영란 전 위원장께 "어쩌면 세상물정을 그렇게도 모르실까" 묻고 싶다.

김영란법을 탄생시킨 또 다른 주역은 19대 국회 정무위원회 간사로 일한 김용태 새누리당 의원과 김기식 전 더불어민주당 의원이다. 김용태 의원은 학생이 스승에게 캔커피나 카네이션 꽃을 주는 것도 법 위반이라고 해석하는 권익위를 강하게 비판하고 나섰다. 과연 정당한 비판인가. 김영란법은 다른 법들과 마찬가지로 주무부처인 권익위와 국회가 협의해 만들었다. 그래놓고는 이제 와서 모든 것을 권익위 탓으로 돌리는 건 말도 안 된다.

김영란법을 '더치페이법'이나 '저녁이 있는 삶'쯤으로 이해하는 것은 너무 순진한 생각이다. 반대로 김영란법을 서민들의 생계를 위협하고 실생활에서 불편을 초래하는 법 정도로 이해한다면 이건 너무 단편적이다.

김영란법의 근원적 문제는 사람과 사람 사이의 관계를 단절하고 만남을 끊어버리고 고립화하는 것이다. 이런 점에서 김영란법 적용 대상에 사회관계망을 유지하는 데 큰 역할을 하는 언론인과 교직원을 포함한 것은 치명적 잘못이다. 사람과 사람의 연결이 끊어지고 만남의 고리 역할을 하는 매개체들이 제대로 움직이지 못한다면 그 사회는 죽은 사회다. 그런 곳에서는 어떤 역동성도, 어떤 창의성도 기대할 수 없다.

주역의 64괘 중 가장 나쁜 것 가운데 하나가 '천지비(天地否)'다. 소통되지 않고 막힌 상태를 말한다. 공자 등 옛 성현들은 천지비의 괘를 이렇게 해석한다.

> "하늘과 땅이 서로 만나지 못하고, 만물이 서로 통하지 못한다. 상하의 마음이 서로 화합하지 못한다. 소인의 도는 장성하고 군자의 도는 소멸한다. 큰 것이 가고 작은 것이 온다."

김영란법을 제안하고 만든 사람들의 순진함과 단순함, 포퓰리즘, 나아가 철학의 빈곤이 안타깝다. 이제 우리에겐 대가를 치르는 일만 남았다.

정책7

자영업 하지 마라

2019년 2월 18일

밥이 곧 하늘이다. 백성이 풍족하면 어떤 임금도 부족하지 않고, 백성이 부족하면 어떤 임금도 풍족하지 않다. 문재인 대통령이 청와대로 자영업자와 소상공인들을 불러 밥 한 끼를 대접하고 간담회를 했다. 청와대가 자영업자들을 부른 것은 최저임금의 급격한 인상 등으로 불만이 많은 자영업자들을 달래기 위해서지만 이들의 비중이 크기 때문이기도 하다.

우리나라의 자영업자 및 소상공인 규모는 지난해 말 기준 564만 명으로 전체 취업자의 25%에 이른다. 자영업 비율이 25% 넘는 나라는 한국을 포함하여 멕시코, 브라질, 터키, 이탈리아 등이다. 이는 일본의 2배, 미국의 4배 수준이다.

자영업 비중이 큰 나라들은 사람들 사이 협력을 가능케 하는 공통적인 제도, 규범, 네트워크, 신뢰 같은 사회적 자본이 취약하다는 공통점이 있다. 아울러 내수시장이 자영업 위주로 구성돼 외부충격에 약하고 잦은 경제위기를 겪곤 한다. 결론적으로 어느 나라든 과도한 비중의 자영업은 국가경제의 아킬레스건이다. 우리나라의 경우 1990년대만 해도 자영업이 벌어들인 비중이 국민소득의 20%를 넘었다. 그러나 2017년에는 13% 수준으로 급락했다.

한국은 선진국들에 비해 내수시장이 훨씬 작다. 선진국들은 민간소비가 GDP(국내총생산)의 60%대 수준이지만 우리나라는 50%에도 못 미친다. 게다가 우리나라는 양극화가 심해 중산층과 부유층의 해외소비가 많다. 우리 국민들이 해외에서 소비하는 돈이 외국인들이 국내에서 소비하는 금액보다 훨씬 많다. 문재인 대통령은 청와대 간담회에서 올해를 '자영업의 형편이 나아지는 원년'이 되도록 하겠다고 했지만 이들 자료만 봐도 우리나라 자영업의 현실은 암담하다.

청와대 간담회 자리에서 자영업자들은 최저임금이 2년 새 30% 가까이 올라 망한 가게들이 한둘이 아니라며 최저임금 동결을 거듭 요구했다. 또 카드 수수료 인하정책 보완, 4대 보험료 부담 완화 등도 강력하게 주장했다. 그들의 요구대로 최저임금이 동결되고 카드 수수료가 더 낮아지는 등의 조치가 시행되면 자영업자들의 형편이 지금보다 많이 개선될까. 전망은 대단히 비관적이다.

2019년 우리나라 자영업의 위기는 구조적이다. 일례로 미국 다음으로 심한 소득 양극화는 자영업자들에게 큰 타격이다. 양극화는 필연적으로 국내 민간소비 위축을 가져온다. 게다가 세계 최고 수준의 편의점, 온라인 쇼핑, 해외 직구 등 소비패턴의 급격한 변화도 자영업자들에겐 치명적이다. 동네 식당과 치킨집, 호프집, 카페의 최대 경쟁자는 도시락과 치킨, 맥주, 커피를 파는 대기업 계열의 편의점이다. 또 재래시장 옷가게와 신발가게의 최대 경쟁자는 젊은층이 대거 몰리는 온라인 쇼핑몰이다. 경기 확장세가 지속되는 미국에서조차 유통체계가 온라인 중심으로 바뀌면서 올들어 문을 닫은 소매점포가 2천 개가 넘었다는 사실은 시사하는 바가 크다.

이뿐이 아니다. 하다못해 주 52시간 근무제, 청탁금지법, 미투운동까지 자영업자들에겐 엄청난 악재다. 미투운동 여파로 회식모임을 노래방에서 하는 것은 꿈도 꾸지 못한다.

불원천불우인(不怨天不尤人), 하늘도 원망하지 않고 다른 사람도 탓하지 않는다. 자영업자 당신들의 어려움을 알아주는 사람이 없더라도 누구도 탓하지 말고 누구도 원망하지 마시라. 아무리 어렵더라도 가게를 창업하고 자영업에 나서는 것은 바보짓이다. 결과는 참담한 실패다. 자영업이라는 가망 없는 전투에 참가하기보다는 철저히 절약하고 최저생계비만 나온다면 직장에 다니는 생존 집중전략이 훨씬 현명하다.

정책8

생수통은 누가 갈아주나

2019년 7월 21일

음주운전에 절대 동의하지 않는다. 음주운전 단속 기준을 강화한 '윤창호법'도 적극 찬성한다. 그러나 이런 경우도 있다.

자영업을 하는 평범한 서민이다. 금요일 저녁 친구들과 자신의 가게에서 술을 마셨다. 밤 10시 술자리가 끝날 때쯤 약간 취기가 올라 술이 깨기를 기다리면서 1시간 정도 쉬었다. 여전히 술기운이 남아 있는 걸 알았지만 가게에서 집까지는 차로 5분 거리밖에 안 되는 데다 대리운전 기사도 바로 연결되지 않아 차를 몰고 나섰다.

그러나 가게를 나온 뒤 곧바로 음주운전 단속에 걸리고 말았다. 며칠 뒤 나온 결과는 참담했다. 혈중 알코올 농도가 0.1을 넘었고 여기에다 10여 년 전 가벼운 음주운전 경력까지 있어 가중처벌이 불가피하다는 것이었다. 법원의 최종 판결이 나와 봐야겠지만 면허취소 2년에 1,000만~2,000만 원의 벌금이 예상된다.

자영업을 하기 때문에 수시로 배달도 가야 하는 이 사람에게 자동차는 중요한 생계수단이다. 게다가 1,000만 원이 훨씬 넘을 과태료도 큰 부담이다. 그는 앞으로 살길이 막막하다.

성희롱과 성추행을 옹호하지는 않는다. '미투운동'에 대해서도 남성들의 업보로 겸허히 받아들이고 늘 반성하며 살아야 한다고 생각한다. 그런데 이런 경우는 어찌해야 하나.

몇 달 전 업무차 만난 노동청 여성 조사관은 성희롱·성추행에 대해 명쾌하게 정의를 내려줬다. 여성을 똑바로 쳐다봤는데 해당 여성이 성적 수치심이나 모멸감을 느꼈다면 그게 바로 성희롱·성추행이라고 했다. '성인지감수성'이 바로 이런 맥락이라고 덧붙였다. 해당 조사관은 이런 판단이 법원에 가면 다르겠지만 노동청 기준 성희롱·성추행은 이렇게 적용한다고 설명했다.

물론 상대방의 얼굴을 똑바로 쳐다만 봐도 성추행 여지가 있다고 해서 여성들이, 또는 남성들이 희롱당했다고 신고하지는 않는다. 그러나 어떤 계기로 직장 내에서 구성원들 간에 서로 사이가 틀어지면 가장 확실하게 상대방을 제압하는 수단이 성희롱·성추행으로 신고하는 게 요즘 현실이다. 실제로 많은 기업에서 이런 일이 하루가 멀다 하고 일어난다. 기업이 경찰도 아니고 탐정회사도 아닌데 매일 이런 일에 매달리고 있다.

직장 내에서 우월적 지위를 이용해 신체적·정신적 고통을 주는 행위를 금지한 '직장 내 괴롭힘 금지법'에 적극 찬성한다. 이미 온라인 교육도 받았다. 그런데 이럴 땐 어찌해야 하나.

여성에게 커피나 차 심부름을 시키는 것은 옛날이야기가 된지 오래다. 비서에게도 외부 손님이 오는 경우가 아니면 차 심부름을 시키지 않는다. 그런데 사무실 내 생수통 물이 떨어지면 새것으로 교체하는 것은 힘센 젊은 남성 직원들의 몫이었다. 문제는 괴롭힘 금지법 시행으로 '고정된 성 역할에 기반한 업무지시'는 직장 내 괴롭힘에 해당되어 이게 더이상 어렵게 됐다는 점이다. 이제 사무실 생수통은 누가 갈아주나.

신입사원 면접시험을 봤다. 말이 신입사원이지 요즘은 취업난 때문인지 나이가 서른 넘은 경우도 많다. 30세 넘은 응시자에게 결혼 여부를 물어보려다 아차 싶어 그만두고 말았다. 혼인 여부나 출신 지역 같은 직무수행과 상관없는 개인정보를 요구하면 300만 원 이상 과태료가 부과되는 채용절차법 개정안이 떠올랐기 때문이다.

나이 든 응시자에게 결혼 여부를 물어봐 그가 기혼자였다면 면접점수를 조금은 후하게 줄 생각이었다. 왜냐하면 서른이 넘은 데다 결혼까지 했다면 가장으로서 책임감 때문에라도 회사생활을 진득하게 할 것으로 여겼기 때문이다. 나이 든 응시자는 합격했을까 떨어졌을까.

정책9

세대갈등이냐 양극화냐

2019년 10월 27일

우리는 '탈진실(post-truth)'의 시대에 살고 있다. 최첨단의 4차 산업혁명 시대라고 하지만 사실은 사방이 거짓과 허구로 둘러싸인 무서운 시대를 보내고 있다. 최근 사회적 담론으로까지 부상한 '세대비판' 내지 '세대갈등' 역시 탈진실이고 허구다. 이 담론의 핵심 내용은 이렇다.

"50~60대 기성세대가 수십 년간 이어진 성장과실을 다 가져갔다. 특히 '86세대(80년대에 대학을 다닌 60년대 출생자)'는 대학도 쉽게 갔고, 가고 싶은 회사를 골라 갔으며, 신도시 건설 등의 영향으로 내 집 마련도 쉽게 했다. 그들이 성장과실을 독식한 결과 지금 젊은 세대는 대학 입학도 어렵고, 취업은 더더욱 쉽지 않고, 내 집 마련과 결혼·출산은 꿈도 꾸지 못하는 '헬조선'에 사는 신세가 됐다. 하다못해 86세대는 대기업 임원과 국회의원, 장차관, 청와대 비서관 자리까지 독식하고 있다. 그들이 기득권을 내려

놓지 않아서 지금 20~30대 젊은 세대가 피해를 보고 있다."

우리만큼 갈등이 심한 나라도 드물지만 특히 세대 간 갈등이 사회적 이슈가 된 데는 이유가 있긴 하다. 바로 저출산과 고령화가 세계에서 유례없는 속도로 빠르게 진행되고 있기 때문이다. 1960~70년대만 해도 연간 출생아 수는 90만 명을 넘었다. 58년 개띠 출생자는 101만 명까지 기록했다. 그러나 그 후 급격히 감소해 지난해 출생아 수는 32만 명에 그쳤고, 내년에는 20만 명대로 떨어질 것으로 예상된다.

저출산의 결과로 연령대별 인구분포가 급변했다. 성장과실을 독식했다는 비판을 받는 86세대 중 50대는 2018년 인구총조사 기준 전체 5,100만 인구 중 850만 명으로 가장 많다. 60대도 580만 명이나 된다. 이에 비해 20~30대는 각 700만 명이고 10대는 500만 명에 그친다. 이 같은 인구분포를 보면 현시점에서 가장 숫자가 많은 50대 86세대가 대기업 임원과 국회의원, 장차관 자리 등에서 높은 점유율을 보이는 것은 자연스럽다. 신체적으로 50대는 사회활동이 가장 왕성한 시기이기도 하다.

세대비판, 세대갈등 담론의 핵심은 50~60대 기성·노령세대가 성장과실을 독점했다는 것이다. 과연 그런가. 단적으로 우리나라 65세 이상 고령자 빈곤율은 50%에 육박해 전체 평균 빈곤율 15%나 경제협력개발기구(OECD) 평균치인 12.6%보다 훨씬 높다. 요즘 20~30대 젊은 세대는 내 집 마련을 하지 못해 결혼도 못한다고 불만이지만 쪽방에서 홀로 생활하는 독거노인도 엄청 많다.

사람은 누구나 '내로남불'이다. 남의 떡은 커 보이고 자신의 불행과 고통은 늘 최악이다. 사회과학적으로 보면 애초에 비슷한 연대에 태어난 사람들을 하나로 묶어 일반화하는 것은 지극히 비과학적이며 위험하기까지 하다. 세대 일부에서 드러나는 아주 부분적인 현상을 세대 전체로 확대하는 오류를 범하게 된다. 최근 '조국 사태' 와중에 86세대 비판 담론이 다시 부상한 것이 단적인 예다. 단언컨대 생존해 있는 850만 명의 86세대 중에서 조국과 같은 경우는 채 8만 명도 안 될 것이다. 왜 나머지 99%까지 싸잡아 욕하는가. 그 저의를 의심할 수밖에 없다.

세대비판 담론이 위험한 것은 그것이 우리의 미래인 10대와 20대, 30대 젊은 세대를 운명론에 빠지게 하고 나약하게 만들기 때문이기도 하다. 세대비판 담론은 젊은 세대에겐 유혹이자 마약이다. 기성세대를 욕하고 탓하면서 현실의 어려움을 넘어가게 해주지만 남는 것은 아무것도 없기 때문이다.

『수축사회』의 저자 홍성국의 지적처럼 문제의 핵심은 세대갈등이 아니고 사회의 양극화다. '80대20'에서 '90대10'을 넘어 '99대1'로 옮겨가는 사회와 분배구조가 문제다. 더이상 젊은 세대를 인질로 잡고 선동하지 말라.

정책10

우리는 어쩌다 '최저 출산국'이 되었나

2019년 11월 10일

우리 사회의 근원적 문제를 든다면 저출산·고령화와 부의 양극화·불평등일 것이다. 그중에서도 저출산에 따른 인구감소는 특히 심각한 과제로 모든 문제의 출발점이다. 저출산으로 인구가 줄고 고령화가 진행되면 적은 숫자의 자녀 세대가 많은 부모 세대를 부양해야 하는데 연금, 복지, 국방 등 사회안전망의 기본체계가 무너지고 만다. 연금 고갈이나 모병제 논란은 단적인 예에 불과하다.

물론 저출산과 인구감소가 무슨 문제가 되겠느냐는 반론도 있을 수 있다. 아이를 낳지 않아도 기술혁신을 배경으로 오붓하게 잘살면 되지 않느냐는 것이다. 그러나 이 주장은 개인 차원에서는 옳을지 몰라도 국가와 공동체 관점으로 돌아오면 틀린 얘기가 된다. 역사적으로 인구가 줄고 고령화된 나라치고 번성한 경우는 없다.

저출산과 인구감소의 대책으로 외국인 노동자를 유입하는

이민정책을 적극 활용하자고 말하기도 한다. 그러나 이 역시 너무 순진한 얘기다. 우리처럼 배타적이고 포용성이 부족한 나라에, 예를 들어 동남아시아에서 경쟁력을 갖춘 양질의 인력들이 이주해 올지는 의문이다.

결국 우리 스스로 많이 낳는 수밖에 없다. 알려진 대로 지난해 우리나라 합계출산율은 0.98명으로 가임기간에 있는 여성의 평균 출생아 수가 1명도 되지 않는다. 기존 인구 유지에 필요한 합계출산율이 2.1명인 것을 감안하면 얼마나 심각한지 알 수 있다. 경제협력개발기구(OECD) 회원국과 비교해도 압도적 꼴찌다. 초저출산국인 대만(1.06명), 홍콩(1.07명), 싱가포르(1.14명), 일본(1.42명)보다 훨씬 낮다.

어쩌다 우리는 세계 최저 출산국가가 됐을까. 1970년대만 해도 합계출산율이 4.5명을 기록했는데, 어쩌다 세계에서 유례없는 속도로 저출산이 진행됐을까. 더욱이 2005년 합계출산율이 1.08명을 기록한 이후 출산장려정책을 펴기 시작해 지난해까지 무려 130조원을 쏟아부었는데도 말이다.

최근 보건복지부, OECD, 〈머니투데이〉가 함께 개최한 인구포럼에서 OECD의 스테파노 스카페타 고용노동사회국장은 저출산의 가장 큰 원인으로 일과 가정 모두를 지키기 어려운 우리의 노동시장 문제를 지적했다. 긴 근로시간과 긴 출퇴근시간, 회식문화, 육아로 인한 여성들의 경력단절, 여성에게 치우친 가사분담, 높은 사교육비 등을 지적했다. 다 맞는 말이다. 여기에 한 가지 추가한다면 과도한 내 집 마련 부담이 될 것이다.

그럼 이게 다일까. 더 근원적인 이유는 없을까. 지난달 〈머니투데이〉가 주최한 '2019 인구이야기(Pop Con)'에서 인구문제의 권위자인 서울대 보건대학원의 조영태 교수를 비롯, 여러 전문가에게 사적으로 물어봤다. 그들은 이런 얘기를 했다. 우리 사회의 획일화되고 단일화된 가치관이 세계에서 유례없이 빠른 속도로 진행되는 저출산의 근본원인이라고.

우리처럼 쏠림이 심한 나라도 없다. 이쪽 아니면 저쪽이지 중간이 없다. 모든 사람은 태어나면 서울로 가야 하고, SKY대학을 나와야 하고, 강남 아니면 서울에 내 집 마련을 해야 하고, 대기업에 취업해야 한다. 그렇다 보니 우리처럼 경쟁이 심한 나라도 없다. 지방은 죽고 수도권으로, 서울로 몰리고 있다. 이런 상황에서 어떻게 결혼하고 아이 낳을 생각을 하겠는가.

인구 5,000만 명의 대한민국이 지난 60년간 이룬 성장과 발전은 역대급이다. 오로지 단일화된 가치관으로 달려온 결과다. 그러나 그것이 지금 우리 발목을 잡고 스스로를 무너뜨리고 있다. 인구문제는 한순간에 국가를 쓰러뜨리지는 않지만 서서히 사회와 국가경제를 침몰시키고 정책효과를 반감시키는 무서운 늪이다. 우리는 이 깊은 늪에서 빠져나올 수 있을까.

정책11

우리는 어쩌다 '부동산공화국'이 되었나

2019년 12월 22일

저출산 대책에 관한 한 백약이 무효인 것처럼 부동산 안정 대책도 그렇게 가고 있다. 문재인정부는 출범 이래 18번의 부동산 대책을 내놓았다. 이번 12·16대책에서는 시가 15억 원 이상 고가주택에 대한 담보대출을 금지하기까지 이르렀다. 은성수 금융위원장은 "아파트 가격이 비정상이고, 부동산시장은 버블이며, 분명히 폭락한다."고 말하지만 시장 분위기는 사뭇 다르다. 문재인정부 출범 후 수많은 규제와 대책을 뚫고 서울 아파트 가격이 40% 이상 폭등할 것이라고 누구도 예상하지 못했을 것이다.

이번 대책에 대해서도 시장에서는 강남 아파트처럼 고가주택의 경우 상승세에 제동이 걸리겠지만 대출규제가 없는 9억 원 이하 아파트나 규제를 받지 않는 수도권 아파트들은 오히려 급등할 수 있다고 진단한다. 홍남기 경제부총리는 12·16대책을 발표하면서 필요하다면 내년 상반기에 추가 대책을 내놓겠다고 말했다. 시장에서는 이 경우 공급확대와 관련된 것이 될 것이라고 전망한다.

정치권은 물론 많은 전문가도 공급대책, 특히 서울 외곽이 아닌 강남 등 수요가 몰리는 서울 중심부에 아파트 공급이 부족해 부동산 대책이 효과를 거두지 못한다고 입을 모은다. 과연 그럴까. 단적으로 강남 등 서울 시내 주요 지역의 재개발·재건축 관련 규제를 풀어 아파트 공급을 크게 늘리면 시장이 안정될까.

박원순 서울시장은 공급을 늘려도 소수에게 돌아가는 게 문제라고 반박한다. 김유찬 한국조세재정연구원장도 현재와 같은 여건에서 주택공급을 늘리는 것은 다주택자의 보유주택만 늘리게 된다고 말한다. 실제로 지난 10년간 주택은 500만 채 가까이 는 데 비해 주택 소유자는 절반인 240만 명 정도 증가하는 데 그쳤다. 그만큼 다주택자만 늘었다는 것이다.

진보정권이라는 문재인정부의 장·차관들도 3분의 1이 강남에 집을 소유하고 있다. 문재인정부는 고위 공직자들에 대해 다주택자인 경우 1채만 남기고 처분할 것을 요구하지만 강남이나 서울 요지의 집을 팔겠다고 나서는 사람은 아직 못 봤다.

아무리 강력한 안정화 정책을 쓰더라도, 아무리 출산율이 세계 최저고 인구가 줄기 시작하더라도 서울에 그것도 강남으로만 몰리고, 고위 공직자부터 사회 초년생에 이르기까지 서울·강남 입성이 삶의 목표가 되는 한 정책은 효력을 발휘하기 어렵다. 거기에다 유튜브나 SNS 등을 통해 온갖 부동산 관련 정보가 공유되고 정부 대책을 피해갈 수 있는 방법들이 실시간으로 전달된다. 남녀노소 보수진보 가릴 것 없이 전 국민이 부동산으로, 그것도 서울과 강남으로 몰리는 현실에서 과연 어떤 정책이 효과를 발휘할 수 있을까.

더 큰 문제는 이런 과정을 거쳐 우리 사회가 점점 더 '부동산공화국'이 되고 '강남공화국'이 되며, 사는 지역에 따라 일종의 계급이 형성되는 사회 양극화가 가속화된다는 사실이다. 그렇게 되면 필연적으로 그 모순을 일거에 폭발적 형태로 해소하려는 시도가 나타날 수밖에 없다. 그런 날이 올까 두렵다.

정책12

파티가 끝나면

2021년 5월 8일

동양의 역사철학적 관점에서 보면 인류 정신사의 3대 스승은 공자, 석가모니 그리고 노자다. 불가에서는 공(空)과 보시(布施)를 강조한다. 노자의 도가에서는 아끼고 절약하는 것, 즉 색(嗇)을 중시한다. 『도덕경』에서는 사람을 다스리고 하늘을 섬기는 데 아끼는 것보다 더 좋은 것은 없다고 말한다.

공자의 유가에서는 용서하고 마음이 하나가 된다는 뜻의 서(恕)를 강조한다. 제자 자공이 공자에게 물었다.

"한마디 말로써 평생 실천할 만한 것이 있습니까."

"그것은 바로 서(恕)다. 자기가 바라지 않는 것을 남에게도 베풀지 않는 것이다."

2,500년 전 공자에게 물었듯이 2021년 우울한 팬데믹(대유행) 시대에 누군가 다음과 같은 질문을 던진다면 당신은 뭐라 답하겠는가.

"한마디 말로써 지금의 팬데믹 상황, 특히 팬데믹 시대의 경제상황을 설명할 수 있는 게 있습니까."

여러 답변이 가능할 것이다. 주식이나 코인 등 자산시장의 폭발, 부동산 가격 폭등, 언택트(비대면) 시대의 도래와 IT(정보기술) 혁신, 백신 확보에 따른 선진국의 급격한 경기회복과 개발도상국의 회복지연 같은 '코로나 디바이드' 현상, K자형 경기회복과 양극화 심화 등 많은 답을 할 수 있다.

그러나 어느 것도 정답은 아니다. 한마디 말로써 코로나 팬데믹 시대의 경제 상황을 설명해 주는 단어는 유동성, 특히 과잉 유동성이다. 주식, 코인, 부동산 등 자산시장이 폭발한 것도, 국가 간·개인 간 양극화가 심화된 것도 모두 과잉 유동성 때문이다. 돈은 근원적으로 아끼고 절약하는 것인데 너무 많이 풀리다 보니 소중한 돈이 헐값이 되고 온갖 희한한 일이 벌어졌다.

미국은 2008년 글로벌 금융위기로 풀린 돈을 모두 회수하기도 전에 무한정으로 달러화를 공급했다. 코로나19 사태 이후 미국은 대략 5조 달러 이상 쏟아부었고, 올해도 인프라 투자 등에 4조 달러를 추가 투입할 계획이다.

돈을 쏟아부은 것은 미국만이 아니다. 우리나라도 300조원 정도 풀었다. 물론 미국의 5,000조원과 비교조차 할 수 없다. 대한민국은 미국 같은 기축통화국이 아니기 때문이다. 기축통화국도 아니고 원화가 유로화나 엔화, 위안화 같은 국제통화도 아닌데 재정지출을 확대해 국가채무가 늘어나면 국가신용등급이 떨어지고 대외 지불능력도 하락해 외환위기 같은 비상사태가 발생할 수 있다.

워런 버핏의 지적처럼 달러화를 폭우처럼 쏟아부은 덕분에 미국 경제는 극적으로 예상보다 빨리 부활했다. 중국도 아닌 미국이 올해 GDP(국내총생산) 성장률이 6.5%를 넘어 무려 7%까지 이를 수 있다는 전망이다. 우리나라의 3.5~4% 성장 전망보다 훨씬 높다. 중국이 결코 미국을 따라잡을 수 없는 것도 그렇고, 기축통화의 위력은 참으로 대단하다.

팬데믹 위기라고 하지만 세계 경제는 '유동성 파티' 덕분에 자산시장을 중심으로 초호황을 누리고 있다. 부동산과 주식은 물론 가상자산(암호화폐), 원유, 농산물 등 안 오른 게 없다. 1990년대 후반의 '닷컴버블' 시대를 연상케 한다.

한국경제가 1분기 1.6%, 연간으로는 4%까지 성장이 예상되고, 4월 수출이 사상 최대치를 기록하고, 1분기 기업들의 실적이 예상치를 훨씬 뛰어넘은 것도 알고 보면 우리가 잘해서가 아니고 미국 등 세계 주요 나라들이 돈을 홍수처럼 쏟아부었기 때문이다. 또 당신이 주식투자로 몇 년간 골프 칠 돈을 벌고 당신 집값이 5억 원, 10억 원 오르고 이름도 낯선 코인에 투자해 연봉보다 많은 돈을 번 것도 당신이 투자의 귀재라서가 아니라 모두 과잉 유동성 덕분이다.

파티에서 보내는 시간은 즐겁다. 그러나 파티가 영원히 지속될 수는 없다. 무제한으로 돈을 풀다가는 파티는 참사로 막을 내릴 것이다. '유동성의 역습'을 경계해야 한다. 언젠가 인플레이션은 현실화될 것이며, 중앙은행과 재정당국은 유동성을 축소하거나 금리를 올릴 것이다.

이미 재닛 옐런 미국 재무장관과 미국 중앙은행인 연방준비제도가 경기와 자산시장 과열을 경고하고 나섰다. 미국이 유동성 축소나 금리인상에 나설 경우, 가장 큰 타격을 입는 곳은 미국이 아니라 안타깝게도 우리나라를 포함한 신흥 개발도상국들이다.

당신은 파티가 끝나는 때를 대비하고 있는가. 국가와 기업 경영도 가계 운영도 기본은 아끼고 절약하는 색(嗇)에 있다.

정책13

다시 위기 앞에서

2022년 10월 9일

우주의 모든 사물은 변한다. 변하지 않는 일이 없고 변하지 않는 사람이 없다. 인지상정, 우리는 좋은 것이라면 그것이 변하지 않고 영원하기를 바란다. 부(富)가 영원하기를 바라고, 사랑과 젊음이 영원하기를 바란다.

안타깝지만 영원한 것은 없다. 성공도 일시적이다. 경제현상도 마찬가지다. 전 세계적으로 코로나19 사태로 엄청난 돈이 풀리고 금리와 환율은 떨어지고 주가와 부동산, 가상자산(암호화폐) 등이 급등할 때 그것이 오래오래 지속되기를 바랐을 것이다. 코스피지수는 3,000을 넘어 4,000까지 가고, 강남 아파트는 3.3m²(평)당 1억 원을 넘어 2억 원까지 더 오르기를 기대했을 것이다.

그러나 코로나19가 한풀 꺾이고 중앙은행들이 돈줄을 죄기 시작하자 전 세계적으로 경제가 순식간에 추락하고 말았다. 게다가 예상치 못한 러시아의 우크라이나 침공이 터졌다. 결과는 극심한 인플레이션과 경기침체의 동시 발생이다. 경제협력개발기구(OECD)는 우리나라 전체 수출액에서 차지하는 비중이 40%에 이르는 미국과 중국을 포함, 주요 20개 국의 올해와 내년 성장률 전망치를 크게 낮췄다.

더 우울한 것은 한국을 포함한 아시아 국가들에 대해 25년 만에 다시 '제2의 외환위기'를 예상하는 전망이 나오는 것이다. 자존심 상하는 일이지만 필리핀 페소화, 태국 바트화와 함께 한국의 원화가 아시아 외환위기에 가장 취약한 통화로 지목되었다. IMF 외환위기 때와 달리 기업들의 기초체력이 단단하고 대외 신인도가 높으며 순대외금융자산이 7천억 달러를 넘는 사실 등을 감안하면 '한국경제 위기설'은 과장된 게 분명하지만 최근 경상수지가 적자로 돌아서는 등 낙관할 수만은 없다. 대출창구가 얼어붙고 금리가 크게 올라 회사채 시장이 경색되고 주가 폭락으로 증시를 통한 자금조달마저 어려워지면서 우량 대기업들조차 애를 먹는 게 현실이다.

미국 연방준비제도의 '빅스텝'이 아직은 진행형이라는 점을 감안하면 앞으로 어떤 일이 벌어질지 예측하기 어렵다. 가계 부문의 어려움은 말할 수도 없다. 특히 빚을 내 부동산, 주식, 코인 등에 투자한 '영끌족'이나 '빚투족'은 1~2년 전보다 월 이자 상환액이 2배에 이를 수도 있다.

인생은 수시로 곤란을 겪는다. 득세할 때는 그것을 잃을 때를 생각하고 평화로운 시절에는 변란이 일어날 것에 대비해야 하는데 우리는 그렇지 못하다. 그러나 인생은 반복되기 때문에 영원히 곤란한 것은 없다. 화와 복은 서로 의지하며, 어둠이 깊어질수록 새벽은 가까이 오고, 위기가 심화될수록 회복의 시간도 가까이 다가온다. 과거 외환위기 때나 글로벌 금융위기 때를 생각하더라도 1~2년의 위기 다음에는 회복의 시간이 반드시 온다. 비관적으로 보더라도 내년 하반기에는 증시도 경기도 회복 국면에 접어든다는 게 대체적인 전망이다.

동물이 겨울잠을 자듯이 운수가 사나울 때는 다음 기회를 보며 몸을 숨기고 기다려야 한다. 회복력 있는 갈대처럼 몸을 낮게 숙였다가 태풍이 지나가면 다시 벌떡 일어서야 한다. 세상사 일체가 우리 스스로에게 달렸다.

정치1

대통령의 말

2007년 6월 11일

중국 춘추전국시대에는 군주에게 자신의 지혜를 팔아 벼슬을 얻었던 유세객(遊說客)들이 많았다. 합종연횡책의 소진과 장의를 비롯하여 법가를 대표하는 신불해와 한비자, 저명한 병법가인 손자와 오기 등이 모두 유세객에서 출발하여 한 시대를 풍미한 사상가, 명재상이 된 경우라 할 수 있다.

요즘 시대에 세객과 가장 비슷한 사람을 꼽는다면 아마 정치인일 것이다. 세객도 정치인도 모두 말로 먹고 산다는 점에서 유사하기 때문이다. 다만 정치인은 말하고 설득해야 하는 대상이 다수의 국민인 데 비해 전제 군주시대의 세객은 섬기고 봉사해야 하는 대상이 군주나 황제라는 점에 차이가 날 뿐이다.

그 대상이 다수의 국민이든 1인의 군주든 누구를 설득하고 이해시킨다는 것은 정말 어려운 일이다. 말을 더듬어 유세에는 서툴렀던 한비자는 일찍이 이를 간파했다. 한비자는 유세의 어려움이란 하고 싶은 말을 자유자재로 말하기 어렵다는 것이 아니라 상대방의 심정을 통찰하여 그가 바라는 것에 맞추어 납득시키는 데 있다고 했다. 상대방은 명성을 얻고자 하는데 큰 이익에 대해 말한다면 그를 비천하다고 여겨 멀리할 것이고, 반대로 상대방은 이익을 바라는데 고상한 명성에 대해 말한다면 세상물정에 어둡다며 받아들이지 않을 것이라는 게 그의 지적이다. 상대방의 마음을 읽는 것, 상대의 뜻을 거스르지 않는 것, 말투조차 상대방의 감정을 건드리지 않는 것이 다른 사람을 설득하는 첫걸음이라는 것이다.

한비자는 이와 관련해 그 유명한 용의 턱 밑에 난 한 자 정도 되는 거꾸로 난 비늘, '역린(逆鱗)'에 대해 이야기한다.

> "용이란 동물은 유순해서 길들이면 탈 수도 있지만 역린을 건드리면 사람을 죽인다. 군주에게도 역린이 있다. 세객은 군주의 역린을 건드려선 절대 안 된다."

노무현 대통령의 강연이 단연 화제다. 노 대통령은 참여정부 평가포럼 강연에서 4시간 동안 6만4천 자의 말을 쏟아냈다. 원광대에서 명예박사 학위를 받을 때도 1시간 14분간 2만3천 자의 말을 했다. 진작에 간파했지만 노 대통령은 누구에게도 지지 않는 대단한 세객임이 분명하다. 그렇지만 진정한 세객인지는 의문이 든다.

노 대통령이 말한 내용이 틀렸다는 것이 아니다. 다른 것은 몰라도 경제기자의 시각에서 보면, 한나라당의 유력 대선 후보들이 말하는 집권 시 7%대 성장론이나 한반도 대운하 건설, 열차 페리 프로젝트, 6조8천억 원의 감세론 등은 불가능한 일은 아니지만 실현가능성이 낮은 것으로 판단된다. 특히 집권 후 이런 공약을 이행하려 할 경우 예상되는 부작용을 감안하면 걱정이 앞선다.

그런 점에서 대통령의 지적은 타당한 측면이 분명 있다. 그럼에도 국민들을 설득하는 방식에는 문제가 많다. 옳은 말을 어쩌면 저렇게 품위 없고 경망스럽게 할 수 있을까 하는 생각이 든다면 곤란하다. 사전에 충분히 계산된 정치적 발언이라 해도 국민들의 역린을 건드리는 건 아닌지 조마조마하다.

우리 시대에도 위대한 세객들이 많다. 얼핏 생각나는 사람만 해도 소설가 황석영과 도올 김용옥 교수 등이 있다. 황석영은 스스로를 '황구라'라고 부르기도 하지만 사람들은 이들의 사상과 철학, 문학을 좋아하고 즐겨 읽는다. 그들의 말은 독자와 청중의 마음을 잘 읽고 있기 때문이다. 아무리 옳은 말이라도 그 말이 상대방의 심정을 헤아리지 못하면 '구라'가 되고 '노가리'가 된다는 사실을 명심하길 바라며….

정치2

그가 마지막으로 남긴 것

2009년 5월 25일

남들과는 다른 극도의 예민함과 감성을 갖고 산다는 것이 현실에선 힘들 때가 많다. 오죽했으면 베토벤을 너무 좋아했던 레닌은 혁명적 열정이 약해질까봐 음악을 멀리하기까지 했을까.

유태계 지휘자 겸 작곡가 구스타프 말러도 그랬다. 말러는 14명의 형제 중 8명의 죽음을 목격한 이후 살아남은 자로서 죄책감을 갖게 된다. 평생 죽음의 트라우마에 갇혀 살았다. 말러의 〈죽은 아이를 그리는 노래〉나 〈탄식의 노래〉 등은 모두 그의 이런 의식세계를 반영한 것이다.

5월의 주말 아침에 노무현 전 대통령의 부음을 들었다. 지역주의와 기성의 권위에 맞서는 그에게 한때 희망을 걸었지만 파격적 언행에 실망했고 그의 정서불안까지 의심했다. 드러나는 가족과 친인척 비리를 보면서는 한 가닥 남아 있던 연민마저 거둬들인 지 오래지만, 그의 부음 앞에서 마음 한구석의 짠함까지

감출 순 없다.

63년간 그의 일생은 도전과 풍운의 삶이었다. 대통령 당선 이전은 물론 대통령이 된 이후에도 늘 그랬다. 그는 마지막 가는 길조차 노무현식으로 '노무현스럽게' 마감했다. 이런 맥락에서 그의 죽음을 정치적으로 해석할 수도 있다. 사실 그는 고향마을의 바위 절벽 위에서 몸을 던짐으로써 정적들은 물론 그동안 그를 힘들게 한 권력들을 한꺼번에 잠재웠다. 죽으면서까지 승부사적 기질을 유감없이 드러냈다고도 할 수 있다. 여야 가릴 것 없이 정치권이 지금 숨소리조차 내지 못하는 것도 바로 이 때문일 것이다. 탄핵에 따른 제2의 역풍, 제2의 촛불사태가 올지도 모른다는 경계와 불안감이 엄습할 수도 있다.

그러나 이건 너무 잔인한 해석이고 기우다. 아무리 독하고 모진 사람이라 해도 죽음으로 정치적 승부를 걸진 않는다. 죽음 이후의 승리는 전혀 무의미하기 때문이다. 그의 죽음은 지나친 결벽증과 원칙 중시, 정치인에겐 어울리지 않는 감성과 예민함 등에서 필연적으로 초래한 것으로 보는 게 더 설득력 있다. 검찰 수사에 대한 압박감으로 죽음을 택했다는 해석은 오히려 편협한 해석이다.

이런 해석이 맞는다면 우리는 그에게 조금은 미안해해야 한다. 가족들과 측근들이 돈 받은 문제로 그가 괴로워했을 때, 나와 함께 수렁에 빠지지 말고 이젠 나를 버리라고 했을 때, 이것을 정치적 꼼수나 노림수로만 해석하지 말고 조금은 그의 진정성에 귀를 기울였어야 하지 않았나 하는 그런 아쉬움이다.

또 한 가지는 그가 마지막으로 남긴 "삶과 죽음이 모두 자연의 한 조각 아니겠는가. 누구도 원망하지 말라."는 말이다. 나는 이 말을 '화해'의 뜻으로 받아들인다. 삶과 죽음조차 하나인데 정파 간, 지역 간, 계층 간 갈등은 얼마나 작고 하찮은 것인가. 살아있는 현재 권력과 죽은 권력 간 갈등은 또 얼마나 우스운 것인가. 산 권력도 몇 년 뒤면 바로 죽은 권력이 되고 만다. 지금 죽은 자의 모습이 바로 몇 년 뒤 우리의 모습이다.

이런 논리는 노 전 대통령의 죽음에 크게 상심한 지지자들이나 야당에도 적용된다. 혹시라도 제2의 촛불을 꿈꾸진 말길. 그렇다면 그것은 노 전 대통령을 한 번 더 죽이는 일이 될 것이다. 복수는 접고 화해하라.

시인 안도현의 〈너에게 묻는다〉라는 짧은 시가 있다.

"연탄재 함부로 발로 차지 마라.
너는
누구에게 한 번이라도 뜨거운 사람이었느냐."

스스로에게 물어본다. 나는 한 번이라도 누구에게 뜨거운 적이 있었느냐고. 삼가 노무현 전 대통령의 명복을 빈다.

정치3

실패하지 않겠다면

2009년 6월 8일

대통령은 어떤 자리인가. 왜 성공하기보다는 실패할까. 왜 선거 때 그렇게 많은 지지를 받았다가도 취임하면 곧장 지지율이 30%, 10%로 떨어지는 것일까. 『주역』에는 하늘 끝까지 오른 용은 후회한다는 '항룡유회(亢龍有悔)'라는 말이 있다. '항룡'은 대통령일 수도 있고, 최고경영자(CEO)일 수도 있다. 『주역』을 아주 열심히 읽었다는 공자의 해석에서 답을 찾아본다.

"항룡은 귀하지만 자리가 없고, 높지만 자기 백성이 없으며, 휘하에 현자들이 많지만 누구도 보좌하지 않는다. 그래서 움직이면 후회한다."

대통령의 자리, CEO의 자리는 절대고독의 자리다. 많은 국민이 있고, 직원이 있지만 진심으로 따르고 지지하는 사람은 드물다. 참모가 많지만 제대로 보좌하는 사람도 없다. 운명적으로 실패할 수밖에 없는 자리다.

그렇다면 실패의 운명을 어떻게 성공의 자리로 변환할 수 있을까. 답은 있다. 이상과 현실의 조화다. 이상은 현실과 타협하고, 현실은 이상과 타협하는 것이다. 중국 초나라 시대의 시 〈어부사〉에는 개혁을 추진하다 실패하고 멱라수에 몸을 던져 자살한 정치가이자 시인인 굴원이 어부와 대화하는 내용이 나온다.

"머리를 감은 사람은 관의 먼지를 털어 쓰고, 몸을 씻은 사람은 옷의 먼지를 털고 입는다. 어찌 청결한 내가 세속의 더러운 먼지를 뒤집어쓸 수 있겠냐."

굴원이 자신의 고고함을 내세운다. 이에 어부가 빙그레 웃으면서 다음과 같이 노래하고는 어디론가 가버렸다.

"창랑의 물이 맑으면 갓끈을 씻고, 창랑의 물이 흐리면 발을 씻는다."

자기의 주장과 이상만 고집하지 말고 맑은 세상에서는 맑게, 혼탁한 세상에서는 함께 흙탕물을 일으키며 타협하고 절충하며 살라는 충고다. 요즘식으로 표현하자면 '이상'은 소통, 화합, 진정성, 탈권위, 지역주의 극복, 약자에 대한 배려, 균형발전 등이 될 것이다. '현실'은 실용, 효율, 법치, 경제 살리기, 일자리 나누기, 국가브랜드 제고, 녹색성장, 구조조정, 자원외교 등이 될 것이다.

실패하지 않겠다면 진보는 현실과 타협해야 한다. 실패하지 않겠다면 보수는 이상과 타협하고 조화를 모색해야 한다. 보수는 진보에 비해 그래도 가진 게 있고 기득권이라는 것도 있다.

때문에 스스로를 더 열어야 하고 관용과 아량을 보여야 한다. 보수의 힘은 여기서 나온다.

항룡은 현자를 많이 거느리지만 진정 보좌하는 사람은 없다고 했다. 실패의 운명을 성공의 자리로 바꾸려면 사람을 어떻게 쓰는지도 중요하다. 『한비자』에는 자기 아들을 삶은 국물을 마시면서까지 전쟁에서 이긴 위나라의 장수 이야기가 있다. 임금은 이 장수에게 전쟁에서의 공로를 감안해 큰 상을 내리지만 결국 그를 멀리한다. 반대로 왕이 사로잡은 어린 사슴을 어미가 따라오며 울부짖자 안타까움에 어린 사슴을 살려보낸 신하를 처음에는 노여움에 내쫓지만 얼마 후 다시 불러들여 아들의 스승으로 삼는 왕도 나온다.

실패하지 않겠다면 대통령은 아랫사람을 고르는 데 왕과 같은 안목이 있어야 한다. 성공한 CEO가 되려고 해도 마찬가지다. 뭐든지 맡겨만 달라고 달려드는 참모가 제일 위험하다. 하명만 하시라는 과잉 충성의 참모가 제일 경계해야 할 사람이다. 충성 모드밖에 모르는 참모는 결국 보스를 곤경에 빠뜨린다. 물론 자신도 얼마 안 있어 용도 폐기되고 말 테지만 말이다. 성공하는 대통령, 성공하는 CEO를 많이 보고 싶다.

정치4

가을에

2009년 10월 26일

가을이 절정이다. 지난 주말 후배들과 강화도로 1박2일 야유회를 다녀왔다. 신문사 야유회라는 게 대개 밤새워 술 마시는 게 일반적인데, 이번엔 좀 달랐다. 이른 아침밥을 먹고 강화 올레길 걷기에 나섰다. 강화에선 올레길이라고 하지 않고 '나들길'이라고 한다.

강화는 섬이지만 산이 높고 들이 넓다. 역사유적도 곳곳에 널려 있다. 노랗고 붉은 산과 순무와 고구마와 벼의 들, 갈대숲과 갯벌의 바다 그리고 유적지까지 4시간 넘게 걸은 강화 나들길은 너무 짧았다. 길을 걸으면서 독일의 시인 라이너 마리아 릴케의 시와 편지가 생각났다. "주여! 때가 되었습니다. 지난 여름은 참으로 위대했습니다"로 시작되는, 교과서에도 실린, 가을보다 더 가을색이 짙은 릴케의 시 〈가을날〉이.

나는 이 시에서 "지금 혼자인 사람은 오래도록 혼자로 남아/ 깨어나, 읽고, 긴 편지를 쓸 것입니다/ 그러다가 나뭇잎 떨어져

뒹굴면 가로수 길을/ 이리저리 불안스레 방황할 것입니다."라는 마지막 구절을 좋아한다. 인생의 가을날이 어떨지 생각하게 하기 때문이다.

가을에는 릴케의 시도 좋지만 편지도 좋다. 릴케의 서간집 『젊은 시인에게 보내는 편지』에는 '고독으로부터 찾는 해답'이라는 부제가 달려 있다. 고독은 가을의 또 다른 말이다. 릴케는 젊은 시인에게 예술작품이란 한없이 고독한 것이며, 고독을 사랑하고 견뎌내며, 고독을 자신의 의지처이자 고향으로 삼으라고 말한다. 고독은 우리가 택하거나 버릴 수 있는 성격의 것이 아니며, 우리는 근본적으로 고독한 존재임에도 마치 그렇지 않은 듯이 스스로를 속인다고 지적한다. 릴케는 남녀의 사랑조차 두 연인이 서로가 서로의 고독을 지켜주는 파수꾼이 돼야 한다고 말한다.

그러나 이 가을에 고독해야 할 사람은 예술가나 사랑하는 남녀만은 아니다. 정치 지도자들도 진정 고독해야 한다. 고독은 포퓰리즘의 대척점에 서 있다. '세종시 논란'을 보면서 특히 그런 생각이 든다. 행정중심복합도시 세종시는 국가균형발전이라는 명분과 달리 본질은 대통령 선거 때마다 충청권이 캐스팅보트를 쥐게 되는 비극적 한국 정치현실의 산물이다. 세종시 건설은 충청권에 대한 특혜고 선심이며 아부행위다.

대선 승리를 노리는 각 정파의 후보들은 충청권 표를 의식한 정책을 추진할 수밖에 없고, 심각한 문제점과 부작용, 엄청난 비용 등을 잘 알면서도 반대하지 않는다. 고 노무현 전 대통령만이 아니다. 대통령 당선 전의 이명박 후보가 그랬고, 세종시 축소 논란에 대해 절대 안 된다며 쐐기를 박고 나선 박근혜 전 한나라당 대표가 그렇다. 정운찬 총리가 취임 일성으로 세종시 문제의 전면 재검토를 선언했지만 그 역시 대권 야망을 버리지 않는 한 쉽지 않을 것이다. 그는 학자적 양심과 정치 야망 사이에서 고민할 수밖에 없다.

그렇다면 세종시 문제의 해법을 제대로 제시할 수 있는 사람은 오직 한 사람밖에 없다. 다시는 대선후보로 나설 수 없는 유일한 정치인 이명박 대통령이다. 그런 점에서 정권에 부담이 되더라도 국가에 도움이 된다면 그것을 택해야 한다는 이 대통령의 신념에 기대를 걸어본다. 울산, 창원, 구미 등 경쟁력 있는 도시들은 모두 정부기관보다 산업체가 있기 때문이라는 기업도시 해법에도 공감한다.

릴케는 깊은 고독에의 침잠을 통해 자신의 내면을 응시하고 거기서 참된 해법을 찾아내라고 메시지를 전한다.

정치5

뽕나무 밑에서 사흘을 머물지 말라

2010년 7월 19일

총리실에서 민간인을 사찰한 사람들이 대통령과 고향이 같은 고위 공직자들이라고 해서 시끄럽다. 그러나 이들만 욕할 수 있나. 대다수 지역이 그렇다. 내 고향 출신 5급 이상 공무원들도 오래전부터 이런 모임을 갖고 있다. 우리 고향에서 대통령이 나왔다면 이보다 더한 일을 했을지도 모른다. 동향의 공무원들만 모이는 건 아니다. 요즘은 향우회, 동문회가 세분화되어 같은 고향, 같은 학교 출신 가운데 업종별로 만나고 직위에 따라 다시 모인다.

고향에 왜 이토록 애착을 가질까. 애착이라는 점에서 고향에 견줄 만한 것은 어머니밖에 없다. 고향은 어머니와 같은 존재다. 사막이나 외딴 섬에서 태어난 사람도 자기가 나고 자란 고향이 최고다. 가장 맛있는 음식이 어머니가 만들어준 음식인 것처럼 말이다. 고향에 애정을 갖는 것은 고향이 우리에게 생명을 주고, 은혜를 베풀어주기 때문이다. 대지와 어머니는 모든 것을 주면서도 아무것도 요구하지 않는다. 고향은 어머니와 같고 대지와 같다.

'영포회'도 '영포목우회'도 자연스러운 현상이다. 나아가 특정 대학교 출신끼리 모이고, 특정 교회 출신끼리 밀어주고, 특정 집단의 관료들끼리 요직을 나눠 갖는 것도 결코 이상한 일이 아니다. 내가 포항 출신이 아니고, 내가 고려대학을 다니지 않았던 게 안타깝고 후회스럽다고나 해야 할까.

같은 고향, 같은 대학 등의 문제는 이성이 아닌 감정의 영역에 속한다. 추상적인 게 아니라 현실적이고 실제적인 문제다. 감정을 어떻게 처리하느냐는 전적으로 자신에게 달려 있다. 하나님도 부처님도 어떻게 할 도리가 없다.

그럼에도 정에 얽매이면 어떤 것도 성취할 수 없다. 이 사실을 잊으면 안 된다. 불교에서 승려들의 수행방법 중에 두타행(頭陀行)이라는 게 있다. 모든 집착과 번뇌를 버리고 심신을 수련하는 것이다. 계율에 따르면 "두타(頭陀)는 뽕나무 아래에서 삼일을 자면 안 된다."고 한다. 한 뽕나무 아래에서 참선을 하더라도 4일째 되는 날에는 반드시 그곳을 떠나야 한다. 한곳에 오래 머물면 감정이 생기고 미련이 생기기 때문이다. 승려에게 감정과 미련이 생기면 당연히 도를 성취하지 못한다.

계열사 사장단은 물론 부사장, 전무, 상무, 부장들까지 오너와 같은 지역, 오너와 같은 학교 출신으로 구성돼 쇠락의 길을 걷는 기업도 봤지만 그 반대의 경우도 적지 않다. 어느 기업 회장은 자신과 고향이 같거나 학교가 같은 사람은 웬만하면 배제한다. 자신과 인맥이 겹치는데 굳이 중용할 이유가 어디에 있겠느냐는 소신이다. 지나치다는 느낌도 들지만 수긍이 간다.

순혈주의 배제와 통합의 중요성은 스포츠에서도 확인된다. 남아프리카공화국 월드컵에서 우승한 스페인과 화끈한 공격축구로 4강에 진출한 독일이 그걸 보여줬다. 전통적으로 한국만큼이나 지역감정이 심한 스페인의 경우 대표팀 감독은 자신이 마드리드(카스티냐) 출신임에도 바르셀로나(카탈루냐) 출신 선수들을 중용했다. 독일은 게르만 순혈주의에서 벗어나 23명의 대표팀 선수 중 11명이 이주노동자 출신이다.

'영포회'도 '고소영'도 자연스런 현상이고 감정의 영역에 속하는 것이어서 뭐라 하기도 곤란하다. 말하는 게 치사하기조차 하다. 다만 명심할 것은 있다. 이렇게 하면 아무리 애를 써도 선거마다 패배하고, 레임덕은 가속화되며, 사회통합은 멀어진다는 사실이다. 뽕나무 밑에서 사흘을 머물지 말라 했다.

정치6

‘공정사회’를 부처에게 물었더니

2010년 10월 11일

진리가 무엇인가, 도(道)가 무엇인가, 그리고 부처는 무엇인가. 인도에서 중국으로 건너와 소림굴에서 9년간 면벽수도 후 팔을 자른 혜가에게 법을 전한 선불교의 큰할아버지 달마는 불교의 진리가 뭐냐고 묻는 양나라 무제에게 “진리는 휑하니 비어 있어, 성스럽다고 할 것조차 없다.”고 했다. 잘 이해되지 않는다면 조주라는 선승의 대답을 소개한다. “절대 그 자체가 진리라 하기도 하고 최고의 선이 진리라고도 말하는데, 정말 꼴사납고 부끄러워 얼굴을 들 수 없다.”

선불교의 정수 『벽암록』에서는 시작부터 마지막 100장까지 절대와 진리, 불법이 무엇인지를 묻고 답한다. 어느 승려가 운문선사에게 『화엄경』에 절대 진리를 뜻하는 ‘진진삼매’라는 말이 나오는데 이게 무슨 뜻이냐고 물었다. 선사는 “절대 진리는 바리때 속의 밥이고 나무통 속의 물”이라고 답했다. 불법이라는 것, 부처라는 것, 진리라는 것은 대단한 게 아니고 세상 속 우리의 평범한 삶 속에 있다는 뜻이다.

노자의 『도덕경』은 "도를 도라고 말하면 이미 도가 아니다." 라는 말로 시작한다. 참된 도는 말로 표현할 수 없는 것이며, 말로 가르칠 수 없다는 뜻이기도 하다. 『도덕경』의 이 말은 선불교의 선사들이 부처니 깨달음이니 하는 데 머무르지 말아야 한다면서, 거기에 머무르면 머리에 뿔이 생긴다고 강조하는 것과 비슷하다. 선사들은 더 나아가 열반이니 부처니 하는 말은 모두 번뇌에 불과하다고까지 말한다.

'공정한 사회'는 무엇인가. '정의사회'는 무엇인가. 또 '반칙과 특권이 통하지 않는 사회'는 무엇인가. 이들 중 앞의 것은 현 대통령이, 뒤의 두 개는 전직 대통령들이 주창한 것이라는 차이만 있을 뿐 같은 뜻이 아닌가. 공정사회와 정의사회는 당연히 같은 말이고, 고 노무현 대통령이 외친 반칙과 특권이 통하지 않는 사회도 그게 바로 공정사회이고 정의사회 아닌가. 이는 예수와 부처가 진리에 대해, 하나님의 나라와 불국정토에 대해 설파하고, 노자와 공자가 끊임없이 도(道)를 얘기한 것과 같은 이치다. 우리나라 전현직 대통령들에게 있어 공정사회는 진리이고 도이며, 하나님이고 부처님이다.

그럼 다시 물어보자. 공정사회는 무엇인가. '개천에서 용이 나는 사회'인가. '모두에게 합당한 사회조건을 추구하는 사회'인가. '친서민 정책을 펴고 상생경영을 하며 나눔과 봉사를 하는 사회'인가. 부처와 달마대사와 선불교의 조사(祖師)들은 이런 물음에 어떻게 대답할까. 상상력을 동원해 보자.

"공정사회니 동반성장 사회니 하는데 부끄러워 얼굴을 들 수 없구나. 공정사회는 별게 아니고 열심히 일하는 것이고, 열심히 돈 버는 것이다. 정치적 수사가 아니고, 진짜 공정사회를 만들고 싶다면 공정사회라는 말을 버려라. 공정사회는 말로 하는 게 아니다. 청상과부가 자기 외아들이 벼락을 맞아 죽어도 눈썹 하나 까딱하지 않을 정도의 강한 의지로 자기 개혁을 해야 한다. 바깥에다 대고 얘기하지 말고 안부터 닦아야 한다."

이것으로 부족하다면 공자가 『주역』을 해석한 '계사전'에 나오는 말이 참고가 될 것이다.

> "원래 글로 말을 다 할 수 없고, 말로는 사람의 뜻을 다 표현할 수 없다. 따라서 묵묵히 이루고 실행하는 게 중요하다. 그렇게 하면 떠들어대지 않아도 사람들은 그의 말을 믿는다. 이렇게 만인이 복종하는 경지에 이르면 천하의 민심은 당연히 그쪽으로 쏠린다."

정치7

박근혜는 왜 실패했나

2016년 11월 27일

성공한 기업 CEO들에겐 공통된 특징이 있다. 이제는 경영학의 고전이 된 짐 콜린스의 『위대한 기업』 관련 저서나 구글, 애플, 알리바바 등 세계 최고 기업을 일군 경영자들의 자전적 글들을 보면 대부분 비슷한 이야기를 한다.

그들이 제일 강조하는 것은 사람이다. 일보다 사람이 우선이며, 특히 적임자를 골라 적합한 자리에 앉히는 것을 최우선으로 한다. 또 성공한 CEO들은 하나같이 사람을 선택했다면 그를 충분히 믿었고 재능을 발휘하도록 권한을 모두 넘겨준다.

박근혜 대통령의 실패는 한마디로 용인(用人)과 인사의 실패다. 물론 지난 4년여 동안 청와대 비서진이나 내각 참모들 중 적임자가 없었다는 것은 아니다. 자질과 양식을 갖춘 적임자들은 오래 버티지 못하고 중도 하차한 경우가 너무 많았다. 하다못해 입에 담기조차 민망한 이런저런 주사제 처방에 부정적이던 대통령 주치의까지 떠났다.

위대한 CEO 또는 성공한 경영자가 인재를 고를 때 제일 중시하는 것은 기술이나 전문적 지식보다 '품성'이라고 경영학의 구루들은 강조한다. 또 성공한 CEO들을 분석했더니 배경이나 스펙보다는 타고난 품성이나 소양이 좋은 사람이 큰 성과를 냈다고 한다. 그런 점에서 보면 박근혜 대통령은 실패할 수밖에 없다. 지금까지 4년이나 버틴 것만 해도 다행이라고 해야 할지 모른다.

이번 스캔들에 등장하는 대통령 주변 인물들을 보면 하나같이 근본 없는 막돼먹은 사람들이다. 품성이라는 측면에서 보면 대통령 본인에게도 문제가 많다. 대통령을 가장 잘 아는 김종필 전 총리는 박근혜 대통령을 '천상천하 유아독존(天上天下 唯我獨尊)'형 인물이라고 평가했다. 천상천하 유아독존이라는 말은 직역하면 "하늘 위 하늘 아래 오직 나만이 존재하기 때문에 모두 복종해야 한다."는 뜻이지만, 불교에서의 본뜻은 "어떤 것에도 집착하지 않는 자유로운 마음, 스스로가 주인이라는 자각"을 의미한다.

박근혜 대통령이 최순실이든 미르재단이든 어떤 것에도 집착하지 않는 자유로운 마음이었으면 이 나라는 그야말로 '정토(淨土)'가 됐을 것이다. 지금쯤은 국민소득 4만 달러 시대를 목전에 두고 있을지도 모른다.

자기만 아는 유아독존형 리더는 반성할 줄을 모른다. 반성을 모르는 리더나 CEO는 매우 위험하다. 알리바바의 마윈은 CEO는 두 가지 상황에서만 존재한다고 말한다. 결정할 때와 실패할 때다. 특히 실패했을 때 리더는 주변 참모나 부하직원들 탓으로 돌리지 말고 분명히 "이것은 나의 잘못"이라고 말해야 한다고 강조한다.

위대한 리더, 성공한 CEO의 또 다른 특징은 자기가 끌어가는 조직이나 회사를 대단하게 키웠지만 스스로를 희생하지 않고 멋진 삶을 산다는 점이다. 주변 인재들을 끌어모으고 적재적소에 이들을 배치한다면 일과 사생활의 균형은 결코 불가능한 게 아니다.

박근혜 대통령에게 가장 안타까운 게 바로 이 대목이다. 그는 대통령이라는 공인으로서도 그렇지만 사생활 측면에서도 대단히 불행한 길을 걸었다. 동생들과의 갈등은 그렇다 하더라도 눈에 넣어도 아프지 않을 어린 조카들조차 외면했다는 대목에서는 말문이 막힌다. 나이가 들수록 남는 건 가족뿐이다. 60세 이순(耳順)을 넘긴 대통령이 남은 20~40년의 세월이 안겨줄 그 외로움과 고독을 어떻게 견뎌 나갈지 걱정이다.

경영학자들은 기업들이 헌신적으로 일하는 품성을 갖춘 리더보다 명성이 화려한 사람을 택하는 경향이 강해 우려스럽다고 말한다. 대한민국이 딱 그랬고, 지금 그 혹독한 대가를 치르고 있다.

정치8

2017년의 화두, 자오자긍(自悟自肯)

2017년 1월 8일

중국 선(禪)불교의 법맥은 1대 달마로부터 시작해 혜가, 승찬, 도신, 홍인, 혜능으로 이어진다. 이렇게 법맥이 이어질 때 상징으로 전달되는 것이 스승이 입었던 가사와 스승이 밥그릇으로 사용했던 발우다. 불교 경전도 아니고 스승의 옷과 밥그릇이 법맥을 전하는 수단이 된 것은 왜일까. 의외로 답은 싱겁다. 스승이 제자에게 전해줄 것도, 제자가 스승에게 전해받을 것도 없다는 의미다. 법맥이든 진리든 뭐든지 간에 그것은 스스로 깨닫고 얻어야 하는 것이지 누가 전해줘서 되는 게 아니라는 뜻이다.

붓다는 35세에 도를 깨친 후 설법을 시작했고 80세에 열반에 들었으니 45년이라는 긴 세월을 설법을 한 것이다. 그런데도 붓다는 이를 부인한다. "어떤 사람이 여래가 설법을 했다고 한다면 그것은 나를 비방하는 것이다."라고까지 말한다. 붓다는 또 무수히 많은 사람을 교화하고 구제했지만 마음속으로 그런 생각을 전혀 하지 않았다. 『금강경』에서 붓다는 제자 수보리에게 분명히 말한다.

"수보리여 절대로 착각해서는 안 되네. 그렇게 생각하지 말게. 내가 일체중생을 구하려 했다고 생각해선 절대 안 되네. 왜냐하면 여래가 제도한 중생은 하나도 없기 때문이지."

『금강경』에서 붓다는 자신의 구제를 필요로 하는 사람은 없다고 말한다. 단순히 겸양의 차원에서 그렇게 말하는 게 아니다. 구제든 해탈이든 교화든 그것은 스스로 노력해서 얻는 것이지 누가 대신해 줄 수 있는 게 아니기 때문이다. 그래서 『금강경』의 핵심 진리는 스스로 깨닫고 스스로 긍정하는 것, 바로 '자오자긍(自悟自肯)'이 된다. 다른 누군가가 해주는 게 아니고 스스로 깨닫고 스스로 긍정하는 것, 그것은 2017년 새해에 우리가 화두로 삼을 만하다.

'최순실 게이트'와 관련해 박근혜 대통령에 대한 법적 시시비비는 특별검사팀과 헌법재판소가 가려주겠지만, 근본 문제로 들어가면 대통령의 잘못은 스스로 판단하고 스스로 결정하지 못했다는 것이다. 자신이 스스로의 주인이 되지 못했다는 게 가장 큰 잘못이다. 연설문 작성이나 고위직 인사 같은 핵심 책무뿐만 아니라 하다못해 청와대 강아지 이름 짓는 것까지 스스로 하지 못하고 최순실에게 의존했다.

최순실도 잘못을 저지른다. 그의 딸 정유라에 대해서 말이다. 딸을 너무 사랑한 나머지 대통령과 기업들까지 동원해 고가의 말을 사주고, 대학에도 입학시켜 주고, 해외에 나가 살 수 있도록까지 했지만 정작 딸이 스스로 판단하고 스스로 일을 처리하는 능력을 갖도록 키우지는 못했다. 그 결과 딸까지 파멸의 길로 몰아넣었다.

그럼 박근혜 대통령과 최순실만 잘못을 했는가. 촛불을 든 1,000만 명을 포함해서 그런 사람을 대통령으로 뽑은 우리도 잘못을 저지른 건 마찬가지다. 주권자로서 스스로가 주인이 되지 못하고 지역주의와 진영논리에 의해, 정치가들의 선동에 따라, 언론이 만든 허상을 좇아서 달려간 결과가 지금의 '최순실 게이트'다. 역설적이지만 탄핵의 무대 앞에 선 대통령 박근혜는 바로 나의 자화상이자 당신의 자화상이다.

촛불을 든다고 해서 그게 면죄부가 될 수는 없다. 궁극적으로 촛불이 해답도 아니다. 나와 당신, 그리고 우리를 구할 수 있는 것은 붓다도 아니고 대통령도 아니고 촛불도 아니다. 바로 나, 당신 그리고 우리 자신밖에 없다. 새해에는 내가 내 삶의 주인공으로서 나만의 향기와 색깔로 살아보자. 일체의 권위에 맞서 당당하게 주인으로 살아보자. 무소의 뿔처럼 혼자서 가라.

정치9

모든 권력은 패배자다

2017년 4월 2일

동네 아파트 앞 목련 꽃망울이 터지기 직전이다. 목련은 우아하고 품위 있는 꽃이지만 특히 꽃잎을 오므리고 있을 때가 절정이다. 작가 김훈의 지적처럼 이때의 목련은 우아하면서도 자의식에 가득 차 있고 도도하기까지 하다.

그러나 목련이 질 때의 모습은 지저분하고 참혹하고 남루하다. 모든 꽃이 질 때 아름다운 것은 아니지만 유독 목련은 심하다. 마치 끝까지 낙화를 거부하고 하루라도 더 버텨 보려고 안간힘을 쓰는 것 같다.

대한민국 역사상 한때는 가장 우아하고 품위 있었던 박근혜 전 대통령이 19년 정치인생을 마감하고 이른 새벽 서울구치소에 구속 수감됐다. 탄핵까지 당한 마당에 지는 모습까지 아름답길 바라는 건 욕심일지 모르겠지만, 우리는 '가장 눈부신 순간에 스스로 목을 꺾는 동백꽃' 같은 순교를 마지막까지 바랐다.

동백꽃처럼 떨어져 죽을 때 주접스런 꼴을 보이지 않고 절정에서 스스로 목을 꺾기를 내심 기대했다. 그러나 동백꽃 같은 퇴장은 결코 일어나지 않았다. 시인의 상상 속에서나 가능했던 일인가 싶다.

젊은 시절 연애를 하고 사랑을 해본 사람이면 알 것이다. 연애 초기엔 손만 잡아도 머릿결만 만져도 어깨만 감싸도 흥분하게 만들던 파트너가 어느 때부턴가 눈앞에 벌거벗고 누워 있어도 무덤덤하고 아무 감흥을 주지 않는다. 그래서 우리는 '시간 앞에서 모든 사랑은 패배자'란 말에 공감할 수밖에 없다.

마찬가지로 '시간 앞에서 모든 권력은 패배자'란 명제도 진실이다. 오죽했으면 공자는 『주역』을 해설하면서 최고 자리에 오른 황제를 빗대 '항룡유회(亢龍有悔)'라고 했을까. 하늘 끝까지 오른 용은 후회한다. 너무 높이 날아오른 이카루스가 태양열에 녹아 떨어진 것과 같은 이치다. 하는 일마다 풀리지 않고 근심거리만 생긴다.

박근혜 전 대통령은 '최순실 게이트'가 터진 이후, 비록 귀한 존재였지만 편히 쉴 곳이 없고 다스릴 국민도 없게 되었다. 주변에 지지자들과 참모가 있었지만 그 누구도 도움이 되지 못했다. 오히려 일을 망가트렸다. 헌법재판소의 탄핵 심판은 물론 검찰 및 특검 조사, 법원의 영장실질심사 과정 모두 제대로 대응한 게 없다.

감옥살이를 하다 보면 알 것이다. 행복이라는 게 별게 아니라는 것을. 시인이 노래했듯이 "저녁 때 돌아갈 집이 있으면 행복하고 외로울 때 혼자 부를 노래만 있어도 행복하다." 감옥에선 이 어느 것 하나 가능하지 않다. 집에 갈 수도 없고, 마음대로 노래를 부를 수도 없다.

우리가 불행에 빠지는 것은 가족, 아이들, 맥주 한 잔, 강아지 등 늘 곁에 있는 것의 소중함을 알지 못하기 때문이다. 같은 이치로 공자는 항룡유회가 아닌 '군룡무수(群龍無首)'를 강조했다. 용의 무리가 있으나 누구도 우두머리를 자처하지 않기 때문에 좋은 일만 있다는 것이다. 이는 마치 붓다가 49년을 설법하고도 "나는 한마디도 말하지 않았다."고 한 것과 같다.

두드러지게 높은 곳엔 비바람이 많을 수밖에 없다. 머리는 부족한데 너무 큰 것을 도모하고, 덕이 없는데 지위가 너무 높아지면 예외 없이 불행을 겪는다. 박근혜 전 대통령이 그랬고, 지금 대통령이 되겠다고 나선 사람들이 그 길을 가고 있다. 단순히 제왕적 대통령제를 고치고 권력을 분산시키는 등의 노력만으로 해결된다고 생각한다면 착각이다. 문재인이든 안철수든 홍준표든 유승민이든 대통령이 되겠다는 사람들은 지금 자신들이 혹은 비난하고 혹은 동정하는 박근혜 전 대통령의 길을 4~5년 뒤 그들도 똑같이 걸어갈 수도 있다는 무서운 사실을 명심해야 한다.

정치10

셀프청문회

2017년 6월 10일

시인 백석과 윤동주를 좋아하던 시절이 있었다. 지금은 기억조차 가물가물하지만 두 시인의 시 중에서도 특히 백석의 〈흰 바람벽이 있어〉와 윤동주의 〈서시〉가 가슴에 와닿았었다. "하늘이 이 세상을 내일 적에 그가 가장 귀해하고 사랑하는 것들은 모두 가난하고 외롭고 높고 쓸쓸하니"로 이어지는 〈흰 바람벽이 있어〉의 마지막 구절과 조금은 비장하게 "죽는 날까지 하늘을 우러러 한 점 부끄럼이 없기를"로 시작되는 〈서시〉를 줄곧 외우며 다녔다. 그 시절에는 시인의 다짐처럼 평생 외롭고 높고 쓸쓸하게, 하늘을 우러러 한 점 부끄럼 없이 살 수 있을 것으로 자신했다.

그런 다짐과 자신감은 그러나 오래가지 못했다. 결혼을 하고 가정을 꾸리고 직장생활을 하면서 그게 얼마나 어렵고, 애초에 불가능한 일인지를 알게 됐다. 의미 있는 일을 하는 시민운동가든, 고위 공직자든, 야심차게 기업을 경영하는 기업가든, 아니면 창조적 활동을 하는 예술가든 겉으로 드러나는 모습과는 무관하게 속을 들여다보면 볼수록 매혹적인 삶은 없다는 것을 알게 됐다.

살아보면 볼수록 인생은 특별하지 않았다. 모두 다 거기서 거기였다. "지구가 우주의 중심이 아니듯 인간은 신의 아들이 아니라 짐승의 후손이다."는 지적에 공감이 갔다. 우리나라 시민운동을 상징하는 인물인 김상조 공정거래위원장 후보와 여성으로 비외무고시 출신인 강경화 외교부장관 후보자의 인사청문회를 지켜보면서, 그들의 삶 역시 겉으로 드러난 것과 무관하게 매혹적이지도 특별하지도 않다는 것을 다시 한 번 확인했다.

그럼 우리 스스로는 어떨까. '셀프 청문회'를 한번 해 보자. 우선 나부터 해 봤다. 제일 먼저 걸리는 게 다운계약서다. 25년 전 신도시 아파트를 분양받아 얼마 뒤 팔고 지금 사는 동네로 이사하는 과정에서 우선 실제 거래가격보다 낮은 가격으로 계약서를 작성했으니 명백하게 탈세를 한 것이다.

결혼 초기 한동안 직장생활을 했던 아내한테도 의심 가는 대목이 있다. 아무래도 소득세 신고를 제대로 하지 않은 것 같다. 아이한테도 몇 가지 의혹이 불거진다. 조기유학을 갔고 방학 때면 국내에 들어와 인턴을 몇 번 했는데 뭔가 찜찜하다.

그런데 더 큰 문제는 아내와 아이가 아니라 나 자신이다. 직업이 직업인만큼 지금까지 쓴 칼럼만 수백 편이 되는데, 이걸 누군가 샅샅이 검증한다면 학위 논문 표절 정도가 아니라 희대의 칼럼 표절자로 낙인찍힐 게 분명하다. 표절 여부를 검색하는 프로그램까지 개발돼 야당 의원들이 애용하던데 변명의 여지가 없다. 더욱이 경제기자로서 그동안 기업의 입장을 숱하게 대변해 왔으니 '재벌 앞잡이'라고 공격받을 게 분명하다.

여기에다 하나 더 있다. 고백컨대 거의 매일 법 위반을 하고 있다. 바로 김영란법이다. 직업상 점심 저녁으로 매일 식사 약속이 있고 주말이면 빠지지 않고 골프를 치는 편인데, 김영란법을 제대로 지키는 것은 사실상 불가능하다. 처음 몇 달은 꼼꼼히 지켰는데 이제는 솔직히 포기상태다. 행여 누군가 나의 뒤를 1주일만 밟는다면 생각만 해도 끔찍하다. 김상조와 강경화의 자리에 내가 서 있지 않는 게 얼마나 다행이고 감사한 일인지 모르겠다. 범부(凡夫)여서 인사권자인 문재인 대통령과 일면식도 없고, 아는 사람도 많지 않다는 게 너무나 고맙다.

그런데 장관은 누가 하고 공직은 누가 맡나. 청문회 통과율 100%라는 국회의원 출신이나 평생 공무원으로만 살아 청문회 준비가 몸에 밴 관료 출신들로만 채우면 될까. 그게 조금 걱정은 걱정이다.

정치11

공직자의 성의식

2017년 6월 25일

"여자는 맑은 샘물과 같습니다. 마시면 되는 것입니다. 내 천당은 물렁물렁한 침대가 있고, 옆에는 암컷이 하나 누워 있는 향긋한 방입니다. 하나님이 주신 이놈의 연장은 언제 어디서든 암컷만 만나면 내 대가리를 돌게 만들고 지갑을 열게 만듭니다."

현대문학의 성자(聖者)로 추앙받는 작가 니코스 카잔차키스의 소설 『그리스인 조르바』에 나오는 구절이다. 20세기 또 다른 성자 알베르트 슈바이처가 "니코스 카잔차키스처럼 나에게 큰 감동을 준 사람은 없다."고 말한 바로 그 작가다. 카잔차키스가 『그리스인 조르바』를 발표한 게 1942년이고 그리스 내무부 장관에 취임한 때가 1945년이니까 70년이 더 지난 일이긴 한데, 카잔차키스가 2017년 대한민국 청문회장에 섰다면 어떤 일이 벌어졌을까. 모르긴 해도 '성자' 카잔차키스조차 장관 자리에 오르는 건 불가능했을 것이다.

> "젊은 여성의 몸에는 생명의 샘이 솟는다. 그 샘물에 몸을 담아 거듭 탄생하고자 하는 것이 사내의 염원이다. 성숙한 서양 여자의 벗은 몸에서는 짐승 냄새가 난다. 점원의 매끈하면서도 단단한 종아리는 여지없이 내 엉성한 선글라스를 뚫는다."

이 글은 성매매를 합리화하고 여성비하적이며 저급한 성의식을 갖고 있다고 해서 야당과 여성단체는 물론 언론의 집중포화를 맞고 낙마한 안경환 전 법무부 장관 후보자가 쓴 것이다. 『그리스인 조르바』에 나오는 문장과 분위기가 비슷하지만 더 우회적이고 점잖다. 그럼에도 그는 성자는커녕 양아치 수준의 사람으로 놀림을 당하더니 결국 물러나고 말았다. 하긴 니코스 카잔차키스도 자신의 저작물로 인해 그리스 정교회의 규탄을 받았고, 그의 『최후의 유혹』은 금서목록에 오르기도 했다.

그런 점에서 2017년 대한민국의 성담론은 70년 전 그리스 정교회 수준에 머물러 있다. 안경환에 이어 야당과 여성단체는 물론 일부 여당 의원까지 나서서 사퇴를 압박하는 또 한 사람이 있다. 탁현민 청와대 행정비서관이다. 그도 죄명은 똑같다. 여성비하적이며 천박하고 왜곡된 성의식을 갖고 있다는 것이다.

"허리를 숙였을 때 젖무덤이 보이는 여자와 뒤태가 아름다운 여자가 끌리는 여자다. 내 성적 판타지는 임신한 선생님이다."

10년 전 그가 쓴 수필집에 나오는 이런 내용들이 과연 여성비하적이며 왜곡된 성의식의 발로일까.

"누구에게 흥분을 느낄지는 자기 마음대로 정할 수 있는 문제가 아니다. 어떤 맛의 아이스크림을 마음대로 정할 수 없는 것처럼 말이다. 섹스는 본래부터 이상하다는 점을 인정해야 한다."

우리 시대의 현자(賢者)이자 '연애학 박사'로 평가받는 스위스 태생의 천재 작가 알랭 드 보통이 '인생학교, 섹스에 대해 더 깊이 생각해 보는 법'에서 강조한 내용이다. 알랭 드 보통의 지적대로라면, 가슴이 큰 여자를 좋아하든 임신한 선생님에게 성적 흥분을 느끼든 그건 취향의 문제지 가치판단의 문제가 아니다. 커피를 마실 때 아메리카노를 마시든 라떼를 마시든 시비를 걸지 않는 것처럼 말이다.

정치권이나 언론 또는 시민단체가 어떤 사람을 공격할 때 섹스 이슈를 전면에 내세우는 건 이유가 있다. 누구에게나 가장 취약한 고리이기 때문이다. 성과 섹스에 대한 공격을 받고 견딜 수 있는 사람은 아무도 없다. 그런 점에서 이처럼 비열한 짓도 없다. 어떤 사람의 행위가 아닌 그가 쓴 저작물의 내용에 대한 공격이라면 더 그렇다. 현대판 분서갱유일지도 모른다. 문재인 정부의 인사청문회가 열리는 2017년 6월, 대한민국은 야만의 시대다.

정치12

하늘 노릇하기 힘든 대통령

2017년 8월 6일

고 노무현 대통령이 취임한 지 얼마 안 돼 "대통령짓 못해 먹겠다."고 말해 파문이 일기도 했지만 지금 생각해 봐도 말은 맞다. 그때나 지금이나 대통령 노릇하기는 정말 힘들어 보인다. 탈원전, 대기업과 고소득자 증세, 부동산 대책 등 굵직굵직한 이슈뿐만 아니라 하다못해 대통령이 여름휴가 가는 것을 놓고서도 말이 많다. 그런 점에서 문무일 검찰총장이 문재인 대통령에게 임명장을 받는 자리에서 읊었다는 한시에 공감이 간다.

주천난주사월천(做天難做四月天)

잠요온화맥요한(蠶要溫和麥要寒)

출문망청농망우(出文望晴農望雨)

채상낭자망음천(採桑娘子望陰天)

하늘 노릇하기 어렵다지만 4월 하늘만 하랴
누에는 따뜻하기를 바라는데 보리는 춥기를 원한다
나그네는 맑기를 바라는데 농부는 비 오기를 기다린다
뽕잎 따는 여인은 흐린 날을 원하네

알려진 대로 이 시는 유불선에 두루 밝은 대만의 대학자 남회근(南懷瑾, 1918~2012)이 자신의 저서 『금강경강의』와 『논어강의』에서 소개한 것이다. 남회근 본인이 지은 것은 아니고 옛 중국에서 전해 내려온 시다.

남회근은 『논어강의』 '옹야(雍也)' 편에서 이 시를 인용한다. 그는 '옹야' 편을 해설하면서 황제의 조건, 리더의 조건을 말한다. 곤궁이 극에 이르면 하늘을 부르고, 고통이 극에 이르면 부모를 부른다는 말이 있듯이, 왕이나 지도자가 대중의 비판을 받는 것은 필연적이라는 것이다. 욕을 먹을 수 있어야 황제가 될 수 있다는 설명이다. 따라서 리더는 일이 좀 못마땅하다고 해서 다른 사람에게 짜증을 내거나 분풀이를 해서도 안 된다고 말한다. 그는 황제도 지도자도 하늘, 땅과 같은 광대한 포용과 기개를 배워야 한다고 강조한다.

남회근은 '하늘 노릇하기 힘들다'는 이 시를 『금강경강해』에서도 소개한다. 여기서는 한 걸음 더 나아가 황제나 리더가 아닌 백성과 시민이 취해야 할 올바른 자세와 관점에 대해 말한다. 그가 이 시를 인용한 것은 '정신희유분(正信希有分, 바른 믿음이 드물다)' 편에서다. 『금강경』에서 이 장의 핵심은 "모든 상(相)은 허망하다."는 것이다. 일체의 상에 집착하는 순간, 그건 진리라고 말할 수 없다는 것이다.

그럼에도 사람들은 종교를 믿을 때 대부분 형식적인 것을 중시하며 무얼 바라는 마음으로 얻을 수 없는 것을 구한다. 사원에 가서 절하고 기도하면서 사업이 번창하고 복권에 당첨되기를 바란다. 심지어 두 사람이 소송을 벌이는데 서로 자기를 도와달라고 빌기도 한다. 남회근은 이런 상황에서는 하늘 노릇 하기도 참으로 어렵다고 지적한다. 절대자의 입장에서도 이런 행동은 이해하지 못할 것이라고 비판한다. 이런 행위는 종교의식으로 그쳐야지 그 이상은 곤란하다는 것이다.

그는 깨끗한 믿음을 거듭 강조한다. 아무리 전지전능한 절대자라 해도 누에와 보리, 길손과 농부, 뽕잎 따는 여인의 요구를 한꺼번에 충족시킬 수는 없다. 우리 대통령도 마찬가지다. 환경론자와 '원전 마피아', 부자와 가난한 자, 다주택 소유자와 무주택자들의 요구를 모두 만족시킬 수는 없는 노릇이다.

부자가 되고 복권에 당첨되기를 기도하는 게 종교인의 자세가 아니듯이 자신만의 이해관계에 집착해 대통령에게 모든 것을 해결해 달라고 요구하는 것도 올바른 시민의 자세는 아니다. "대통령 노릇 못해 먹겠다."는 말은 1차로 지도자의 불찰과 부덕의 소치지만 한편에서는 우리 모두의 책임이기도 하다. 시민이 일등일 때 일류 지도자도 나온다.

정치13

가짜뉴스를 대하는 공자의 자세

2018년 10월 28일

"쏜살같이 흐르는 세월을 따라 갈 수 없고, 세월이 기다려 주지 않아 두렵다. 늙음이 한 발 한 발 다가오는데 훌륭한 이름 남기지 못할까 걱정이다. 아침이면 목란에 구르는 이슬 마시고 저녁엔 가을국화의 시든 꽃잎으로 허기를 채운다."

중국 초나라의 정치가이자 시인 굴원이 쓴 『초사』〈이소(離騷)〉에 나오는 구절이다. 가을에 어울리는 낭만주의의 서정성 높은 작품이지만 사실은 정치적으로 추방당한 굴원이 자신의 울분을 표현한 글이다.

"나는 실의에 빠져 이 시절에 맞지 않아 외로이 곤궁하게 지낸다. 마음을 굽히고 의기를 눌러 남이 허물을 들춰내도 참고, 욕을 해도 견디며 물리친다. 그 많은 사람들의 집을 일일이 찾아다니며 설득시킬 수도 없는 일, 뉘라서 내 마음을 이해해 주겠나."

굴원은 또 다른 『초사』 〈구장(九章)〉에서 "많은 사람의 입은 단단한 쇠까지도 녹여버린다. 뜨거운 국물에 입을 덴 사람은 차가운 나물도 불어서 먹는다."고 했다. 요즘 식으로 말하자면 굴원은 역사적으로 가짜뉴스의 첫 번째 희생자였다. 세상 사람들이 끼리끼리 패거리가 돼 상대를 공격하고 놀아나는 상황에서 외톨이가 된 굴원은 "이젠 죽어 은나라의 현인 팽함이 계신 곳을 찾아가겠다."며 멱라수에 몸을 던진다.

인생에서 가장 두려운 것은 뜬소문일지도 모른다. 가짜뉴스에 당한 사람은 굴원에 그치지 않는다. 공자도 가짜뉴스 때문에 곤욕을 치른다. 『논어』 '옹야(雍也)' 편에 나오는 내용인데, 위나라의 미녀를 만난 일과 관련해서다.

공자는 제자들과 함께 여러 나라를 다니면서 상대적으로 위나라에서 오래 머물렀다. 위나라는 공자를 오래 있게 해 국정을 맡길 생각도 했기 때문에 제자들 중에는 공자가 위나라에서 권력을 얻고 싶어한다고 의심하는 사람까지 있을 정도였다. 이런 상황에서 공자가 위나라 제후가 총애했던 미모가 아주 빼어난 왕비 남자(南子)를 만나버린 것이다. 그러자 온갖 소문과 억측이 난무했다. '옹야' 장에는 제자들 가운데 성격이 괄괄하기로 유명한 자로(子路)가 불쾌한 나머지 공자를 몰아붙여 난감하게 만드는 대목이 나온다. 이에 대한 공자의 대응과 입장은 분명했다.

"너희들은 남이 함부로 하는 말을 그대로 믿지 말아라. 헛소문은 지혜로운 자에게서 그친다. 총명하고 지혜로운 사람은 듣자마자 그 말이 참인지 거짓인지 안다. 내가 옳다고 생각하는 것은 너희들의 견해와는 다르다. 만일 참으로 죄악이 극도로 큰 사람이라면 하늘의 뜻도 그를 버릴 것인데 하물며 사람이겠느냐. 너희들이 남자(南子)에 대해 이렇게 못마땅해 할 이유가 없다."

공자가 강조한 것은 다른 사람의 헐뜯음이나 칭찬에 동요하지 말고 자신의 행위만을 물어야 한다는 것이다. 중요한 것은 남의 평판이 아니라 자기 자신이며 본분을 잊지 않으면 남이 뭐라 하든 개의치 말아야 한다는 것이다. 멱라수에 몸을 던진 굴원과 달리 가짜뉴스를 대하는 공자의 태도는 이랬다.

대통령의 건강 이상설이나 총리의 북한 찬양설 같은 SNS와 인터넷상의 가짜뉴스들에 대해 정부와 여당이 강력한 단속과 입법 강화를 선언하고 나섰다. 이에 대해 진보적 시민단체들까지 표현의 자유 위축 등 우려를 표명하면서 논란이 일고 있다. 논란에 대한 정답은 2,500여 년 전 공자님 말씀에 나와 있다. 다른 사람의 헐뜯음에 동요하지 말고 자신의 행위만을 묻는 것이다. 세상 이치가 그렇다. 대단히 어렵긴 하지만.

정치14

경제전쟁 앞에서

2019년 8월 4일

21세기 첨단과학의 시대에는 국지전이면 몰라도 과거처럼 정상 국가 간 전면전은 상상하기 어렵다. 미국과 중국 러시아 간 전쟁은 물론 하다못해 모든 면에서 비교조차 안 되는 미국과 북한 간에도 전쟁은 일어나기 쉽지 않다. 핵무기가 개발되고 ICT(정보통신기술)가 고도로 발전하면서 전쟁은 승패와 상관없이 서로에게 집단자살을 의미하기 때문이다.

그렇다고 해서 전쟁이 불가능하다고 생각하는 것도 순진한 일이다. 이 시대의 지성 유발 하라리가 지적한 것처럼, 전쟁이 모두에게 재앙적인 결과를 초래한다 해도 그 어떤 신이나 자연의 법칙도 인간의 어리석음을 막지는 못하기 때문이다. 하라리는 인간의 어리석음을 치유하는 한 가지 해법은 겸허함인데 아쉽게도 오늘날 인류는 겸허함을 상실하고 말았다고 말한다.

사람들은 대부분 자신들이 속한 민족이 인류문화와 역사의 주축이라고 생각한다. 그리스와 중국은 물론 영국, 독일, 프랑스, 미국, 일본, 심지어 멕시코의 아즈텍족까지 모두 그렇게 생각했다. 이 같은 역사에 대한 의도적 무지에다 인종주의, 게다가 정치 지도자들의 음흉한 계산까지 더해지면 21세기 첨단시대에도 국가 간 전면전은 얼마든지 일어난다.

일상에서 벗어나 아무 생각 없이 쉬고 싶기만 한 무더위 휴가철에 한국과 일본 사이에 드디어 '전쟁'이 터지고 말았다. 국민들의 목숨이 파괴되는 무력전쟁이 아닌 '경제전쟁'이라 해서 안도할 수만은 없다. 일본 제국주의에 의한 한반도 병합이나 임진왜란 같은 일이 21세기 첨단과학의 시대인 지금 모습만 바꿔 다시 일어났다.

우리는 역사를 공부할 때 침탈자 일본을 비난하면서도 한편에서는 늘 당하기만 한 선조들의 무능을 탓해 왔다. 그런데 그 일이 지금 우리 세대에 일어나고 말았다. 몇백 년 뒤 우리 후손들은 2019년 8월에 시작된 '한일 경제전쟁'을 어떻게 말할까.

일본이 불화수소 등 반도체 및 디스플레이 관련 3개 소재부품에 대한 수출규제에 이어 우리나라를 수출심사우대국(화이트리스트)에서 제외함으로써 사실상 적대국에 준하는 조치를 취한 것을 전쟁으로밖에 볼 수 없는 데는 이유가 있다. 전쟁과 게임을 가르는 가장 큰 차이는 룰이 있느냐 없느냐다. 또 질 경우 죽느냐 사느냐다. 전쟁은 지면 죽는다. 전쟁은 룰이 없다. 그러므로 반도체 관련 소재부품에 대한 수출규제나 수출심사우대국 제외는 경쟁이나 게임이 아니라 전쟁이다.

일본의 두 조치는 명백히 룰을 무시한 것이다. 외교적 사안을 경제적 수단을 동원해 공격하고 보복하는 것이다. 세계무역기구(WTO) 기준 등 글로벌 스탠더드에도 위배된다. 이번에 일본과의 경제전쟁에서 패하면 한국경제는 죽고 만다. 반도체, 디스플레이, 휴대전화, 수소전기차, 철강, 조선 등 첨단 산업분야의 주도권 경쟁에서 1등 자리를 내주고 내려와야 한다. 1인당 3만 달러를 넘어 일본의 80%까지 따라간 국민소득도 주저앉게 될 것이다.

법학자 겸 현대사 학자인 에이미 추아 예일대 교수의 말을 빌리지 않아도 역사상 초강대국이 되는 핵심 조건은 관용성과 다원성이다. 그런 점에서 일본은 자격 미달이다. 일본의 협량함은 아베 신조 총리 등 정치 지도자들만이 아니다. 수출규제에 대한 압도적 찬성 여론이나 일본 지식인 사회의 혐한 분위기 등이 이를 입증한다.

일본의 단합과 치밀함이 두렵기도 하지만 한일 경제전쟁이 진행되는 과정을 보면 대한민국이 오히려 다원적이고 민주주의 역량이 성숙한 사회임을 확인할 수 있다. 최악의 인간들이 강렬한 열정에 사로잡혀 있다 해서 겁내지 말자. 우리에게 패배를 안길 수 있는 것은 오직 우리 자신뿐이다.

정치15

짝퉁 보수, 사이비 진보

2020년 1월 19일

지난해 문화체육관광부가 한국갤럽에 의뢰해 전국 성인 남녀 5,100명을 대상으로 개별 면접한 '한국인의 의식·가치관 조사'를 보면 우리 사회가 겪는 집단 갈등 가운데 가장 심각한 문제로 남녀·계층·세대 간 갈등이 아닌 진보와 보수 간 갈등이 꼽혔다. 응답자의 91.8%가 그렇다고 답했다.

설문 결과는 우리 상식과 크게 어긋나지 않는다. 최근의 여론조사에서 드러난 정당별 또는 문재인 대통령에 대한 지지율을 보면 우리 사회는 보수와 진보가 대략 50대 50 정도로 나뉘어 갈등을 겪는 것으로 보인다. 당신은 어느 쪽인가. 보수인가, 진보인가. 문제는 보수든 진보든 진짜가 아니라는 데 있다.

짝퉁 진보 짝퉁 보수, 사이비 보수 사이비 진보가 판을 치고 있다. 우선 보수부터 보자. 보수의 핵심 가치 중 하나는 법질서를 지키는 것이다. 그런데 보수를 자처하는 자유한국당은 어떤

가. '공수처법·선거법 날치기 저지 규탄대회'를 한다며 현행법상 집회 금지구역이자 입법부의 심장인 국회로 태극기 부대 등을 불러들여 난장판을 만들고 국회를 마비시킨 일을 어떻게 봐야 할까.

총선을 앞둔 자유한국당의 공약 1호는 '괴물 공수처 폐지'다. 21대 국회의원 선거에서 자유한국당이 압승을 거둬 공수처법을 폐지하고 검찰의 권한을 예전처럼 강화해 주면 어떤 일이 생길까. 자유한국당은 입만 열면 검찰개혁을 비난하지만 사실 검찰개혁으로 이득을 보는 사람은 자유한국당의 핵심 지지층인 부유층이다. 서민들은 검찰개혁과 아무 관련이 없다. 검찰개혁은 돈이나 권력을 가진 사람들의 싸움일 뿐이다.

진보는 어떤가. 진보 세력이 사이비라는 점은 '조국 사태'를 통해 적나라하게 드러나 더 이상 말할 필요도 없다. 조국 사태는 진보의 핵심 가치인 공정성을 기존 진보진영에서는 더이상 기대할 수 없다는 것을 보여줬다.

이것만이 아니다. 진보성향의 시민단체 출신 인사들이 수장자리에 있는 금융감독원은 대규모 원금손실이 발생한 해외금리 연계 파생결합펀드(DLF) 사태와 관련해 KEB하나은행과 우리은행을 강력 문책하겠다고 벼르고 있다. 문제는 DLF 사태로 손실을 본 사람들은 거의 대부분 거액 자산가라는 점이다. 은행예금 자산만 5억 원이 넘는 0.01%의 강남 3구 VIP 고객들의 손실을 보상해 주려고 금감원은 법에도 없는 일을 무리수를 두면서까지 애를 쓰고 있다.

문재인정부는 정말 서민들을 위하는 진보정권일까, 아니면 부자들을 위한 보수정권일까. 문재인정부가 서민의 삶을 우선시하는 진보정권이 아니라 부자를 위하는 정권이라는 점은 잘못된 부동산 정책과 이로 인한 집값 급등을 보면 더 분명해진다. 문재인정부 집권 2년 8개월 동안 서울 집값은 무려 40% 이상 올랐고, 집값 상승의 최대 수혜자는 강남 3구라는 사실은 새삼 말할 필요조차 없다.

자유한국당의 공천관리위원장으로 임명된 김형오 전 국회의장은 이런 말을 했다. "어느 시대인데 보수니 진보니 하는 케케묵은 논리를 따지나. 국민을 위하고, 경제를 살리고, 자유와 안보를 지키는 후보를 공천하겠다." 전적으로 동의한다.

『금강경』에는 이런 말도 나온다. "무릇 모든 상은 다 허망하니 만약 모든 상이 상이 아님을 안다면 여래를 보리라." 가짜를 경계하라는 뜻이다.

지금 이 시간에도 네이버, 다음, 카카오, 유튜브 정치 뉴스에 열심히 댓글을 다는 당신, 그리고 광화문, 여의도, 서초동 집회에 태극기와 성조기, 노란 깃발을 들고 쫓아다니는 당신, 사이비 보수, 사이비 진보에 속지 마시라.

정치16

'윤석열 대망론'의 세 가지 조건

2021년 3월 14일

인생에서 제일 중요한 것은 삶을 어떻게 안배하느냐는 문제다. 때가 되고 기회가 오면 놓치지 말고 도전하고 그만둘 때가 되면 미련 없이 떠나는 것이다. 『주역』의 핵심 정신이 그래서 시(時)다.

다음으로 중요한 것은 능력이고 사람의 마음을 사로잡는 것이다. 특히 지도자가 되려면 말이다. 능력이나 지혜가 부족한데도 도모하는 것이 크고 맡는 게 무거우면 예외 없이 본인은 물론 조직이나 나라까지 불행해진다.

윤석열 전 검찰총장이 드디어 때를 만났다. 검찰수사권을 완전히 박탈하려는 여권의 움직임에 반발해 총장직을 던진 직후 차기 대선주자 선호도에서 선두권으로 올라섰다. 한국토지주택공사(LH) 직원들의 3기 신도시 투기 사건과 서울시장 보궐선거, 보수 야권의 대권주자 부재현상 등이 겹치면서 지지율이 고공행진을 이어간다.

윤석열 전 총장이 1년 앞으로 다가온 대통령선거에서 대망을 이룰 수 있을까. 세 가지 조건이 충족돼야 한다. 모두 『논어』에 나오는 내용이다.

첫째는 명(命)이다. '부지명 무이위군자야(不知命 無以爲君子也)', 시대의 흐름 또는 추세인 명을 알지 못하면 군자가 될 수 없다는 뜻이다. 대통령이 되는 제1조건도 시대정신과 비전, 시대의 과제를 제대로 알고 실천하는 일이다. 2022년 대선의 시대정신 또는 비전, 과제는 무엇일까. 김도읍 국민의힘 의원이 차기 대선의 시대정신은 '법치와 원칙'이 될 것이라며 윤 전 총장의 대선 시간표가 앞당겨졌다고 말했지만 법치와 원칙, 또는 "검수완박(검찰수사권 완전박탈)은 부패완판(부패가 완전히 판치게 된다)"이란 윤 전 총장의 구호가 시대정신이 될 순 없다.

2022년 대선의 시대정신 비전 과제는 우선 코로나19 사태로 심화한 경제적 양극화와 불평등, 기본소득과 국가채무의 문제, 유동성 급증과 정책실패에 따른 집값 안정 등이 될 것이다. 여기에다 기술혁신과 4차 산업혁명, 인구절벽과 급격한 고령화 진전에 대한 처방도 필요하다. 대미·대중·대일 외교나 북핵 문제는 말할 필요도 없다. 윤 전 총장은 문재인 정권과 싸우는 것 말고 이런 시대적 과제들에 대한 해법을 제시해야 한다.

두 번째는 중(中)이다. '윤집기중(允執其中)', 진실로 중도를 굳게 지키라는 뜻이다. 핵심은 '중도'다. 요임금이 순에게 자리를 물려주면서 "하늘의 뜻이 당신에게 있어 임금 자리를 물려주는 데 중도의 원칙을 꼭 지켜라. 그렇지 않으면 온 세상이 곤궁해지고 그대에게 준 봉록과 벼슬도 영원히 끊어질 것"이라고 경고했다. 2022년 대선의 시대정신 중 하나도 통합과 중도가 돼야 한다. 이를 통해 경제적 양극화와 정치적 이념 양극화로 갈라질 대로 갈라진 우리 사회를 하나로 모아야 한다. 이런 관점에서 보면 검찰총장 재직 시 특수부 출신 등 자기 사람만을 챙긴 것이나 '검찰주의자 윤석열'이라는 이미지는 반(反)통합적이고 반중도적이다.

2022년 대선에서 윤석열 전 총장이 대망을 이루기 위한 세 번째 조건은 외(畏)다. 윤 전 총장 개인적으로 가장 중요한 것이고 거듭 생각해 봐야 할 문제다. '군자유삼외(君子有三畏)', 군자는 천명(天命), 연장자, 성현의 말씀 등 세 가지를 두려워해야 한다고 했다. 핵심은 외(畏), '두려움'이다. 사람은 자신을 통제할 게 없을 때가 바로 실패의 시작이다. 무슨 일이든 너무 쉽게 여기면 큰 어려움을 겪는다.

윤석열 전 총장은 박근혜·이명박 두 전직 대통령을 구속시킨 당사자다. 검찰개혁을 내걸고 취임한 조국 법무장관을 한 달 만에 사퇴시켰고, 총장 직무배제에 맞서 추미애 장관까지 꺾었다. 검찰수사권 박탈에 맞서 사표를 던지자마자 대선주자 1위로 올라섰다. 지난 4년 동안 그야말로 두려움도, 거칠 것도 없는 초강성의 행보를 보였다.

세상에 두려움을 모르는 사람이 가장 위험한 사람이다. 더욱이 이런 사람이 지도자가 되고 대통령이 된다면 나라가 어떻게 될까. 윤석열 전 총장은 서울시장 보궐선거 때까지는 외부활동을 하지 않겠다고 선언했다. 이 기간에 '명' '중' '외' 세 단어를 씹고 또 씹어보길 당부한다.

정치17

리더가 되고 싶은 당신께

2022년 2월 6일

연초 기업들에서 새 리더가 잇달아 나오고 있다. 우리나라에서도 다음 달이면 새 리더가 탄생한다. 인류 역사상 최고의 지성이자 리더인 공자는 음악을 특히 좋아했다. 소(韶)라는 음악을 듣고는 석 달 동안 고기 맛을 잊었다는 기록도 있다. 남이 노래를 잘 부르면 반복해서 부르게 하고 그 곡에 따로 가사를 붙여 불렀다. 음악만이 아니다. 300여 편의 『시경(詩經)』을 편찬한 것도 알려진 대로다. 공자는 문학과 예술을 즐기는 수준을 넘어 당대 최고 수준이었다.

옛날 황제나 왕들은 스스로를 '과인(寡人)'이라고 불렀다. 외로운 사람이라는 뜻이다. 높은 지위에 오를수록 사람은 점점 외로워지고 그 자리는 무덤으로 변한다. 그래서 높은 자리에 오를수록, 리더가 될수록 문학과 예술이 더욱 필요하다. 그게 아니면 종교에라도 귀의해야 한다. 그래서 정신적으로 고독할 수밖에 없는 정치·경제·사회 분야의 리더들에게 문학과 예술, 종교는 필수다.

공자가 꿈에서라도 만나기를 간절히 원한 주나라 개국공신이자 왕족인 주공 희단은 머리를 한 번 감다가 세 차례나 머리카락을 움켜쥐고 나왔고, 밥을 한 끼 먹다가도 세 차례나 뱉으면서 나와 손님을 맞고 공무를 처리할 만큼 겸손하고 부지런했다. 주나라 정권이 중국 역사상 가장 오래인 800년간 유지된 데는 그의 역할이 결정적이었다. 주공 희단은 천하가 근심하기 전에 먼저 근심하고 천하의 백성들이 즐거워하고 난 뒤에 즐기는 리더가 보여줘야 할 솔선수범의 전형이다.

리더가 되려면 늘 호기심을 갖고 배우기를 싫어하지 않으며 다른 사람을 가르치는 데도 게을리하지 말아야 한다. 주공은 알려진 대로 주역 8괘를 해설해 『역경』을 완성했다. 더욱이 온갖 오해를 받으면서까지 어린 조카 성왕을 연금해 두고 공부를 시킨 다음 권력을 넘겨줬다.

중국 역사상 가장 사랑받는 평민 황제 한고조 유방이 천하를 통일할 수 있었던 것은 장량, 소하, 한신 같은 걸출한 인재를 등용했기 때문이다. 반면에 항우는 범증 한 사람도 제대로 기용하지 못해 결국 패배하고 말았다. 아무리 보잘것없는 일이라도 리더 혼자서 일을 도모할 수는 없다.

그러나 뛰어난 참모를 두는 게 쉬운 일은 아니다. 지도자로서 가장 어려운 일은 반대의견을 용납하는 것이다. 공자는 그의 뛰어난 제자 안회에 대해 "안회는 내가 하는 모든 말에 기뻐하고 맞장구만 치니 나를 돕는 사람이 아니다."라고까지 말했다. 제대로 된 리더는 의심스럽다면 쓰지 말고, 쓰기로 했으면 의심하지 말아야 한다. 또 부하를 부하로 대하지 말고 스승처럼 대해야 한다. 춘추시대 제나라 환공은 관중에게 배운 뒤 그를 신하로 삼았지만 늘 스승처럼 대했기 때문에 힘들이지 않고 패권국가를 이루었다.

많은 사람이 국가와 기업과 조직의 리더가 되기를 원하고 노력하지만 꿈을 이루긴 쉽지 않다. 그러나 한평생 뜻을 펼치지 못해도 의로움과 지조는 잃지 말아야 한다. 행여 출세해서 리더가 되더라도 도(道)를 떠나지 않아야 한다. 리더가 되기도 어렵지만 성공한 리더가 되기는 더더욱 어렵다.

박종면

철길과 뱃길에서 가장 먼 경남 거창에서 태어나 고등학교까지 다녔다. 서울로 유학 와서는 대학과 대학원에서 경제학을 공부했다. 연구소에서 잠깐 일하기도 했지만 흥미가 없어 기자직으로 전향한 이래 30년 넘게 그 주변을 서성이고 있다. 무슨 인연인지 〈한국금융신문〉, 〈머니투데이〉, 〈머니투데이더벨〉의 창간 멤버로 참여했다. 리트리버 강아지를 제일 좋아하고 와인과 클래식, 재즈음악을 그 다음으로 좋아한다. 사실은 클림트의 미술작품처럼 예쁘고 아름다운 것은 다 좋아한다.

당신은 보석입니다

초판1쇄 펴냄 2023년 06월 20일

지은이 박종면
펴낸이 유재건
펴낸곳 엑스북스
주소 서울시 마포구 와우산로 180, 4층
대표전화 02-334-1412 | 팩스 02-334-1413
원고투고 및 문의 editor@greenbee.co.kr

편집 이진희, 구세주, 송예진, 김아영 | **디자인** 권희원, 이은솔
마케팅 육소연 | **물류유통** 유재영, 류경희 | **경영관리** 유수진

엑스북스(xbooks)는 (주)그린비출판사의 책읽기·글쓰기 전문 임프린트입니다.
책값은 뒤표지에 있습니다. 잘못 만들어진 책은 구입처에서 바꿔 드립니다.
ISBN 979-11-90216-50-0 03810